Gesuino Némus

Die Theologie des Wildschweins

GESUINO
NÉMUS

Die Theologie des Wildschweins

AUS DEM ITALIENISCHEN
VON SYLVIA SPATZ

EISELE

Besuchen Sie uns im Internet:
www.eisele-verlag.de

Die Originalausgabe »La teologia del cinghiale«
erschien 2015 bei Lit Edizioni Srl, Rom.

MIX Papier FSC® C083411

2. Auflage 2021

Gesetzt aus der Alegreya
Satz: LVD GmbH, Berlin
Druck und Bindearbeiten: CPI books GmbH, Leck
Printed in Germany
ISBN 978-3-96161-098-3

I

Is lùnis di Antoni Esulògu
Der Montag im Leben von Antoni Esulògu

Televras, Juli 1969

Manchmal dachte er stundenlang über Unwichtiges nach. Über einen altbekannten Reim, ein Sprichwort, ein Wiegenlied oder einen Zungenbrecher. Seit Wochen beschäftigte ihn vor allem folgender: »*Apu bittu s'oppài 'e Putzu scorrovèndu cussu fussu, a piccu, a panga e a trebùssu.*« (Ich habe Putzus Kumpan gesehen, wie er mit Hacke, Spaten und Gabel einen Graben aushob.)

An sich kein Satz von Bedeutung, andererseits auch nicht unwichtig, weil der einzige Augenzeuge des Mordes an Bachisio Trudìnu genau diese Aussage in Form eines Bänkelliedes machte, wann immer der Maresciallo De Stefani ihn vernahm.

Antoni Esulògu, muss man dazu wissen, hatte die Wochentage nicht so parat. Bestenfalls einen, die anderen vergingen in einem Kreislauf der Zeit, und auch Samstag und Sonntag waren für ihn nichts Besonderes. Allein der Montag war für ihn, im Gegensatz zum Rest der Welt, ein Fest- und Fresstag.

Montags zog er sich fein an, ging mit seinem Proviant, zwei, drei noch warmen Stücken *casu agédu*, einem kalten gegrillten Schafsschenkel, ein paar Scheiben *pistóccu* und einem Liter Cannonau hinunter ins Dorf und setzte sich vor die Kirche.

Während alle anderen sich mit dem trostlosesten Tag der Woche herumschlugen, feierte er, wenn auch auf seine Weise.

Don Cossu, der Dorfpfarrer, gewöhnte sich langsam an den Anblick, der sich seit drei Wochen jeden Montag wiederholte. Am Anfang schimpfte er mit Antoni, aber als er sah, dass der andere ganz friedlich auf dem Kirchplatz unter dem uralten Feigenbaum saß und auch die alten Weiber beim Gang zur Morgenandacht nicht erschreckte, ließ er sogar Wasser in den Brunnen, der eigentlich nur zu Sankt Anton und anderen Festtagen im Juni in Betrieb war. So konnte Antoni dort seine *pistóccu* einweichen, die sonst gänzlich ungenießbar gewesen wären.

Er hatte auch versucht, ihm die Beichte abzunehmen, was Antoni aber offenbar dermaßen aufwühlte, dass er ihn von nun an von einem Fensterchen im niedrigen Kirchturm aus bespitzelte, das aussah wie eine Imitation. Von dort aus konnte man aber alles sehen, und Don Cossu nutzte es gern, um all jenen auf die Schliche zu kommen, die am Sonntag ihre Ehefrauen zur Elf-Uhr-Messe begleiteten, sich dann aber vor der Kirche zum Rauchen und Schwatzen versammelten.

»*Te genti, te genti*, dieses Volk, dieses Volk, dem geht es nur um den schönen Schein. Falsch wie die Nacht ... auf geht's, Matte', bereite den Altar vor.«

Auch Matteo war etwas seltsam.

Im Alter von zwölf erfüllte er, hier aufgezählt nach ihrer Relevanz, folgende Aufgaben: Organist, Obermessdiener, er trug beim Gottesdienst die Lesungen vor, stimmte den Chor ein, zündete die Hundert-Lire-Kerzen an, läutete wegen seiner geringen Körpergröße die Glocken, sang bei den freudigen Mysterien die erste Stimme, bei den glorreichen die zweite, schwenkte bei Beerdigungen das Weihrauchfass, sang offiziell die Weihnachtsnovene und probierte von dem Muskatellerwein, den die Gläubigen der Kirche für die besonderen Festtage spendeten.

Mithin ein wahrer Profi der Sakramente, und dafür erhielt er Bücher, regelmäßige Mahlzeiten, Lateinunterricht, die Zusage, weiterhin auf Don Cossus Kosten die Schule besuchen zu dürfen, sowie monatlich fünftausend Lire, die er aber zu Hause bei seiner Mama abgab. Geld wurde dort immer gebraucht, und die Mama legte ganz bestimmt einen Teil davon für ein Studium zurück, vielleicht bei den Jesuiten, womit sie ihm seinen Traum erfüllt hätte.

Auf jeden Fall war Don Cossu nach dem Versuch, Antoni Esulògu die Beichte abzunehmen, ernstlich besorgt, denn danach nahm er wieder Kontakt zu Maresciallo De Stefani auf, den er ironisch *su geniòsu* nannte, einen Pfundskerl.

Wirklich zerstritten waren sie eigentlich nicht, aber Don Cossu war es irgendwann auf die Nerven gegangen, bei jedem Vorfall zu hören: »Wenn diese Sarden doch nur den Mund aufmachen würden.« Oder: »Ich sag's Ihnen, da hat wieder keiner was gesehen.« Oder: »Ich sag's Ihnen, die waren wieder alle bei Tore zum Kartenspielen.«

Don Cossu hatte in seinem Priesterleben schon Banditen

die Beichte abgenommen, die allen Grund hatten, vor dem Gesetz zu flüchten, war aber von Berufs wegen an die *Omertà*, die Schweigepflicht, gebunden. Von der Formulierung »diese Sarden« fühlte er sich allerdings angegriffen. Als Matteo einmal eine neue Marke Weihrauch ausprobierte, die ein Vertreter aus Nuoro zur Probe dagelassen hatte, bekam er mit, wie Don Cossu der Kragen platzte.

»Genug davon, Maresciallo! Was wollen Sie eigentlich? Hier sind alle aus der Ogliastra oder der Barbagia, was wollen Sie sonst noch hören? Dass ein Cousin einem anderen Schafe gestohlen hat? Hier ist jeder mit jedem verwandt. Im Zweifelsfall bleibt der Diebstahl in der Familie. Zu Ostern isst man die Schafe, die zu Weihnachten gestohlen wurden, und zu Weihnachten die, die Ostern gestohlen wurden. Man lädt sich eben gegenseitig ein, so muss man sich nicht gegenseitig umbringen.«

»Wie schön, ein richtiges Familienessen.«

»Ob Familie oder nicht, so läuft das hier. Sie verschwenden Ihre Zeit, Maresciallo.«

»Ach, ich verschwende meine Zeit?«

»Jetzt vergessen Sie mal ihre piemontesische Heimat und kommen von Ihrem hohen Ross runter, Sie wissen ganz genau, dass ich Ihnen nichts sagen darf.«

»Ich will nicht am Beichtgeheimnis rütteln, aber versuchen Sie doch zu verstehen ... sagen Sie mir wenigstens, ob er ihn gesehen hat ...«

»Wen?«

»Nun kommen Sie schon, Sie wissen genau, von wem die

Rede ist, der Typ hat zwei Carabinieri verletzt. Alle Welt weiß, dass er in die Kirche gekommen ist …«

»Dass ich nicht lache, Peppinu Golòvru soll zu mir gekommen sein? Der marschiert Ihrer Meinung nach fünfzig Kilometer zu Fuß durch den Wald, um mich im Pfarrhaus zu besuchen, und weil ihm natürlich keiner auf den Fersen ist, trinken wir ganz gemütlich einen kalten Kaffee zusammen und dann noch einen *fil'e ferru*, einen Schnaps, hinterher … na, Sie haben vielleicht Vorstellungen.«

»Das erzählt man sich im Dorf.«

»Na, dann vernehmen Sie doch mal alle. Man wird Ihnen sicher gerne eine Antwort geben. Wahrscheinlich müssen Sie für Ihre Vernehmungen noch Verstärkung aus Nuoro anfordern. An Ihrer Stelle würde ich auch noch *pistòccu* und *casu marzu* bereithalten, dann stehen sicher alle Schlange.«

»Lassen wir das, Don Cossu … der Junge schläft wirklich hier bei Ihnen?«

»Lassen Sie bloß Matteo aus dem Spiel. Er schläft hier, weil bei ihm zu Hause kein Platz ist, dort wohnen alle in einem Zimmer, und ein Klo gibt es auch nicht.«

»Er ist doch ein Einzelkind. Es ist bestimmt Platz für ein Bett.«

»Er schläft hier. Er schläft bei meiner Schwester Matilde im Zimmer, außerdem bekommt er etwas zu essen, spielt Orgel und geht mir zur Hand.«

»Ist schon recht, Don Cossu, ich habe nur nachgefragt, weil wir uns in der Polizeikaserne schon mal darüber gewundert haben. Naja, nachdem doch der Vater weg ist … geradezu unauffindbar. Der Viehmarkt dauert doch nur drei Tage und nicht …«

»Das hängt davon ab, Maresciallo. Vielleicht gab es eine Menge Vieh zu verkaufen. Ein Cousin von mir aus Desulo ist einmal zwei Monate von zu Hause fortgeblieben, Sie haben doch keine Ahnung …«

»Ich wollte nur sagen, nach allem, was man so hört, sind Peppino Golòvru und der Vater miteinander befreundet, und nach dem Verschwinden des Vaters, wollen wir es mal so nennen, soll die Mutter an ein bisschen Geld gekommen sein, angeblich Lösegeld aus der letzten Entführung. Jetzt können sie sich sogar zwei Mal in der Woche Fleisch leisten. Vielleicht hat der Junge in seiner Unbedarftheit … ich wollte ja nur ein paar kurze Fragen …«

»Lassen Sie die Kinder aus dem Spiel, Maresciallo! Das Geld fürs Fleisch bekommt er von mir. Was fällt Ihnen ein! Raus mit Ihnen!«

»Aber Don Cossu, ich wollte wirklich nicht … nun kommen Sie schon, entschuldigen Sie …«

Aber Don Cossu war auf hundertachtzig, und als er bemerkte, dass Matteo das Gespräch belauscht hatte, fuhr er ihn in einem Ton an, der keinerlei Widerspruch zuließ, außer den typisch sardischen: Schweigen und eine Mordswut im Blick.

»Und du, hau ab, du hast nichts gehört! Vergiss alles und halt die Ohren steif beim Maresciallo! Der kommt aus dem Piemont.«

»Was soll ich denn gehört haben?«

»Das, was Maresciallo De Stefani gerade alles gesagt hat.«

»Der Maresciallo De Stefani? Ich war mir ganz sicher, dass Ihr gerade Selbstgespräche geführt habt.«

»Habt? Hättet, meinst du wohl? Dass Ihr Selbstgespräche geführt hättet.«

»Habt, Don Cossu, da darf kein Konjunktiv hin, so steht es in dem Buch geschrieben, das Ihr mir geschenkt habt.«

Typisch Don Cossu. Anstatt sich über die *Omertà*, das Stillschweigen von Matteo zu freuen, hängte er sich daran auf, dass man ihn beim falschen Gebrauch des Konjunktivs erwischt hatte.

Er konnte diese in der Kirche übliche Besserwisserei nicht ausstehen.

»Auf jeden Fall ist es falsch, die zweite Person Plural zu verwenden, Signorino Naseweis, das ist hier in der Gegend schon seit dreißig Jahren aus der Mode. Aber ein verzeihlicher Fehler.«

»Das war kein verzeihlicher Fehler, Don Cossu, das war richtig.«

»Richtig, jetzt hör sich das einer an! Die zweite Person Plural ist nur für die Fremden! Jetzt mach dich davon und bereite alles für die Abendandacht vor. Los, marsch, auf geht's. *Tiàlu chi t'at criàu*, dich hat der Teufel erschaffen.«

Man hatte Bachisio Trudìno tatsächlich noch nicht gefunden.

Seit fast einem Monat behaupteten manche, er sei bei einem Feuergefecht in der Nähe von Corr'e Boi angeschossen worden. Im Dorf sagte man, er sei nicht auf der Stelle tot gewesen, sondern habe sich noch wie ein angeschossenes Wildschwein in den Wald geschleppt, um allein in einem Versteck zu verenden und so der Gefahr zu entgehen, etwas auszuplaudern, denn die Bande um Peppinu Golòvru verzieh keine Verstöße gegen den Ehrenkodex und hätte sich an der Familie gerächt.

Man war sich einig, dass er nicht mehr am Leben war. Allerdings zog man es in dieser Gegend vor, es dabei zu belassen und nicht weiter nachzuforschen. Auch die Polizei strengte sich nicht über Gebühr an, der Wahrheit auf die Spur zu kommen.

Dabei ging es weniger um die *Omertà*, sondern vielmehr um die Armut der Leute. Eine Beerdigung kostete Geld, und ein Vorbestrafter, der spurlos verschwand, erwies seiner Familie gleich einen doppelten Gefallen: Spurloses Verschwinden nährte die Hoffnung, dass er doch noch am Leben sei, und begründete zugleich den Mythos, dass er sich dem Zugriff der Justiz zu entziehen wüsste. Von Letzterem konnte eine Familie glatt bis in alle Ewigkeit zehren. Wer also unauffindbar blieb, sparte den Hinterbliebenen Geld und auch der Kirche. Denn bei unnatürlichen Todesfällen, die zugegebenermaßen selten vorkamen, steuerte Don Cossu etwas zur Beerdigung bei, aber das Geld aus dem Klingelbeutel reichte nicht mal für einen Sarg aus Span.

Somit war Don Cossu ganz und gar nicht unglücklich, wenn man den Leichnam Bachisio Trudìnus niemals finden würde, und zwar aus zwei schwerwiegenden Gründen: Zum einen hätte er sich das Geld für den Sarg gern gespart, zum anderen – ein etwas ehrenwerteres Motiv – war Bachisio Matteos Vater.

II

Jedes Wildschwein ist wie ein Gebet

Maresciallo De Stefani ging seit einer gefühlten Ewigkeit auf die Jagd, und Signorina Matilde behauptete, er leide am »sardischen Weh«. Wie alle, die Gelegenheit hatten, Sardinien in den fünfziger oder sechziger Jahren kennenzulernen, wusste der Maresciallo nicht recht, ob man ihn ins Paradies oder die Hölle versetzt hatte.

Don Cossu erzählte gerne, wie er nach einer sechsstündigen Busfahrt von Porto Torres im Dorf angekommen war, und zuweilen ahmte er ihn nach: »Oh je, oh je ... 280 Kilometer über Sandstraßen. Ist das hier etwa schon Afrika? Von der Überfahrt ganz zu schweigen.«

Matteo lachte lauthals, sobald er einen norditalienischen Akzent hörte, und wenn Don Cossu mit seinen Erzählungen loslegte und schilderte, wie er den Maresciallo dem örtlichen Tierarzt vorgestellt hatte, liefen ihm die Tränen über die Wangen.

»Das ist der Arzt am Ort«, hatte er todernst zum Maresciallo gesagt.

»Ah, ausgezeichnet. Entschuldigen Sie, dass ich da gleich

von Ihnen Gebrauch mache. Ich bin gestern aus Porto Torres hier angekommen. Eine Reise, sage ich Ihnen ...«

»Ja, das kennen wir ...«, pflichtete Tierarzt Pòddighe ihm bei.

»Ich glaube, ich habe leichtes Fieber. Vielleicht könnten Sie mir eine kleine Spritze geben, nur zur Sicherheit.«

»Aber selbstverständlich, Maresciallo.« Und schon zog er eine Spritze heraus, die er sonst einsetzte, um Pferde zu impfen.

Dem Maresciallo fielen fast die Augen aus dem Kopf, und er hielt das Ganze für einen Scherz, aber Don Cossu beruhigte ihn sofort: »Wir haben hier keinen Amtsarzt, Maresciallo, und so springt Dottore Pòddighe ein. Hat Ihnen das Carabiniere Piras nicht gesagt? Ob es darum geht, einen Zahn zu ziehen, einen Bruch zu schienen, um eine Geburt oder die Spanische Grippe ... alle im Dorf wenden sich an Dottore Pòddighe, denn bis Nuoro ist es zu weit, da ist man bereits tot.«

»Alles nur eine Frage der richtigen Dosierung. Ein Dreißigstel von dem, was ich einem Pferd verabreichen würde ... und voilà!«, fügte Dottore Pòddighe bedächtig hinzu.

Aber der Maresciallo traute selbst einer solch bescheidenen Dosis in einer zwanzig Zentimeter langen Spritze nicht und ertrug lieber weiter sein leichtes Fieber.

Drei Tage später war er wieder auf den Beinen, und nach der Messe am Ostersonntag stellte Don Cossu ihn den anderen ehrenwerten Persönlichkeiten im Dorf vor: dem Grundschullehrer Signor Usai, dem Großgrundbesitzer Cavaliere Cherchi, dem Fahrer des einzigen Busses vor Ort, Signor Maxia, dem

Inhaber des Bestattungsunternehmens, Signor Pulighéddu, und Signor Tranàga, auch Pinotto genannt, der das örtliche Kino betrieb, wenn auch nach zwei Jahren, in denen nur *Ben Hur* auf dem Programm stand, alle Dorfbewohner die Lust verloren hatten.

Jagd hin oder her, instinktbegabt oder nicht, Maresciallo De Stefani hatte in all den Jahren noch nie etwas gefangen, weder Wildschweine noch Verbrecher.

Hier die Liste der Vorfälle, die sich seit seiner Ankunft vier Jahre zuvor, im April '65, in seinem Bezirk ereignet hatten: zwei Entführungen ohne Freilassung der Geisel, mehr als fünfzig Viehdiebstähle, ungefähr dreißig Handgreiflichkeiten mit Verletzungen, die von einer *pattadèsa*, einem Messer, herrührten, sieben Selbstmorde durch Erhängen, und, das noch ungewisse Schicksal von Bachisio Trudìno nicht mitgerechnet, drei Morde ohne Leichnam.

Im Ganzen: 62 schwere Delikte (die Selbstmorde mit eingerechnet).

Überführte: 0 (die Selbstmorde nicht mit eingerechnet).

Verdächtige: 2873, also von Don Cossu abgesehen, so gut wie alle Einwohner von Telévras.

Eine zu magere Erfolgsquote, um auf eine Beförderung oder eine Versetzung aufs Festland hoffen zu dürfen. Und genau deshalb fand Signorina Matilde, dass der Maresciallo vom »sardischen Weh« befallen sei.

In jenen vier Jahren kehrte er nur einmal ins Piemont zurück, nämlich als sein Vater gestorben war.

In den Ferien und an den freien Tagen ging er am liebsten

in den Bergen auf die Jagd, mit einem Tarnanzug bekleidet. Dazu benutzte er sein Dienstfahrzeug, einen kleinen Jeep; Begleiter zu finden, die ihn durch die Wälder an den zerklüfteten Kalksteinhügeln der Ogliastra kutschierten, war ein Leichtes.

Don Cossu war vor seinem Wutausbruch im Pfarrhaus selbst oft mit von der Partie gewesen, obwohl ihm das sein Bischof verboten hatte.

Matteo hatte jeden Mittwoch mitbekommen, wie sie bei Morgenanbruch losgefahren waren, ein angenehmer Ritus, der sich in den letzten zwei Jahren wöchentlich wiederholt hatte: Der Motor des Jeeps tuckerte leise vor sich hin, während Don Cossu das Gebräu trank, das sich Kaffee nannte und das die Signorina Matilde ihm zwischen fünf und Viertel nach fünf vorsetzte. Dann stolperte er unter Höllenlärm, die *bèrtula* um den Hals und das vorsorglich geladene Doppelgewehr im Arm, in den Springerstiefeln, die ihm Carabiniere Piras geschenkt hatte, die Treppe zwischen Pfarrhaus und Kirchplatz hinunter.

Matteo stellte sich schlafend, damit er beobachten konnte, wie Signorina Matilde den Männern am geschlossenen Fenster mit den ersten drei Fingern ihrer Rechten einen ländlichen Segen auf den Weg mitgab und sich dann wieder ins Bett legte.

Im Sommer tanzten die ersten Sonnenstrahlen im Gegenlicht, ein Spiel aus weichen, fast durchsichtigen Konturen, die bei Matteo eine Illusion von Nacktheit erzeugten, denn die Signorina Matilde trug selbst an heißen Julitagen einen flauschigen Morgenrock. Sommers wie winters war das bis sechs Uhr früh, wenn Matteo ihr dabei half, die schwere Kirchentür zu öffnen, ihre Berufskleidung.

Wie bei allen ländlichen Traditionen wurde ein Jagdtag, wie es sich gehörte, mit der Aufteilung der Beute beschlossen.

Don Cossu wusste, wie man Hasen zerlegte, der einfache Carabiniere Piras Rebhühner, und Maresciallo De Stefani, der nicht mal eine einfache Drossel vor die Flinte bekam, Wildschweine. Jedenfalls behauptete er das, um die Tatsache zu verschleiern, dass er wieder keinen einzigen Schuss abgegeben hatte.

»Es war kein einziges zu sehen, zum Henker«, sagte er zu Signorina Matilde, die mit der *pattadesìna* gerade einem Hasen das Fell über die Ohren zog, den sie Matteo später für die Mutter zum Abendessen mitgeben wollte.

»Jetzt ist gerade nicht die richtige Jahreszeit«, tröstete ihn die Signorina.

»Tja ... dann warten wir eben bis zum Winter. Dann möchte ich ein deftiges Wildschweinragout essen, wie das, was Sie im März gekocht haben. Aber dieses Mal sorge ich für die Hauptzutat.«

Es war bereits die dritte Jagdsaison, in der er das versprach.

Tatsache war, dass die Wildbrände die Weidegründe der *is sirbònis*, der Wildschweine, immer weiter nach Norden verlagert hatten, und um einem über den Weg zu laufen, hätten sie fast einen ganzen Tag marschieren müssen. Außerdem hätten sie stehendes Gewässer finden, den Wildwechsel mit Eicheln und Trockenfrüchten präparieren, das Tier auf eine Fährte locken und sich gegen den Wind auf einer Eiche verstecken müssen, um vor der Wut eines angeschossenen Tiers geschützt zu sein, sie hätten die Nacht abwarten und eine Taschenlampe auf dem Gewehr befestigen müssen und vor der Jagd drei Tage lang auf keinen Fall Zahnpasta, Deodorant oder Seife benützen dürfen.

Letzteres konnte sich bestenfalls Antoni Esulògu leisten, der seit seiner Geburt in seiner Kate wohnte, aber sicher nicht ein Hüter der öffentlichen Ordnung oder ein Priester.

Dafür waren sie die einzigen Jäger, die keine Hunde einsetzten, und dafür bewunderte Matteo sie sehr.

Das Wildschwein ist wie ein Gebet. Mit Hunden ist es ein Rosenkranz. Ohne Hunde ein Te Deum. Und ohne Hunde, nachts und ohne Jagdschein, ein Hosianna.

So lautete mehr oder weniger das Incipit zu dem Text in dem schwarzen Heft mit rotem Rand, dem er den Arbeitstitel *Die Theologie des Wildschweins* (nach Cossu Don Egisto) gegeben hatte.

Ein einmaliges Werk in Tagebuchform, das den Pfarrer zu anderen Zeiten auf den Scheiterhaufen gebracht hätte.

Aber so war er eben.

Eine Mischung aus Instinkt und Intelligenz. Und auf seine Art versuchte er, es dem Jäger bei seinem Handwerk so schwer wie möglich zu machen.

Wenn es nach Don Cossu gegangen wäre, hätte man mit Pfeil und Bogen gejagt oder bestenfalls mit einer Armbrust, aber als er sich darin versuchte, machten sich die Leute im Dorf über ihn lustig und gaben ihm den Spitznamen »Robin«, was ihn sehr aufbrachte.

Dottore Pòddighe hatte ihn danach wieder zum Gewehr überredet, und Don Cossu wandte sich ohne Reue von seiner These ab und jagte einem Vierzig-Kilo-Schwein ohne fremde Hilfe eine Kugel in den Körper. Eine ganze Woche lang taten sich Matteo, seine Familie, die Signorina Matilde und Dottore Pòddighe an dem Fleisch gütlich und aßen gegrilltes Wildschwein, Wildschwein mit Soße, Wildschweinragout, mit weißen Bohnen, mit Saubohnen, mit Pasta, Gemüse, Erbsen und Essig, bis es ihnen zu den Ohren rauskam.

Don Cossu besaß zwar eine Gefriertruhe, aber er musste trotzdem ein bisschen was von seinem Wildschwein an alte Frauen verschenken, die von ihrer mageren Kriegsrente lebten, denn die Truhe erwies sich als zu klein.

Hätte er eine größere besessen, hätte Matteo sich über seine Großzügigkeit sehr gewundert, denn er kannte die tiefe Zuneigung, die Don Cossu gegenüber diesem Wildtier hegte, nur zu gut.

Die einzige Metzgerei am Ort hatte Don Cossu nur ein einziges Mal betreten.

Aber das erzählte er niemandem, nicht einmal der Signorina Matilde.

Auch im Sommer ist es schön, ein Feuer prasseln zu hören, darüber ein Spieß, und zwar *bestiù de sirbòni*, »von Wildschwein umkleidet«.

Mit der Hilfe von Carabiniere Piras hatte Don Cossu im Innenhof des Pfarrhauses, in unmittelbarer Nähe des uralten Feigenbaums, der dort den einzigen Schatten spendete und das

Feuer vor dem Mistral schützte, einen kuppelförmigen Ofen errichtet, und zwar um Brot zu backen, *pàrdulas* und *amaretti*, um *culurgiónes* zu braten und ein fettes Wildschwein zu »opfern«.

Genauso drückte er sich aus: »opfern«.

Am Abend des 21. Juli 1969, jenem Tag, der schon bei Tagesanbruch ganz im Zeichen der ersten Mondlandung stand, erlaubte Don Cossu auch Matteo bis spätnachts aufzubleiben, und gestattete ihm sogar zwei Gläser Cannonau. Matteo hörte, wie er sich zusammen mit Carabiniere Piras und Dottore Pòddighe unter dem verlegenen Kichern Signorina Matildes über den Maresciallo De Stefani lustig machte.

»Der ist viel zu groß für das Leben hier«, fing Don Cossu an.

»Klar, dass er nichts schießt. Bei seinem Anblick fliegen sogar die Turteltauben weg«, legte Piras nach.

»Aber wie groß ist er denn? Bestimmt ein Meter achtzig«, sagte Signorina Matilde.

»Nein, nein, größer … der passt nicht mal richtig in den Jeep«, fuhr Piras lachend fort.

»*Largària o artària nudda di fàidi. Sa tontèsa est piemontesa!* Ob groß oder klein, das ist egal. Seine Dummheit ist typisch fürs Piemont«, witzelte Dottore Pòddighe, der sich mit der ersten Flasche Cannonau etwas Gemeinheit angetrunken hatte.

In seinen Worten äußerten sich Groll und Häme gegenüber der Herrschaft des Piemont, der piemontesischen Behäbigkeit, der Zerstörung jahrhundertealter Wälder und der gewaltsamen Unterdrückung jeglicher Unabhängigkeitsbestrebungen. In den Augen Don Cossus waren alle Piemontesen nach wie vor

Savoyer, was kümmerte es ihn, dass seit der Gründung des italienischen Nationalstaats bereits hundert Jahre vergangen waren: Savoyer waren sie, und Savoyer blieben sie.

»Für die stinken wir nach Schaf, und wir halten sie unsererseits für Idioten, für den Inbegriff von Blödheit. Und der Maresciallo kommt hierher und meint, er kann uns seine vorgefertigte Meinungen um die Ohren hauen? Soll er mit seiner Flinte mal gelegentlich ein Wildschwein treffen ... für wen hält der sich eigentlich?«, ereiferte sich Don Cossu, auch er vom Cannonau beflügelt.

Sein Zorn verwandelte sich aber schnell wieder in Belustigung, als er perfekt »die falsche Höflichkeit« im piemontesischen Akzent des Marescialloss mimte, wenn dieser ihm Informationen zu Entführten oder Banditen zu entlocken versuchte.

»Den Tag oder die Uhrzeit will ich gar nicht wissen, nur die Woche. Ich und meine Männer legen uns dann auf die Lauer, und niemand wird Sie verdächtigen«, flehte ihn der Maresciallo an.

»Ich habe Ihnen doch schon gesagt, dass ich nichts weiß, und wenn ich etwas wüsste, wäre es meine oberste Pflicht als Hüter meiner Herde, den Sünder davon zu überzeugen, sich in die Hände eines irdischen Gerichts zu begeben.«

»Genau ... wer hofft, wird selig!«

»Maresciallo ... Sie sind jetzt schon seit Jahren auf dieser Insel und haben immer noch nicht begriffen, dass bereits mindestens ein Monat ins Land gegangen ist, bevor eine Familie eine Entführung zur Anzeige bringt? Vielleicht ist sogar schon das Lösegeld überwiesen worden. Wahrscheinlich ist der Ärmste schon gar nicht mehr am Leben und ruht fünf Meter unter der Erde, und die Familie erstattet nur Anzeige, weil sie darauf hofft, dass man den Leichnam findet und sie nicht bis in alle Ewigkeit auf den Totenschein warten muss, um das Erbe unter sich aufzuteilen. Lassen Sie's, Maresciallo, Sie sind dazu verdammt, bis zu Ihrer Pensionierung an diesem Ort zu bleiben, wer weiß, vielleicht heiraten Sie ja sogar eine Einheimische.«

»Eine Ehefrau von hier, nun wirklich nicht, Don Cossu! Aber wie kommen Sie darauf? Warum, gäbe es denn eine Frau zum Heiraten?«

»Naja, Maresciallo, Sie sind eine Attraktion. Sie wissen schon, die Faszination des Fremden ...«

»Ach, wirklich? Sie machen Witze. Die Frauen hier verlassen doch höchstens mal zu Sankt Anton das Haus und wenn es hoch kommt vielleicht noch zu Mariä Himmelfahrt. Hat man in diesem Dorf überhaupt schon mal eine Frau auf der Straße gesehen?«

»Aber die Frauen kommen am Samstagabend, wenn Sie im Dienst sind, zur Beichte in die Kirche, Maresciallo. Sie kommen zu mir und schütten ihr Herz aus ... und wie sie ihr Herz ausschütten.«

»Und was sagen sie so? Reden sie etwa über mich?«

»Wenn ich es Ihnen doch sage ... was sie wohl an Ihnen finden! Vielleicht ist es Ihr Schnurrbart oder Ihre Bezüge als Staatsdiener, aber machen Sie sich keine falschen Vorstellungen, Maresciallo!«

»Sie machen sich lustig über mich!«

»Genug! Ich habe Ihnen schon viel zu viel verraten. Aber ich habe ein ruhiges Gewissen, denn Namen habe ich nicht genannt. Aber sagen Sie mir doch, welche Ihnen gefallen könnte, und wir verbandeln Sie mit einer Einheimischen, so wird Ihnen alles begreiflich, und Sie können sich Ihre Fragerei sparen.«

Und schon folgte eine Liste mit Namen von Frauen, von denen Don Cossu wusste, dass sie bereits Banditen versprochen waren, die überhaupt kein Problem damit gehabt hätten, einem Carabiniere einen ordentlichen Schrecken einzujagen, noch dazu, wenn dieser aus dem Piemont stammte.

Darauf kehrte De Stefani wohlgemut in die Polizeikaserne zurück und verzichtete ein paar Tage lang darauf, Fragen zu stellen.

Alle lachten aus vollem Halse, aber später, vor dem Einschlafen, fiel Matteo der melancholische Blick von Signorina Matilde wieder ein. Er hatte bereits den Verdacht gehabt, dass sie heimlich in den Maresciallo verliebt war, jetzt war er davon überzeugt.

Im Halbschlaf grübelte er über Don Cossus bemerkenswerten Mangel an Einfühlungsvermögen nach.

Er war Jesuit und ging mit der Wahrheit auf seine eigene Weise um. Sollten die anderen ruhig das verstehen, was ihm selbst am bequemsten war; und schlechte Nachrichten überbrachte er gerne mit einem Scherz und einem Lächeln auf den Lippen.

Und doch kam es Matteo komisch vor, dass Don Cossu nicht begriff, dass seine Schwester an Jagdtagen nicht am Fenster stand, um ihm nachzuwinken, sondern sehr wahrscheinlich, um den Maresciallo zu sehen.

Aber eigentlich waren diese Gedanken zu kompliziert für einen Jungen seines Alters, auch wenn Matteo schon sehr reif war. Und so gab er sich dem Schlaf unter dem Feigenbaum hin, denn es war Sommer und ein Sonntag, und der Cannonau wiegte ihn in eine glückselige Benommenheit.

Aus der Ferne drangen die letzten Lachsalven von Carabiniere Piras an sein Ohr und riefen in ihm ein Dilemma wach, das ihn seit einiger Zeit umtrieb: lieber die Jesuiten oder doch die Salesianer?

III

Càstia su mortu e pentza a su pappòngiu
Schau dir den Toten an und denk ans Essen

»Don Cossu, man hat die Leiche gefunden, wachen Sie auf, Don Co'... ssssss!«

»Wo? Wie spät ist es denn? Was machst du denn hier, Jache'? Kein Wein mehr da, Jache'... Wein ist alle.«

»Man hat ihn an einem Ort gefunden, wo ihn keiner vermutet hätte. In Cort'e Porcus, beim Schafstall von Antoni Esulògu. Kommen Sie mit, Don Cossu, der Maresciallo braucht Sie für eine offizielle Identifizierung.«

»Was ... das darf nicht wahr sein! Warte hier auf mich, Jache', ich komme gleich, nein, besser du rufst sofort Dottore Pòddighe.«

»Hab ich schon versucht, ist aber besser, ich lasse es, der kotzt immer noch.«

»*Madonna 'e Gonare*, wie viel Wein haben wir gestern Abend eigentlich getrunken? Und dir geht es gut?«

»Es geht so, Don Cossu, ich hatte mich gerade hingelegt, da hat der Maresciallo mich wieder aus dem Bett geholt.«

»Um diese Uhrzeit? Um fünf Uhr morgens? Wer hat ihn eigentlich gefunden?«

»Keine Ahnung, Don Co. Mir geht es auch nicht so gut.«

»Um diese Uhrzeit, um fünf ... wer könnte das nur gewesen sein?«

Giacomo Piras, auch Jacheddu genannt, seit einigen Tagen offiziell Carabiniere im untersten Dienstrang, hatte an jenem Morgen das Pfarrhaus ohne Anklopfen betreten. Er wusste, dass Don Cossu ab Mitte Juni die Eingangstür immer halboffen stehen ließ, damit der Durchzug wenigstens für eine Andeutung von Kühle sorgte. In jenem Juli 1969 herrschte eine geradezu höllische Hitze, der Mistral verwandelte sich jede Nacht in Schirokko, und selbst auf dem Friedhof suchte man vergeblich nach Seelenruhe.

Die Nacht hatte der Pfarrer auf einem Feldbett verbracht, eine freundliche Gabe des Maresciallo. Im Unterhemd und das Gewand bis zum Gürtel geöffnet, hatte er in dem Durchgang zwischen der Tür zur Wohnung und der Tür zum Kirchhof geschlafen, wo Matteo und die Signorina Matilde immer noch auf zwei Liegen unter dem Feigenbaum schlummerten, denn ihnen taten die Mücken nichts.

Er brauchte eine Weile, bis er sich auf den Beinen halten und sich das Gesicht waschen konnte. Dann setzte er den Krug mit Quellwasser, den er immer unter der Küchenspüle stehen hatte, an die Lippen und ließ das Wasser die Kehle hinunterrinnen, ohne auch nur einmal Luft zu holen.

Das meiste lief daneben und über sein Gewand, aber wie man weiß, lassen sich die Folgen des Cannonau eben nicht so leicht vertreiben.

Darauf ging er, immer noch barfuß, zur Signorina Matilde,

die wie immer um diese Uhrzeit aufgewacht war, und führte sie in die Küche, wo er ihr flüsternd das Vorgefallene erklärte.

»Hör gut zu, Matilde ... sag nichts zu Matteo, behalte ihn hier, heute ist Dienstag und keine Andacht. Sag ihm, er soll an dem Geburten- und Sterberegister weiterarbeiten, er weiß, was er zu tun hat. Kein Wort ... schhhh ... ich möchte erst sicher sein, dass es wirklich er ist.«

»Aber was ist denn passiert?«

»Man hat seinen Vater gefunden, Matilde ... in den Bergen bei Cort'e Porcus.«

»Tot?«

»Nein, Matilde, wie im Karneval als Hamlet verkleidet ... was glaubst du, wie man ihn gefunden hat?«

»So nah am Dorf? Der arme Junge, seine arme Mama. Aber dir geht's nicht so gut, sehe ich.«

»Ich hole mir kalten Kaffee aus dem Kühlschrank. Sei ganz leise und lass den Jungen schlafen. Du hast nichts gesehen und gehört und schweigst wie ein Grab, hörst du?«

Carabiniere Piras, der sich in der Zwischenzeit dazugesellt hatte, nickte. Während Don Cossu ein paar Schluck von dem kalten Kaffee trank, trat Signorina Matilde zu Piras und fragte: »Stimmt das? Wer hat euch gerufen, Jacheddu?«

»Keine Ahnung, Signorina Matilde. Ich war um drei zurück in der Polizeikaserne. Der Maresciallo war nicht da, sein Jeep auch nicht. Ich dachte, vielleicht ist er allein auf die Jagd gegangen.«

»An einem Dienstag? Das ist doch verboten, und noch dazu bei dieser Hitze ... Vielleicht wollte er die Gegend nach Anzeichen von Brandstiftung absuchen, morgen bläst der Mistral … schau dir nur den Himmel an. Seitdem der Mensch auf dem Mond war, *fincias e su témpus s'esti ammacchiàu*.«

»Was hat dieses verrückte Wetter mit der Mondlandung zu tun, Matilde, *ma po praxéri!*«, platzte es aus Don Cossu heraus.

»Aber das kann schon sein. Außerdem schläft auch der Maresciallo so gut wie nicht bei dieser Hitze, und er war auch schon letzte Nacht wegen der Mondlandung wach, und der Mistral ist auch nicht mehr …«, seufzte Jacheddu, aber er wurde von Don Cossu unterbrochen: »Aiò, Jacheddu, jetzt fängst du auch noch mit diesen *chicchionate*, diesem Unsinn an, auf geht's! Und du, Matilde, hältst deinen Mund, hörst du?«

Im Morgengrauen des 22. Juli 1969 durchquerten Carabiniere Piras Giacomo, auch Jacheddu genannt, und Cossu Don Egisto, auch Don Co' genannt und seit dreizehn Jahren Pfarrer der Gemeinde Telévras, keuchend das Dorf und verwünschten den Cannonau von Tore Baccanti, den steilen Anstieg über Kopfsteinpflaster, auf dem man sogar an Ferragosto, am 15. August, leicht ausrutschte, und überhaupt den Höhenunterschied zwischen Pfarrhaus und Polizeikaserne, Ersteres lag auf 600 Meter, Letztere auf 800 Meter über dem Meeresspiegel. Das alles in diesem von Gott und dem Teufel vergessenen Dorf, das aussah, als hätte ein Alpinist es entworfen, der genauso besoffen gewesen war wie sie beide an jenem Morgen. Sie marschierten vor sich hin, ohne einen Gedanken an den Leichnam von Bachisio Trudìnu zu verschwenden oder daran, wie Matteo sich wohl fühlen würde, wenn sie ihm alles erzählt hatten, oder daran, dass sie nicht einmal ein Auto besaßen, um schneller voranzukommen, und dass man sich auch um die Familie kümmern musste.

Sie verwünschten und überlegten alles Mögliche, aber sie fragten sich nicht, wie es dem Leichnam von Bachisio Trudìnu eigentlich gelungen war, sich derart leicht auffinden zu lassen, was in der Folge einen gerade mal zwölfjährigen Jungen in Verzweiflung stürzen und offiziell eine weitere Ehefrau zur Witwe erklären würde, schon die zweiundzwanzigste in einem Dorf, in dem es ohnehin mehr Witwen als Ehemänner gab.

Als sie bei der Polizeikaserne eintrafen, wartete bereits der Jeep mit laufendem Motor, an einem Hinterrad einen Dreißig-Kilo-Felsbrocken, der als Handbremse fungierte, und sie hörten den Maresciallo De Stefani vom Dach aus rufen: »Ich komme sofort, Don Cossu. Piras, eine Sekunde, hol mir meine Maschinenpistole.«

Nach einer durchzechten Nacht mit Cannonau war es eine wahre Heldentat, den Kopf in den Nacken zu legen und den Blick nach oben zu richten. Der Brauch wollte es eigentlich, dass man sich auf den Bauch bettete und den Kopf auf den Zipfel eines Kissens niederlegte, das wenn möglich mit Drossel- oder Amselfedern gestopft war, und aus dieser Position richtete man dann den Blick nach Osten, von wo an manchen Tagen eine frische Meeresbrise angeweht kam.

Das galt natürlich nur, wenn man den Mistral im Rücken und den Ostwind im Gesicht hatte. Die Leute in Alghero oder Oristano hatten da wirklich Pech, pflegte Don Cossu zu sagen und erheiterte damit Matteo und Dottore Pòddighe, denn diesen armen Bewohnern blies der Mistral auch im Sommer mit achtzig Stundenkilometern mitten ins Gesicht, und die Frisur sah immer aus wie streng nach hinten gebürstet.

Aber Don Cossu hatte an jenem Morgen keine Lust, den Helden zu spielen, öffnete, um den Maresciallo auf dem Dach zu sehen, die Fahrertür und streckte sich behelfsmäßig auf den beiden Vordersitzen aus.

So hatte er De Stefani gerade so im Blick, wie er mit seinem Dienstfernglas den Horizont absuchte, ein Verb, das er sehr gerne verwendete. Doch dann zwang Don Cossu ein unwiderstehlicher und plötzlicher Brechreiz aus seiner liegenden Position.

Carabiniere Piras kotzte ebenfalls eine Runde, denn Brechreiz ist fast so ansteckend wie Gähnen, und betete zum Himmel, dass der Maresciallo nicht von der nächtlichen Zecherei erfahren würde, die ohne ihn stattgefunden hatte.

Signorina Matilde hatte wie so oft richtig gelegen.

Maresciallo De Stefani hatte die sterblichen Überreste gefunden, während er die Gegend nach Jutesäcken mit Vorrichtungen für Brandstiftung absuchte, seine Art und Weise, die Saison der Waldbrände einzuläuten.

Er habe mit dem Fernglas merkwürdige Umtriebe auf der Viehfährte am Perd'e Liana bemerkt, erklärte er, während er das Maschinengewehr einlud und Carabiniere Piras befahl, es ihm gleichzutun. Er war sicher, dass dort ein Brand gelegt werden würde, denn ihm war aufgefallen, dass einige Hirten ihre Schafe nach Norden, zum Gennargentu, getrieben hatten. Der für den übernächsten Tag angekündigte Mistral, der erste kräftige in jenem Jahr, hätte dann dafür gesorgt, dass sich das Feuer Richtung Meer in sprichwörtlicher Windeseile ausbreitete.

»Das Maschinengewehr, Maresciallo?«, stotterte Piras.

»Na, was ist? Willst du mir widersprechen? Das Maschinengewehr, ja, genau das. Und die Pistole und die Handschellen auch. Und lern endlich, ›zu Befehl‹ zu sagen, wenigstens bei einem Einsatz. Zum Henker nochmal!«

»Zu Befehl!«

»Maresciallo, aber finden Sie es richtig …«, setzte Don Cossu an, um jeden Versuch von Meuterei im Keim zu ersticken.

»Versuchen Sie doch, mich zu begreifen, Don Cossu. Ich habe in Nuoro nachgefragt, und Colonnello Modugno hat mir gesagt, ich soll das so machen. Stellen Sie sich vor, die kämen zu einer Inspektion. Das hätte mir gerade noch gefehlt.«

»… die kommen zu einer Inspektion …«, verbesserte Don Cossu leise. »Da muss nicht unbedingt der Konjunktiv hin.«

»Kommen, kämen! Was soll das, Don Cossu! Was spielt der Konjunktiv für eine Rolle?«

»Der Konjunktiv ist immer wichtig. Sagen sie mir lieber: Ist das wirklich er?«

»Haben Sie was getrunken? Wie kommen Sie überhaupt auf den Konjunktiv? Hat Piras mitgesoffen?«

»Maresciallo, ich bitte Sie … da waren wir beide nicht im Dienst. Außerdem haben Sie mich heute früh eigens herbestellt.«

»Na gut, aber ihr habt hoffentlich nicht alle ohne mich Wildschwein gegessen?«

»Aber nein, wie kommen Sie darauf, Maresciallo. Tore Baccanti hat uns ein bisschen Cannonau aus eigenem Anbau spendiert, und da haben wir uns durch ein paar Jahrgänge getrunken, ein bisschen vom '66-er, dann den '67-er, und schließlich haben wir uns festgetrunken.«

»Festgetrunken? Und was ist mit mir? War Piras die ganze Zeit mit von der Partie?«

»Aber nein, Maresciallo. Und Ihnen haben wir für Ferragosto noch was aufgehoben. Aber jetzt sagen Sie mir doch ...«

Und dann fing De Stefani an zu erzählen er konnte nicht schlafen und Piras hatte wegen der Mondlandung vierundzwanzig Stunden Ausgang und so war er allein mit dem Jeep in die Nähe von Cort'e Porcus gefahren und hatte dort Stellung bezogen um das Dorf von oben abzusuchen und mit dem Fernglas auch gleich den Perd'e Liana denn der Mond schien hell und er war überzeugt dass Antoni Esulògu Brände legte und im Gegenzug ein paar Schafe oder was anderes bekam und er war auch überzeugt dass Bachisio Trudìnu bei der letzten Entführung Wache gestanden hatte und wahrscheinlich hatte man ihn umgebracht um ihn mundtot zu machen und schon komisch dass er bei der Schießerei in Mamoiada verletzt worden sein soll und wie hatte er dann den Pass des Corr'e Boi überquert und es war ganz schön dunkel gewesen als er ihn fand und er war von einem knappen Meter Erde bedeckt und was für ein Schreck zum Henker noch mal und diese Hand im bleichen Mondlicht und dazu der Geruch nach Maus und Pisse und schon komisch dass die Verwesung so weit fortgeschritten war aber der Gestank war auszuhalten vielleicht wegen dem Mistral oder dem Südwestwind und und und …

Beim Cannonau war am nächsten Tag das Schlimmste, dass er Satzzeichen komplett abschaffte, das wusste Don Cossu aus Erfahrung.

Und zwar nicht nur in der eigenen Rede, sondern auch beim Zuhören, wenn das Gegenüber nüchtern war und schnell sprach. Don Cossu wäre dem Maresciallo am liebsten an die Gurgel gegangen.

»Der kennt beim Reden wirklich weder Punkt noch Komma, nicht einmal einen Gedankenstrich … dieser Idiot! Das nächste Mal gebe ich dir dein Wildschwein … und auf deinen Cannonau kannst du lange warten … tze … Cannonau, Wildschwein, noch was? … diese verdammten Straßen … das Geholpere würde schon reichen, aber nein, es geht auch noch steil bergauf …«, dachte Don Cossu auf dem Beifahrersitz, während er bei der Fahrt über die unbefestigte Straße, die sie zum Fundort der Leiche brachte, durchgerüttelt wurde.

Wenn der Maresciallo Don Cossus Gedanken hätte lesen können, hätte er auf der Stelle begriffen, dass Bachisio Trudìnu in der kleinen Dorfgemeinschaft ein wichtiger Mann gewesen war.

Er bildete sich nichts darauf ein, aber Don Cossu kannte wirklich alle Banditen und war mit Leuten, die im Guten wie im Schlechten etwas zählten, auf Du und Du. Und beim Umgang mit Toten hatte er eine eigene Methode, die ihm ein spanischer Jesuitenpater, Don Llorente de Benetuser, beigebracht hatte:

»Schau ihn dir an, dann stell dir vor, was du von ihm zu essen bekommen könntest, und dann halte deine Predigt.«

Und genau so hielt er es am 22. Juli 1969 um sechs Uhr morgens mit Bachisio Trudìnu, noch bevor er den Leichnam gesehen hatte. Er stellte sich Cannonau vor, Wildschwein, frischen cremigen Pecorino, der das Tannin von dem Wein aus dem Mund vertrieb, er dachte daran, dass er fortan nie mehr jenen frischen Ricotta für die *pardùlas* für Ostern hätte, den Matteo ihm immer im Auftrag des Toten mitgebracht hatte, oder den wilden Knoblauch, den er für ihn im Beichtstuhl hinterließ, denn erst damit wurden die *culurgiónes* seiner Schwester Matilde unübertroffen. Und die Poleiminze aus den Bergen erst, ach …«

Das alles fiel ihm beim Namen Bachisio Trudìnu ein.

Ein braver Mann war er gerade nicht gewesen, der Vater von Matteo: Er war Analphabet wie die meisten Schäfer im Dorf und hatte für sich beschlossen, dass die roten Kalendertage für Cannonau genau richtig waren, und um der Rebsorte weitere Ehre zu erweisen, auch die schwarzen. Sollten doch die frommen Weiber das Quellwasser vom Monte Corongiu trinken.

Irgendwann soff er auch während der Arbeit, aber es war ihm sehr wichtig, dass niemand davon erfuhr, denn er wollte nicht zum Dorfgespött werden.

Er trank in der Stille der Berge, wo er einst als Hilfsschäfer begonnen hatte. Er trank wie alle aus Not, und weil es wenig kostete, und oft genug war Wein das einzige Entgelt für wenige Arbeitstage.

Er selbst hatte sein Lebtag kein Schaf und keine Ziege besessen, nicht einmal, um Milch für den Jungen zu haben, aber er war in seinem Beruf tüchtig, und zwar so tüchtig, dass die Großgrundbesitzer ihn irgendwann außer mit Wein, Milch und Öl sogar in Lire bezahlten.

In den vergangenen Monaten waren meist nur noch Milch und Öl zu Hause angekommen, denn die Lire hatten sich in Wein verwandelt, und wenn die Fässer der Großgrundbesitzer seinen Durst nicht stillten, wich er auf die Taverne von Tore Baccanti aus, der sich, um ehrlich zu sein, Mühe gab, ihn zu mäßigen, und einen Teil des eingenommenen Geldes der Ehefrau Elvira Bòttaru, Matteos Mutter, zusteckte. Bis Bachisio Trudìnu, dessen einziger Reichtum auf Erden sein Stolz war, dem Wirt eines Tages auf die Schliche kam und ihn mit dem Messer am linken Ohr verletzte, das darauf mit fünf Stichen genäht werden musste. Aber Tore Baccanti sagte aus, dass er auf einer zerbrochenen Flasche ausgerutscht sei, und damit musste Maresciallo De Stefani wieder einmal einen Fall zu den Akten legen.

Bachisio Trudìnu hatte wie gesagt seinen Stolz, er war über alle Maßen stolz, so stolz wie nur Sarden, die das Meer verabscheuen, stolz sein können. Als seine Ehefrau ihn nicht mehr an sich heranließ, sorgte er dafür, dass die Großgrundbesitzer, für die er arbeitete, fortan seinen mageren Lohn direkt an Don Cossu auszahlten, der ihn dann an die Frau weitergab. Er hatte Don Cossu persönlich im Beichtstuhl darum gebeten, nur für kurze Zeit dann wird das mit der Trinkerei aufhören und ob er seinen einzigen Sohn mit unterstützen darf damit der später studieren kann und er will auf keinen Fall dass aus ihm ein Schäfer oder Tagelöhner wird wie er selbst und und und …

Und an dieser Stelle hatte Don Cossu zu ihm gesagt: »Mach was Sinnvolles, Bachi'. Bring den Wein zusammen mit dem Lohn, sobald sie dich ausbezahlt haben, dann gebe ich den Wein Matteo, und der trägt ihn Liter für Liter nach Hause, so kommst du weniger in Versuchung. Zu Tore gehst du gar nicht mehr, und wenn, dann nur auf ein Viertel. Ich erfahre ohnehin, ob du dich dran hältst, und falls ich das Gegenteil erfahre, musst du erst gar nicht mehr zu mir kommen.«

»Gut, abgemacht, Don Cossu. Ein Liter und dann ab nach Hause …«

»Ein Viertel, Bachi', ein Viertel habe ich gesagt, ansonsten lass dich hier nicht mehr sehen. Und dann kannst du dich auch selbst um Matteo kümmern.«

Bachisio Trudìnu hatte auf ihn gehört, er hatte sich die Worte wirklich zu Herzen genommen, nur, Teufel nochmal, hatten sie ihm einen Cannonau gegeben ein Wein wie Likör der von einem Großgrundbesitzer aus Jerzu produziert wurde er hatte Bachisio auf Wochenbasis beschäftigt und bezahlte ihn mit Wein ein wirklich ausgezeichneter Tropfen sein Lieblingswein und am Vorabend hatten sie eben den Cannonau von Bachisio getrunken aber natürlich konnte er dem Maresciallo nicht sagen dass der Wein von einem Banditen stammte von wegen Tore Baccanti von wegen … und jetzt gab es nicht nur einen Alkoholiker sondern zwei nein eigentlich drei wenn man Piras hinzuzählte und der Maresciallo war auch schon fast einer und wenn man für einen Alkoholiker hundert Prozent ansetzte dann lag jeder von ihnen bei fünfundzwanzig Prozent ... natürlich nur wenn man die Leberzirrhose ebenfalls durch vier teilte schön wär's und von wegen Gelbsucht sollte man mit Milch und Reis kurieren und und und ...

Das alles ging Don Cossu durch den Kopf, und so was in der Art hätte er in seiner Andacht auch gesagt, wenn die Beerdigung an jenem Morgen in Cort'e Porcus stattgefunden hätte.

Als sie an ihrem Ziel ankamen, war es 6.30 Uhr. Einige Tage später erzählte Don Cossu seinem Freund Dottore Pòddighe, dass das Aussteigen aus dem Jeep so mühevoll gewesen war, als wäre er einer der Astronauten gewesen, die er am Vortag im Fernsehen dabei verfolgt hatte, wie sie zum ersten Mal einen Fuß auf die Mondoberfläche setzten, und dabei hatten sie so einen komischen sardischen Dialekt gesprochen, der sich anhörte, als wären sie aus Carloforte ...

IV

Der Teufel und der Fil'e ferru

Der Organist Matteo Trudìnu, auch Matte' genannt, hatte seine eigene Methode, und es war daher vollkommen überflüssig, ihm bestimmte Stücke vorzuschlagen. Er sah einem Toten ins Gesicht und wusste dann sofort, welche Musik passte. Und Don Egisto bezog für Trauerreden seine Inspiration bekanntermaßen aus Speisen. So waren Totenmessen immer eine runde Sache.

Seit dem 13. Oktober 1966, als Don Cossu versucht hatte, ihm den Teufel auszutreiben, bestand ein besonderes Verhältnis zwischen den beiden.

An jenem Morgen hämmerte Matteos Mutter Elvira gegen die Tür des Pfarrhauses, eigentlich war sie auf der Suche nach Dottore Pòddighe.

»Schnell, Signorina Matilde, ist Don Cossu da?«, sagte sie aufgelöst.

»Was ist los, Elvira? Was ist passiert? Egiiii … komm schneeeell.«

Don Cossu kam sofort herbeigerannt, er hatte gerade die Morgenmesse für die drei alten Weiber beendet, die um sechs immer schon vorm Kirchentor warteten, und auch er war erschrocken, es musste etwas Schlimmes passiert sein, denn üblicherweise sah er Elvira nur zur mitternächtlichen Christmette in der Nähe der Kirche.

»Kommen Sie schnell, Don Cossu ... der Junge, schnell, Dottore Pòddighe finde ich nicht, und mein Mann verkauft in Lanusei auf dem Markt ...«

»Ist er gestürzt? Was ist passiert? Elvira, sag mir, was los ist, vielleicht habe ich ja was im Haus. Und beruhig dich erstmal!«

»Ich weiß es doch nicht, er redet wirr ... seine Augen sind nach hinten gerollt, helfen Sie mir, Don Cooo'!«

Der kleine Matteo hatte Krämpfe und lallte, während seine Mama die Madonna von Gonare anrief, und eigentlich hätte Don Cossu allein diese Tatsache beunruhigen müssen. Denn die Ehefrau eines Entführers wie Bachisio Trudìnu ist ihr Leben lang eine Geisel, und sie ist der einzige Mensch, der die Verzweiflung eines Entführten und seiner Familie wirklich begreifen kann, natürlich nur, solange sie mit dem Verbrechen selbst nichts zu tun hat. Und wenn eine solche Frau betet, dann wirklich nur, um die Stunde und den Ort ihrer Eheschließung zu verwünschen und den legendären Maskinganna, den Meister der Täuschung, und alle anderen Teufel der Selbsttäuschung anzurufen, die sie einst Seelenschmerz mit Liebe verwechseln ließen.

Der kleine Matteo hatte Schaum vorm Mund und lallte laut Sätze in einer fremden Sprache, während eine Nachbarin, die Witwe Bonaria Arcàdu, ihm den Kopf hielt und ihm alle zwei Sekunden die Zunge gegen mögliches Ersticken aus dem Mund holte.

»*Aimalàmalakììì Aimalàkalakììììì Laizenaàààààà. Aimaaaamaaaalalàkailiki Ainimalakakilikiii Laizenaaaa Essu Maizena Issu Laizena Malakiiiiii*«, schrie und spuckte der kleine Matteo.

Don Cossu, ausgewiesener Experte, was das Thema Teufel anging, geradezu eine wandelnde Enzyklopädie, blieb ungerührt.

»Und wer soll das alles sein? Nie gehört ... Maizena? Malakì? Liazena? Woher kommt ihr? Wo-her-kommt-ihr?«

»*Raservrutiii Fresdenaguuu Minufreduuu Rabattenuuu Ribattenuuu Rubattinuuu.*«

»Ich seh schon, ihr wollt mich hinters Licht führen. Da seid ihr an den Richtigen geraten ... aus Sassari kommt ihr? Ich werde euch zeigen, wo es langgeht ... Schon verstanden, nicht einmal Sardisch beherrscht ihr ... Dilettanten.«

Elvira Bòttaru und die Witwe Arcàdu kamen aus dem Staunen nicht heraus, während Don Cossu in Seelenruhe seine lila Stola zurecht zog, die er in der Eile abzulegen vergessen hatte, und nach dem kleinen Weihwasserwedel kramte, mit dem er unter dem Vorwand der Segnung durch die Felder streifte, wo er in Wahrheit aber nach Essbarem für den Winter suchte.

»Ich habe kein Weihwasser mehr, Elvi', lauf, ich muss das Ding hier auffüllen.«

»Wasser? Hier, Don Co'... ein Krug.«

Sie versuchten, Wasser aus dem Krug in den Griff des Weihwedels zu gießen, aber die Öffnung war zu schmal, und das meiste lief daneben.

»Was ist da drin?«, fragte er und zeigte auf ein Fläschchen

mit einer durchsichtigen Flüssigkeit, das auf der Anrichte des einzigen Zimmers der Familie stand.

»*Fil'e ferru*, Schnaps, Don Co'… gegen Zahnschmerzen.«

»Gut, das geht auch, gib mir davon etwas.«

Und Don Cossu füllte den Weihwedel mit Schnaps und spritzte dem vom Teufel besessenen Kleinen damit ein paar Ladungen ins Gesicht, aber ohne die Formel für das Austreibungsritual zu sprechen.

Wie durch ein Wunder, die Witwe Bonaria Arcàdu schilderte danach die Ereignisse bis zum Tag ihres Todes in allen möglichen Varianten, hörten die Krämpfe fast auf der Stelle auf, und aus dem Schaum vor dem Mund wurde Speichel. Alle betrachteten den Jungen eine Weile schweigend, bis Don Cossu vollkommen ruhig sagte: »Jetzt wird er ein wenig schlafen, und wenn er aufwacht, erinnert er sich an nichts mehr. Bring ihn mir zur Sicherheit heute Abend gegen acht Uhr vorbei, dann schaue ich ihn mir an, Dottore Pòddighe wird dann auch dabei sein. Heute ist Schlachttag, wahrscheinlich ist er unterwegs, um Fleisch zu begutachten und seinen Stempel draufzudrücken.«

»Aber was war das, Don Co'? Teufel?«

»Ich weiß es nicht, Elvi', ich weiß es wirklich nicht, das ist immer schwierig zu sagen. Behalte Stillschweigen und sag den Nachbarn, er hätte leichtes Fieber gehabt.«

»Vielen Dank, Don Co'.«

»Ich habe das Gefühl, dass ich eigentlich dich segnen sollte. Zu wem hast du da eben gebetet?«, fragte Don Cossu lächelnd.

»Zur Madonna von Gonare«, antwortete Elvira schüchtern.

»Siehst du, deswegen hat es funktioniert. Es war das erste Mal, dass ich dich habe beten hören … nicht vergessen, gegen acht Uhr.«

Viertel vor acht saß Dottore Vittorio Pòddighe mit seinem Instrumentarium auf der Bank in der kleinen Sakristei: Spritzen und Riesenspritzen, Tabletten und Riesentabletten, Antibiotika, Sulfonamiden, Salizylpräparaten und vor allem mit Bromid. Nach allem, was er von Don Cossu am Telefon erfahren hatte, standen die Dinge seit Matteos Anfall auf der Kippe.

Zumindest hatte der Pfarrer ihm das in seiner gewohnt scherzhaften Art angedeutet, und er hatte sofort begriffen, dass er ein wenig übertreiben musste.

Denn die Sache funktionierte hier folgendermaßen: Wann immer eine Mama ihn wegen eines plötzlichen und ungewöhnlichen Fiebers ins Haus rief, waren die schieren Ausmaße seiner Instrumente eine wirksame Abschreckung gegen jede Art von Beschwerden, wie sie vor Schulprüfungen gerne auftraten, und selbst unter dem Nachwuchs der Hirten und Bauern, der mittlerweile auch der Schulpflicht unterlag, gab es so gut wie niemals Absenzen. Die fest angestellten Lehrer freuten sich darüber, die Tagesvertretungen schon weniger, und die Väter, ob nun Landbesitzer oder nicht, überhaupt nicht.

Beim Hereinkommen entzündete Don Cossu, durch und durch Jesuit, ein paar der Kerzen, die bei der Morgenmesse noch nicht ganz heruntergebrannt waren, und löschte dann das elektrische Licht, das eigentlich schon schummerig genug war, um eine geeignete Atmosphäre für den Exorzismus zu schaffen.

Er begrüßte den Dottore nicht, sondern reichte ihm den Weihwasserstab mit den Worten: »Probier mal, Vitto'.«

Dottore Pòddighe, der aufgrund des plötzlichen Wechsels der Lichtverhältnisse kaum mehr etwas sah, bekam wie durch ein Wunder den Feld- und Wiesenweihstab zu fassen und fragte verblüfft: »Aber Egiii' … *maccu sesi*, was ist das? *Ta brulla esti*, soll das ein Scherz sein?«

»Los, nun probier schon! Beeil dich, Mutter und Sohn sind jeden Moment hier.«

»Was gibt es da zu probieren, Egiii?«

»Schraub oben die Kappe vom Weihwasserstab ab und probier, ich hab dir noch was übrig gelassen.«

»Was soll ich denn Weihwasser probieren, und dann auch noch aus dem Stab … wie eklig.«

»Nun probier schon, Vitto', *tasta te abbaaaa*, probier von dem Wasser!«

Dottore Pòddighe, der Don Egisto Cossus Macken kannte, wenn es um die Reinheit von Wasser ging, wollte sich nicht länger widersetzen, schraubte die Kappe vom Stab, setzte die Lippen an und benetzte seine Zungenspitze mit ein paar Tropfen, die er hastig runterschluckte. Etwas zu hastig.

Gott sei Dank hatte Don Cossu ihm nur ein Schlückchen übriggelassen, sonst hätte er sich den Gaumen verbrannt.

»Uuuuuh … haaaaa … bist du verrückt geworden? Hast du da reinen Alkohol reingeschüttet? Ohhhhh …«

»Was für ein Schnaps, stimmt's?«

»Wo hast du den her? Der brennt wie Feuer … als hätte der Teufel selbst ihn gebraut! Der hat bestimmt siebzig Prozent.«

»Eine wahre Bombe, Vitto'. Den Schnaps habe ich aus dem Haus von Bachisio Trudìnu, das Wasser aus dem Krug ist immer daneben gelaufen, und, schwups, habe ich ein bisschen von dem *fil'e ferru* reingeschüttet, den Elvira Bòttaru dort gegen Zahnschmerzen rumstehen hat.«

»Aber ihr Mann hat doch gar keine Zähne mehr. Die letzten beiden habe ich ihm letztes Jahr vor dem Ziegenjahrmarkt gezogen …«

»Dann wird sie den Schnaps trinken. Die Flasche war halbleer. Still, sie kommen gerade.«

Als Elvira Bòttaru mit dem kleinen Matteo eintrat, machte Don Cossu sofort das elektrische Licht an, damit der Junge keinen Schrecken bekam, und rief Signorina Matilde, denn er wollte die Mutter loswerden und mit dem Jungen alleine sein.

»Mach bitte einen Kaffee für die Signora Elvira, Mati«, bat er freundlich.

»Komm mit, Elvira, dann kannst du den Kaffee vom Festland probieren«, sagte Signorina Matilde.

Das Wort »Festland« besaß damals eine magische Anziehungskraft. Es war die Zeit, als alles, was aus Italien kam, besser, richtiger, klüger und raffinierter war. Und vor allem, in einem Dorf wie Telévras nicht ganz unwichtig, sehr teuer, zehn Mal so teuer. Man aß zwar nach wie vor den Pecorino aus eigener Herstellung, nur dass man ihn erst für 100 Lire pro Kilo an einen Händler vom Festland verkaufte und dann für tausend Lire wieder einkaufte, mittlerweile aber mit einem Plastiketikett versehen, auf dem stand: *Vero Pecorino Sardo*, echter Schafskäse aus Sardinien.

Es war doch gleich ein ganz anderes Gefühl, ihn zu diesem Preis zu erwerben, noch dazu, wenn da außerdem stand, *Prodotto e confezionato ad Agrate Brianza (Milano-Italy)*.

Wie viele Schafe gab es eigentlich in diesem Agrate Brianza? Nach Schätzungen von Don Cossu und Dottore Pòddighe mussten es um die dreißigtausend Tiere sein, da kam man vor lauter Schafen nicht mehr durch die Straßen und musste sie, um diese Mengen an Käse herzustellen, sogar vor den Ampeln melken.

»Sag mal, Matte', hast du dich heute Morgen schlecht gefühlt?«, begann Don Cossu. »Erinnerst du dich an etwas?«

»Nein«, sagte der Kleine, »ich fühl mich gut.«

»In welche Klasse gehst du?«, fragte Dottore Pòddighe, während er so tat, als lade er eine Bazooka, die er bei Eseln einsetzte, die sich weigerten, in der Ölmühle im Kreis zu gehen.

»In die dritte Klasse Grundschule.«

»Mmm ... jetzt werde ich dich untersuchen.«

Dottore Pòddighe besah sich als Erstes die Augenlider, dann tat er so, als würde er den Kopfumfang messen, nahm sich den Brustkorb vor und maß die Körpertemperatur, dann musste Matteo den Atem anhalten und durfte keinen Pieps sagen, während er ihn abhorchte, nicht einmal zum Scherz, denn seit das Pferd von Battòre Pìstis ausgerechnet in dem Augenblick geniest hatte, als er es auf Lungengeräusche untersuchte, unter denen es seit dem Pferderennen zu Sankt Damiano litt, war er halb taub. Alles Wichtige untersuchte er, nur das Wichtigste nicht, Matteo musste ihm nicht die Zunge rausstrecken.

Unterdessen ließ Don Cossu, als sei das völlig normal, unter den aufmerksamen Blicken des Aspiranten *Zampadiaddu*, Teufelsfuß, gleich eine ganze Reihe von Kreuzen, Stolen und heiligen Gerätschaften passieren und wartete auf eine heftige Reaktion oder wenigstens eine Tirade in einer ihm unbekannten Sprache. Irgendwann verkündete Dottore Pòddighe die Diagnose: »*Egi', po mei nudda tènidi!* Dem fehlt nichts.«

Aber damit konnte man Don Cossu nicht täuschen, die Jesuiten können ein Lied davon singen, wie das Böse sich angesichts eines derart hausbackenen Exorzisten zu verstellen und zu tarnen versteht, und so sprang er unvermittelt hinter Matteo hervor und stellte sich ihm blitzschnell in den Weg, und dabei sprang und schrie er wie ein Besessener: »*Sùlaaa, sùlaaa, essìnd'a fòras Maziabrébus babbu de tottu' is tiàuuuulus ... Fòras de issu. Fòrasdenosuuuuu! Pisciadì sa manu. Sulaaaaaaaa!* Puste fest, Matteo, puste, und du komm heraus, du Urvater aller Teufel. Komm aus ihm heraus! Puuuuuuste!«

Der arme Matteo Trudìnu litt Todesängste und mit ihm Dottore Pòddighe. Er pustete so fest wie der Blasebalg von Gonario Vargiu, Don Cossu mitten ins Gesicht, während der Dottore versuchte, sich von der Attacke auf seine Herzkranzgefäße zu erholen. Matteo pustete und pustete, und Don Cossu drängte weiter: »Sùlaaa Timòniuuu! Suladìndi a fòras Timòniuuu! Puuuste Dääämon, puste dich raus, Dääämon!«

Der kleine Matteo pustete, was das Zeug hielt, er pustete wie der Mistral, wie die Winde aus dem Südosten und aus dem Nordosten, er pustete so heftig, dass Don Cossu irgendwann seinen Kopf zwischen die Hände nahm und ihm befahl aufzuhören, und zwar auf der Stelle.

Er nahm den Dottore beiseite und flüsterte ihm zu: »Hast du seinen Atem gerochen?«

»Nein.«

»Das darf nicht wahr sein … Und du willst Arzt sein? Dich würde ich nicht mal Bruthennen untersuchen lassen.«

Darauf bat der Dottore Matteo, ihm direkt ins Gesicht zu pusten, und fast hätte sich auch die linke Herzklappe nicht mehr geschlossen, die einzige, die nach der Exorzismusübung noch funktionierte.

»Egi …«, flüsterte er dem Pfarrer zu, nachdem er ihn zur Seite genommen hatte, »der hat eine Fahne wie ein Säufer … wie kann das sein?«

»*Ma càstia tui … su dottori.*«

»Jetzt mach dich nicht über mich lustig! Du wolltest ihm den Teufel austreiben.«

»Ich habe auf dich vertraut … Komm her, Matteo, und mach einen kleinen Spaziergang mit uns«, sagte Don Cossu ironisch. Er hakte sich bei Matteo Trudìnu unter, um mit ihm durch die Kirche zu marschieren, und beim Schiff mit der Statue des heiligen Sebastian fing er an.

»Dem fehlt doch ein Pfeil … schon wieder! Wer immer ihm den geklaut hat, den jag ich aus der Kirche. Wahrscheinlich war es dieser Giuanneddu Salis, der lässt immer die Pfeile mitgehen, er und diese Säuferbande … die sollen mir bloß nicht unter die Finger kommen. Matte', reich mir einen der Pfeile von dort unten in der Kiste«, sagte Don Cossu, aber sehr verärgert war er nicht.

»Wo, Don Co', hier? Ach ja, jetzt hab ich ihn … den hier?«, fragte Matteo.

»Weißt du was, ich halte die Statue fest, und du steckst ihn da rein, genau in die zweite Rippe, das ist der letzte Pfeil, den wir in Reserve haben. Fertig, Matteo? Jetzt, ich halte sie fest ... jetzt, rein damit!«

Matteo nahm den Pfeil in die Hand und steckte ihn dem heiligen Sebastian in den Brustkorb, dabei versuchte er, ihm so wenig wie möglich wehzutun. Don Cossu stellte die Statue wieder gerade hin und begutachtete sie: »Naja ... zwei auf der einen Seite, drei auf der anderen ... passt schon. Matteo, wir können gehen, wir haben ihm die Pfeile wieder in Ordnung gebracht. Aber die jag ich aus der Kirche ... an die ist der Cannonau verschwendet.«

Sie gingen weiter bis zum Taufbecken, wo Don Cossu den kleinen Matteo daran erinnerte, dass er ihn einst dort getauft hatte.

»*M'arregódu de tui, m'arregódu. Cussa die m'as fattu unu tróddiu in facci! Giai mi d'arregódu, giai.* Ich erinnere mich noch genau an dich, an dem Tag hast du mir genau ins Gesicht gepupst«, sagte er lächelnd. Matteo errötete.

Sie spazierten weiter durch die Kirche, und Don Cossu behielt Matteo im Blick, vielleicht würde es beim Anblick der geweihten Dinge doch noch zu einer heftigen Gegenreaktion kommen. Dann sagte er in freundschaftlichem Tonfall: »Hör zu, Matte', wenn du's mir verrätst, ist das keine Beichte ... es geht nicht um deine Sünden, hast du verstanden?«

Matteo hatte nicht verstanden.

»Machen wir's so. Ich werde dir sagen, was passiert ist. Wenn's nicht stimmt, sagst du's mir, andernfalls schweigst du. Okay? Wenn das, was ich sage, stimmt, sagst du nichts. Okay?«

Matteo nickte.

»Du hast aus dieser kleinen Flasche getrunken, stimmt's? Du hast vielleicht gedacht, es wäre Wasser, aber ... Wie viel hast du getrunken? Du hast tiefe Schlucke genommen, vielleicht hattest du richtig Durst und wusstest nicht, was es war? Du hast es sofort in der Kehle gespürt und bist ohnmächtig geworden? Aber wie hast du geschafft, so viel zu trinken, ohne zu merken, dass es kein Wasser war? Das waren bestimmt drei, vier große Schlucke. Stimmt's, so war's, Matteo? Das hier ist keine Beichte, Matte'... es geht nicht um deine Sünden.«

Matteo schwieg.

»Verstanden, ich habe verstanden ...«, sagte Don Cossu und legte ihm bekräftigend eine Hand auf die Schulter.

»Das darfst du nie wieder tun, verstanden? Beim nächsten Mal stirbst du vielleicht. Das ist Zeug für Erwachsene, und vielleicht reichen dafür nicht einmal die fünfundzwanzig Lebensjahre, die es braucht, um den Senat zu wählen«, fuhr Don Cossu fort und wollte ihm Angst einjagen.

Matteo senkte den Kopf.

»Aber eine Sache musst du mir noch sagen, Matte', und das ist jetzt eine Beichte, eine echte Beichte mit Todsünden. Wer gibt deinem Vater dieses Zeug?«

»Totoni Crobèddu, Don Co'!«

»Totoni Crobèddu? Totoni Crobèdduuuu? Und mir hat er gesagt, dass er das nicht mehr macht, sogar im Beichtstuhl hat er mir das gesagt! Stell dir das vor! Na, dem werde ich den Marsch blasen ...«

Matteo bekam es mit der Angst zu tun, er wollte niemanden verpfeifen.

»Mach dir keine Sorgen, ich halte meinen Mund, Matte', mach dir keine Sorgen. Das eben war eine Beichte.«

Sie erreichten den letzten Seitenaltar und blieben vor der Statue der Madonna Addolorata stehen, es gab dort auch eine sehr alte verstaubte Orgel, auf der seit mindestens fünf Jahren niemand mehr gespielt hatte, Don Cossu nannte sie frohgemut »unsere Alte«.

Von den Orgelpfeifen funktionierten nur noch fünf oder sechs, das Balgwerk war durchlöchert und keuchte verdächtig, anstatt Luft in die Register zu pusten, die Klarinette säuselte wie eine Okarina, und die Oboe röchelte wie ein verstimmter Dudelsack.

Matteo blieb mit einem Mal vor der Orgel stehen und starrte sie wie verzaubert an, während Don Cossu ihm zuflüsterte: »Wir finden eines Tages noch jemanden, der wieder darauf spielt. Ach, die Musik, eine Gabe Gottes. Ach ja, die Musik ... gefällt dir Musik, Matteo? Wie schön, diese Gabe zu haben!«

Der kleine Matteo stand vor dem alten ausgedienten Ding wie in Ekstase, und Don Cossu fiel sofort das entzückte Leuchten in seinen Augen auf, das auch manche Novizen haben.

13. OKTOBER 1966

Ich habe ihn beobachtet, wie er auf die Orgel zuging und an dem Schlüssel der Abdeckung drehte, die die Manuale vor Staub schützt, habe gesehen, wie er die Tasten aus Knochen streichelte, von der Zeit und dem Seminaristen Mulas abgenutzt, der die Offertorien von

Bach darauf übte und sich das alles Gott sei Dank noch einmal überlegte. Nach seiner Tonsur hat er sich vom Priesterberuf verabschiedet, aber er konnte ohnehin nicht Orgelspielen, es hat wirklich immer entsetzlich geklungen. Und als er an der Orgel saß, erschien mir zum ersten Mal der Teufel, in aller Glorie stellte er sich einem Vertreter der Compagnia Militante, einem lebenden Jesuiten, also einem vom Himmel auf die Erde herabgestiegenen Engelchen. Tat er das aus Hinterlist? Aus Gemeinheit? Zur Täuschung? Die Engel, das darf man nicht vergessen, sind ja angeblich aus dem Paradies vertrieben worden, weil sie, ebenfalls göttlichen Ursprungs, Gottes Platz einnehmen wollten. Naja, wer's glaubt ... ich glaube, sie haben das Paradies aus freien Stücken verlassen, weil es ihnen dort zu langweilig wurde ... Aber wie gelingt es einem Achtjährigen, der noch niemals eine Klaviatur gesehen hat, auf diese Weise zu musizieren? Wie kann er ein Meisterwerk spielen, ohne es vorher jemals gehört zu haben? Der Vater ein Analphabet, die Mutter hat gerade mal die zweite Klasse Grundschule abgeschlossen, und er ist ohne Radio, Plattenspieler, Fernseher aufgewachsen. Ich habe diese kleinen Hände gesehen, die sich so flink bewegten, dass mir ganz schwindelig wurde. Dank dir, Ignatius von Loyola. Sie haben sich über die Tasten bewegt, als würdest du sie befehlen; dir und der Compagnia Trionfante, allen verstorbenen Jesuiten, schulde ich meinen Dank. So stimmt es also? Und es existiert eine immaterielle Welt? Ein Ort jenseits dieser Wüste? Hast du nicht selbst die Entscheidung über dein Schicksal einem weiblichen Maulesel überlassen? Und jetzt hast du mir ein Zeichen gesandt ... Unbeschreiblich der Gesichtsausdruck von Vittorio, und von Matilde und Elvira Bòttaru, als sie gesehen haben, wie dieser kleine Teufel beim Spielen dieser göttlichen Musik mit seinen Füßen nicht einmal an die Pedale heranreichte. Wer hat das Windwerk betätigt? Wer die Pedale? Wer? Den Teufel habe ich gesehen, du hast ihn mir gezeigt, und zwar den richtigen, der als Cherub oder Seraph erscheint, wie damals, als du in Pamplona verletzt wurdest, und nicht den, den die alten Weiber gesehen haben wollen oder der mit Toten spricht. Ich habe ihn mit eigenen Augen gesehen, es gibt ihn, er existiert.

AmDg

Bachisio Trudìnu sagen, dass er auch den Schnaps von Totoni Crobèddu hier abliefern soll. An mir und Vittorio ausprobieren, ob er hypnotisierend wirkt und Delirium verursacht (besser zuerst bei Vittorio, schließlich ist er von uns beiden der Naturwissenschaftler).

(*Die Theologie des Wildschweins* von Cossu Don Egisto, S. 2–3)

Von jenem Abend behielt Matteo nur noch die Umarmung seiner Mutter in Erinnerung, eine ganz feste Umarmung, und wie sie von der Kirche zu Fuß nach Hause, ihrem einzigen Zimmer, liefen, eng aneinandergeschmiegt, weil es stockdunkel war, eine für Sardinien typische Dunkelheit, die ohne den Schein von Mond oder Laternen auskam, und es war gut, dass tiefe Nacht war, denn bei Tageslicht gehörte es sich nicht, vor aller Augen den Sohn zu umarmen, sonst wuchs er nicht zu einem richtigen Mann heran, *balentèddus*, und Matteo war im Herzen froh, dass seine Heimat ein solches Dunkel hervorbrachte und er endlich die Hände seiner Mutter spürte, die ihm langsam übers Haar streichelten, ganz ganz langsam, sanft und gefühlvoll, auch wenn er sich nicht erinnerte, womit er sich diese

Sanftheit verdient hatte, ganz ganz sanft, sanfter ging es nicht, und er freute sich, freute sich sehr und liebte seine Heimat und ihre Dunkelheit von ganzem Herzen.

V

Der richtige Tag zum Sterben

Es gibt gute und schlechte Tage zum Sterben. Um auf die Welt zu kommen, ist jeder Tag recht, denn Mond, Sonne und Sterne haben absolut kein Interesse an Wehen und Entbindungen: Die sind was für Cherubs, Seraphs, Wach- und Schutzengel.

Aber mit dem Sterben ist das völlig anders, da gibt es Tage, die richtig sind, und andere falsch. Am schlechtesten waren die dran, die am letzten Tag des Jahres starben, gleich danach kamen die, die in der Karnevalsnacht oder am Weihnachtstag den Löffel abgaben.

In gebührendem Abstand folgten dann jene, die zu Sankt Antonius den Abgang machten oder zu Sankt Jakob oder zum Gedenktag an die heiligen Zwillingsbrüder Kosmos und Damian. Letzterer war eigentlich ein bäuerlicher Festtag, aber an diesem Tag Verstorbene ließen ihr Leben noch einigermaßen stilvoll.

Ein paar erläuternde Worte sind angebracht.

In Telévras legte man viel Wert auf Tradition, und ein Trauerfall betraf die ganze Dorfgemeinschaft. Es wäre niemandem in den Sinn gekommen, anlässlich eines Todesfalls das Glas zu erheben oder ausgelassener Stimmung zu sein. Ein jeder trauerte, wie er es sich leisten konnte: *unicuique suum tribuere*, um es geschwollen auszudrücken.

Die braven Großgrundbesitzer schlossen die Terrassentüren, speisten im Haus und sorgten dafür, dass der Nachwuchs keinen Lärm machte. Die Tagelöhner und Schäfer, die keine Terrassen besaßen und oft nicht einmal ein Haus, waren in diesem Fall ausnahmsweise mal besser dran, weil sie sich in die Felder oder Olivenhaine zurückziehen, ein Stück Fleisch auf einem Spieß braten und laut miteinander reden konnten, wenn auch ohne Gelächter und Gesang.

In der Theorie hat diese Tradition etwas Edles und Altehrwürdiges. In der Praxis erwies sie sich als kollektive Zumutung.

Es gab nämlich Dorfbewohner, die das ganze Jahr über jenen wenigen Festtagen entgegengefiebert hatten, um sich über die während der Jagdsaison angelegten Fleischvorräte herzumachen; manch einer hatte an Tagen oder sogar in Nächten, an denen die Jagd verboten war, riskiert, von Maresciallo Puddu und in den letzten vier Jahren von De Stefani erwischt zu werden, um an ein bisschen *frisciùra*, frisches Wildschwein, zu kommen und sich später nicht mit einem einfachen Spieß Ziegen- oder Milchlammfleisch begnügen zu müssen, das über Eichenholz gegart wurde; schlagen durfte man dieses Holz nicht, aber rein zufällig, Ehrenwort, »rein zufällig«, wie Don Cossu zu Dottore Pòddighe sagte, waren die Bäume einem Waldbrand zum Opfer gefallen, der Gott sei Dank zwanzig Meter vorm Haus Halt gemacht hatte.

Und deshalb: Ethnologen, Anthropologen, Historiker, Geographen, Fotografen, Dokumentarfilmer, Regisseure, Journalisten, Verleger, Redakteure, Korrektoren, Touristen, Autoren, Lyriker (auch in sardischer Sprache), Kirchenchorsänger, Motettenchorsänger, Tenöre und ihr, die ihr Gitarre oder Cetra spielt, vergewissert euch, dass die alten Fotos mit Sepiaeinschlag, auf denen Leute aus Achtung vor dem Toten mit melancholischem Blick ihre Hüte in der Hand halten, nicht an einem der oben genannten Tage entstanden sind.

22. DEZEMBER 1966, 2 UHR 30

Ausgerechnet heute Nacht musste Cavaliere Cherchi sterben! Die Christmette hat überhaupt keinen Spaß gemacht. Anstatt ›Frohe Weihnachten‹ haben wir uns ›Herzliches Beileid‹ gewünscht, und dann hat die Signora Pirastu, verwitwete Cherchi, auch noch gesagt: »Das ist ein Zeichen des Himmels, nach einem so arbeitsreichen Leben, Don Egi'... in der gleichen Nacht, in der das Christkind geboren wurde ... ein Zeichen des Himmels.« Ausgerechnet dem sollen die Sünden vergeben werden? Nicht einen einzigen seiner Tagelöhner hat er bezahlt! Matteos Vater schuldet er noch mehr als zwanzigtausend Lire und fünfzig Nachweismarken für die Sozialversicherung. Wie kann man ausgerechnet in der Weihnachtsnacht sterben? Das konnte auch nur einem wie ihm einfallen. Mir tut es um den Jungen leid. Der Arme hatte das Offertorium und Hosianna geübt; die Kirche war rappelvoll, und niemand hatte geglaubt, dass Bachisios Sohn Orgel spielen kann. Der Ärmste! Wie ist ihm nur dieses selbst komponierte Adagio eingefallen? Woher hatte er das? Wie hat er es auf Notenpapier schreiben können? Das begreife ich nicht. So eine wunderbare Musik habe ich noch nie zuvor gehört. Er konnte mir nichts dazu sagen, nur, dass es die erste Melodie war, die er nach seiner Geburt gehört hat. Ich habe so getan, als würde ich ihm das abnehmen. Nicht einmal ein Radio haben sie zu Hause. Eine Fantasie hat der! Aus meinen ersten vier Lebensjahren kann ich mich an nichts erinnern, und als ich gesagt habe, »Lasst uns nun für unseren teuren Orlando Cherchi beten«, habe ich nicht damit gerechnet, dass die Orgel erklingen würde. So was hatte ich noch nie gehört. Ich will ihn nach Nuoro zu einem Spezialisten bringen, aber vielleicht ist Cagliari besser, denn dort geht vom Dorf sicher niemand hin, und ich weiß genau, was alle gedacht haben, während sie der Witwe Pirastu mit gesenkten Blicken ihr Beileid aussprachen: Lebt wohl, Cannonau und Besäufnis, auch zu Sankt Stephan, am 26. Dezember, muss nun Stille herrschen. Drei Tage lang haben sie den Toten noch im Haus, und dabei muss noch der Wein gemacht und das Vieh auf die Weide getrieben werden, den ganzen lieben langen Tag nichts als Arbeit, und das bei diesem Geizkragen von Witwe. Die gibt ihnen nur Arbeit, wenn sie spuren. Und Vittorio hat völlig recht, wenn er sagt: »Was meinst du, was denen durch den Kopf gegangen ist? Ma propriu oi ti deppìas morri, conca 'e cibùdda! Ausgerechnet heute muss er sterben, dieser Idiot!«

AmDg

(*Die Theologie des Wildschweins* von Cossu Don Egisto, S. 5)

Die letzten Minuten an der Schwelle zum Erwachen sind die schönsten und buntesten, nicht nur für Kinder; die Gedanken laufen frei und ungehindert und gleichen kleinen roten Frischlingen, sie purzeln ohne jede Logik übereinander oder gleichen einem Schamanen aus Mamoiada, dem alles erlaubt ist, auch »verbotene« Gedanken.

Der erste Gedanke, der Matteo am Morgen des 22. Juli in den Kopf kam, war, dass dieser Tag zum Sterben genau richtig war. Einen Tag zuvor hatte er den ersten Menschen auf dem Mond gesehen und noch die Worte der Alten in den Ohren, denen Tore Baccanti in seiner Osteria die erste Reihe vor dem Fernseher der Marke *Valvoloni* eingeräumt hatte.

»Oh, Tore, jetzt können wir beruhigt sterben, wer hätte das jemals gedacht!«

Tore machte seine Tagesabrechnung und wusste bereits, dass es noch einige Monate lang Nächte wie diese geben würde, mindestens, denn er las die *Unione Sarda*; vielleicht hätte er so irgendwann genug Geld für das Haus am Meer zusammen, das er sich so wünschte.

Signor Gianni »Pinotto« Tranàga, der Betreiber des Kinos *Diamante*, denn Kinos mit dem Namen *Smeraldi* gab es wie Sand am Meer, hatte versucht, ihm Konkurrenz zu machen, indem er einen Fernseher mit einem 32-Zoll-Schirm vom Festland kommen ließ, aber dann verlangte er einen Eintritt von mindestens hundert Lire.

Außerdem war im *Diamante* weder Trinken noch Essen erlaubt, während man bei Tore, bei allem Respekt für die Woche der Filmkunst, für hundert Lire zwei Gläser Cannonau bekam, Scopa spielen konnte, Schlägerei im Preis inbegriffen, im Fernsehen Tito Stagno angucken oder Marisa Sannia und Vittorio Inzaina anhören, und als Spross von Leuten wie Bachisio Trudìnu oder Peppinu Golòvru hatte man außerdem drei *Perni-*

gotti-Schokoladenriegel frei, die Matteo hortete und in der warmen Saison gegen eine Dreißig-Lire-Eiscremetüte mit drei Geschmacksrichtungen eintauschte: Vanille, Schokolade und den unübertroffenen Pistaziengeschmack.

Tore Baccanti hatte eine Nase für Geschäfte.

Seine Bar war immer rappelvoll, und zwar nicht wegen der guten Preise oder weil man bei ihm anschreiben durfte. Er hatte einfach für alles ein Händchen, und das machte am Ende den Unterschied, wie man im Vergleich zum Kinobesitzer sehen konnte.

Auch einem Kind mit leeren Taschen gab er ein Eis, das billige für fünfzehn Lire und mit nur einem Geschmack, und ein Glas Limonade stellte er jedem hin, vor allem denen, die nicht einmal Geld für eine kleine dunkle Limonade hatten. Es war völlig normal, dass im Sommer eine Mama in die Bar kam und rief: »Oh, To', gibst du mir mal eben ein Glas Wasser aus dem Hahn fürs Kind?«

»He, Signora, wollen Sie Ihren Kleinen mit Kalk umbringen?«, rief er, denn das Wasser aus dem Hahn hieß damals schon *sa carcìna*, zu Deutsch und etwas übertrieben, ungelöschter Kalk, den man zur Desinfektion von Werkzeugschuppen einsetzte.

Und schon schenkte er zwei Gläser Limonade ein, ein großes für die Mama und ein kleines für den Jungen, und er sah den beiden zu, bis ihm davon selbst die Kohlensäure kitzelnd in die Nase stieg. Und erst dann war er zufrieden, denn das hieß, dass die neue Marke, die ihm der Vertreter zur Probe dagelassen hatte, auch ordentlich Kohlensäure hatte, wie es sich gehörte, und er würde einige Kästen davon bestellen. Also richtige sardische Limonade, und er überlegte, wie er sie gerade im Sommer gut einsetzen könnte, um sie mit Cannonau oder Bier zu mischen und frische Durstlöscher zu kreieren. Mit Wein- und Bierschorle ließ sich ein Vermögen verdienen, sollten sich die Puristen nicht so anstellen, außerdem tranken so auch die Kinder ein bisschen Wein.

Man musste die Geschäfte eben am Laufen halten.

Und genau weil Tore Baccanti für alles ein Händchen hatte, fiel es ihm zu, dem kleinen Matteo zu sagen, was vorgefallen war. Die Aufgaben wurden gleichmäßig aufgeteilt: Jacheddu Piras fuhr mit dem Jeep ins Dorf, um von dort in Nuoro anzurufen und Befehle entgegenzunehmen, und weil es bereits fast acht Uhr war, bat er Tore, sich ins Pfarrhaus zu begeben. Er selbst wollte zu Matteos Mama gehen und ihr die Nachricht vom Tod ihres Mannes überbringen.

Somit mussten Don Cossu und der Maresciallo auf den Leichnam aufpassen, und Colonnello Modugno hatte ihnen eingeschärft, sie sollten auf die Spurensicherung aus Nuoro warten und den Toten nicht einmal mit Handschuhen berühren.

»Wer hat denn hier Handschuhe? Nicht einmal für den Winter haben wir die. Macht der sich wichtig«, sagte Carabiniere Piras später in Tores Bar.

»Aber ist es überhaupt sicher, dass es er ist?«, fragte Tore Baccanti. »Du weißt schon … ich soll es doch dem Jungen sagen.«

»Natürlich ist das er. Also hör mal, To', glaubst du, ich würde dir so was sagen, ohne …«

»Aber wie hat er ausgesehen, Jache'?«

»Wie soll er ausgesehen haben? Tot!«

»Das habe ich verstanden, Jache', aber der Leichnam, meine ich, hat man ihn erschossen?«

»Er ist halb verwest, To', da kann man das nicht sagen ... Don Cossu meint, er hat seit drei Wochen da gelegen, unter einem knappen halben Meter Erde, die haben ihn schnell eingebuddelt und sind nicht mehr zurückgekommen, das sieht man ... Aber nicht tief genug, und wenn du mich fragst, haben die Wildschweine ihn entdeckt, denn man konnte sehen, dass er angefressen war, und überall waren Eicheln und totes Laub. Verletzungen kann man da nicht sehen. Komisch, das Ganze ... noch dazu im Sommer.«

»Ja, das ist schon merkwürdig. Und dann so nah am Dorf, findest du nicht, Jache'? Nicht einmal fünf Kilometer entfernt ... schon komisch ...«

»To', tu mir einen Gefallen und gib mir einen Schluck Wasser, letzte Nacht ...«

»Jetzt fragst auch du nach Wasser? Trink eine frische Limonade, komm! Aber wie du aussiehst!«

»Halt den Mund, To', halt bloß den Mund. Riech' mal meinen Atem ... fffff«, und er blies ihm seine Fahne ins Gesicht.

»*Porca bagàssa*, wem bist du denn zu nahe gekommen? Der Witwe Cherchi?«

Jacheddu Piras machte eine Geste mit dem Daumen, gesoffen habe er, ein Weingelage mit einer Zweiliterflasche von Don Cossu. Tore begriff sofort.

»Jache', da musst du gegenhalten. Hier, ein Gläschen, um

den Kater zu vertreiben«, und schon schenkte er ihm ein Glas Cannonau mit ein bisschen Limonade ein. »Warte, ich schenk mir auch eine ein, um mir Mut anzutrinken.«

Und dann machten sich beide auf den Weg: Carabiniere Piras zu dem höher gelegenen Teil des Dorfes, wo Bachisio Trudìnu gleich am Rand eines Felsplateaus wohnte, und Tore Baccanti in den unteren Teil, wo sich die Kirche befand.

Wenn um acht Uhr morgens in der Bar in Telévras ohne Vorwarnung der Rollladen herunterging, konnte das nur zweierlei bedeuten: Russland war in Sardinien einmarschiert, und jetzt mussten alle auf der Piazza antreten, um zu feiern, oder es war etwas sehr, sehr Schlimmes passiert.

Auch Matteo begriff sofort, dass sich etwas Außergewöhnliches ereignet haben musste, als er am Kirchenportal Tore Baccanti in vertraulichem Gespräch mit Signorina Matilde sah.

Er blickte gerade aus dem runden Fensterchen der Bibliothek, die Don Cossu in einem alten Speicher eingerichtet hatte. In schöner ordentlicher Handschrift schrieb er dort aus dem Taufregister die Namen der Verstorbenen und Neugeborenen von 1630 bis in die Gegenwart ab. Anschließend schickte er alles an den Bischof, damit die amtlich gemeldete Einwohnerschaft endlich auf den neuesten Stand kam. Der für diesen Bezirk zuständige Amtsrichter hatte genug davon, Streitfälle zu schlichten, in denen es um ein Steinmäuerchen und einen Feldweg mit altem Wegerecht ging. Aber die gewissenhafte Arbeit des kleinen Matteo machte es dem Amtsrichter eigentlich noch schwerer, denn es stellte sich heraus, dass jeder mit jedem verwandt war, denn auch Cousins und Cousinen ersten Grades heirateten untereinander, und damit waren alle Besitzer von allem, und das Konzept des Erwerbs durch Gewohnheitsrecht war praktisch ebenso wenig anwendbar wie das Recht auf Privatbesitz.

Man kann ohne Übertreibung behaupten, dass ein Junge von nicht einmal zwölf Jahren zum ersten Mal in der westlichen Welt die kommunistische Utopie als Realität zu Papier brachte, wenn man Sardinien als westlich gelegen betrachtet, selbstverständlich das Einverständnis von Marx, Engels und dem unsympathischen Platon vorausgesetzt.

Tore Baccanti hatte für alles ein Händchen. Und so begann er: »Hör mal zu, Matte', du weißt ja, dass ich ein guter Freund von deinem Papa war.«

In dem Satz steckte bereits alles, was zu verstehen war: das Verb in der Vergangenheitsform, die Worte »Papa« und »guter Freund«.

Matteo ahnte das, was passiert war, und Tore Baccanti sagte ihm weiter, er solle sich ein Herz fassen und bei Signorina Matilde bleiben, Carabiniere Piras werde jeden Augenblick mit Mama eintreffen, und er erzählte ihm außerdem, wo man den Vater gefunden hatte und dass aus Nuoro die Spurensicherung eintreffen werde und man ihn deshalb vor dem Abend nicht von dort wegbringen könne. Matteo konzentrierte sich unterdessen auf Tores linkes Ohr, das sein Vater ziemlich übel zugerichtet hatte.

Beim Wort »Freund« erinnerte er sich auch daran, wie sein Vater die Osteria betreten und vor versammeltem Publikum verkündet hatte: »Ich habe dir fast das Ohr abgeschnitten, und jetzt machst du das Gleiche mit mir.«

Und damit, *wammmm*, knallte er eine 25 Zentimeter lange *pattàda* auf den Tresen.

Alle Welt wusste, dass es ihm ernst damit war, denn Bachisio Trudìnu hatte Italienisch gesprochen.

»Beruhig dich, Bachi', beruhig dich … vergessen und vergeben«, antwortete Tore.

»Was soll das, jetzt nimm endlich das Messer und schneid mir ein Ohrläppchen ab, los!«

Hatte Bachisio tatsächlich gerade das Wort »Ohrläppchen« in den Mund genommen? Woher hatte er mit einem Mal eine solch schwierige Vokabel?

»Nein, Bachi', dein Ohrläppchen werde ich dir nicht abschneiden, und jetzt gib Ruhe, sonst kommt wieder der Maresciallo.«

Und auch Tore Baccanti hatte »Ohrläppchen« gesagt? Zwei Männer, die gleichzeitig Italienisch sprachen? Dabei waren beide seit dem Vortag trocken.

Die Umgebung war auf der Hut, *si stava cappottando*. Es drohte ein Drama, und die Kartenspieler zogen sich an die Wände zurück, ein paar von ihnen gelang es sogar, nach draußen ins Freie zu entwischen und so der Gefahr einer Zeugenaussage zu entgehen.

»Auf geht's, To'!« *Wammmm*.

»Nein, Bachi'!«

»«Auf geht's, To'!« *Wammmm*.

»Nein, Bachi'!«

»Auf geht's, schneid ab!« *Wammmm.*

»Neiiin!«

»Was sagst du? Nein?«

Darauf nahm Bachisio Trudìnu das Messer mit der 25-Zentimeterklinge und schnitt sich, ohne einen Blick in den Spiegel zu werfen, das rechte Ohrläppchen ab, denn er war Linkshänder, und warf Tore das Stück von seinem Ohr auf den Tresen wie ein Geschenk.

Blut spritzte auf die umliegenden Tische, an Tore Baccantis Brust und auch ein bisschen auf die Gläser, die dieser gerade füllte, um sie den Kartenspielern zu servieren.

Alle eilten herbei, um das Blut zu stoppen, und weil als Desinfektionsmittel nur Schnaps zur Hand war, schüttete Tore Baccanti etwas davon übers Ohr, vielleicht ein bisschen zu viel, denn Bachisio Trudìnu brüllte wie am Spieß, und sein Gebrüll und Tores Erste-Hilfe-Künste waren der Beginn einer lebenslangen Freundschaft, denn Männerfreundschaften entstehen aus Schwäche.

Der glückliche Zufall wollte es, dass in dem Augenblick Carabiniere Piras Jacheddu, der einzige Uniformierte, der bei allen beliebt war, auch bei den *balèntes*, den Leuten mit Einfluss, das Lokal betrat. Denn auch er hatte ein gutes Händchen. Und er kannte seine Pappenheimer.

»Ach, heute ist Schlachttag? Aber es ist doch Dienstag! Einen Moment, ich hole Dottore Pòddighe, dann kann er seinen Stempel aufs Fleisch setzen«, rief er beim Hereinkommen, denn die Üblichen hatten ihn gerufen. Natürlich wie immer anonym.

Und Dottore Pòddighe kam tatsächlich, um das Ohr mit vier Stichen zu nähen, während Carabiniere Piras an der Tür Wache stand, aus Angst, dass Maresciallo De Stefani auf seiner Erkundungsrunde mit dem Jeep vorbeikommen könnte, während er selbst zu Fuß seine Runde machen und die neuen Fahndungsgesuche aufhängen musste.

Und weil er schon einmal da war, sagte er abschließend unter großem Gelächter: »Eigentlich bin ich auf ein Gläschen Rosé reingekommen ... wie ich sehe, ist gerade viel los, da bediene ich mich selbst.«

Er tat so, als wollte er sich einschenken, und wrang dafür den Lappen, mit dem Tore den Tresen gewischt hatte, in ein Glas aus.

Aber Don Cossu setzte allem die Krone auf, als der Dottore ihm von dem Vorgefallenen erzählte: »Gut, Vitto', jetzt gibt's drei von der Sorte.«

»Wie drei, du meinst wohl zwei?«

»Und Van Gogh zählt wohl nicht? Den wollen wir doch nicht vergessen.«

Carabiniere Piras war bei allen beliebt, nie musste er sein Glas Wein, seinen Kaffee oder was auch immer selbst bezahlen. Und nicht nur wegen der Geldstrafen, bei denen er ein Nachsehen hatte, sondern auch wegen jener, die er erst gar nicht verhängte. Wenn er mitbekam, dass eine Viehherde auf wundersame Weise angewachsen war, oder denen auf die Schliche kam, die zu Hause heimlich Schnaps brannten, schaute er darüber hinweg.

Er erwartete für sein Stillschweigen keine Gegenleistung, er begriff einfach, wie das nur Sarden begreifen können, was es hieß, arm zu sein: schweigend und würdevoll. Er wurde zum beliebtesten Carabiniere in Telévras, weil er es verstand, Eintreiber aus der Provinzhauptstadt, die ungerechte Steuern oder andere Abgaben einforderten, auf falsche Fährten zu locken.

»Entschuldigen Sie, Carabiniere, kennen Sie einen gewissen Priamo Curréli?«

»Priamo? Curréli? Priamo gibt es hier nicht ...«

Und dann fügte er hinzu: »Ah, vielleicht ist das der, der mit seiner Familie vor vielen Jahren aufs Festland ausgewandert ist, aber das ist schon lange her, die hat keiner mehr gesehen, spurlos verschwunden ... an die erinnert sich hier so gut wie keiner mehr.«

»Gut, vielen Dank!«

Und damit hieß es: *Unbekannt*. Naja, wenn dann von Staatsverschuldung die Rede ist ...

Und natürlich hatte er immer sofort eine Ausrede parat. Hätte der Maresciallo ihn zur Verantwortung gezogen, hätte er auf der Stelle geantwortet: »Priamo? Der Curréli heißt mit Nachnamen *Pilimeddu*, wenn sie mir den Namen natürlich auf Italienisch sagen ...«

Und weil es ihn gab, und nur deswegen, hörten die Jugendlichen aus dem Dorf irgendwann damit auf, den Jeep mit leeren Ichnusa-Bierflaschen oder Fünf-Liter-Wasserwerfern zu beschmeißen.

Und auch er hatte das Dorf irgendwann in sein Herz geschlossen und überlegte, ob er eine Einheimische zur Frau nehmen sollte, denn er war schon sechsundzwanzig und konnte es sich leisten.

Und deshalb, weil er liebte und geliebt wurde, hätte er nie im Leben, wirklich nie, nie, nie Elvira Bòttaru, Matteo Trudìnus Mutter, finden wollen, die sich an dem Haken erhängt hatte, an dem sonst die einzige Lampe im Haus hing, und zwar an dem Tag, an dem man ihren Mann tot aufgefunden hatte.

VI

Die Häresie des *Cantu in Re*

Vieles kann an einem einzigen Tag passieren, aber was kann erst alles in einer einzigen Stunde passieren, oder gar in einer einzigen Minute. Es sei denn, man versucht es zu erzählen.

Und so kam es, dass der dichtende Dorfdepp Antoni Esulògu sich als Tatverdächtiger und Zeuge zugleich präsentierte, als jemand, der nach dem Mord den noch warmen Leichnam verscharrt hatte, als Komplize, Lügner, Akteur mit und ohne Rolle, als Einflüsterer und als der, der die fürchterliche Verkettung unglücklicher Ereignisse an jenem Julidienstag gebührend ausschmückte.

Aber Don Cossu hütete sich davor, gegenüber Maresciallo De Stefani die Vermutung zu äußern, dass Antoni sehr viel mehr wusste, als er anlässlich der Beichte am Montag zuvor aus ihm herausbekommen hatte, nachdem er seine neueste Motette gehört hatte: *Apu bittu s'oppài 'e Putzu scorrovèndu cussu fussu, a piccu, a panga e a trebùssu.* (Ich habe Putzus Kumpan gesehen, wie er mit Hacke, Spaten und Gabel einen Graben aushob.)

Don Cossu und Carabiniere Piras hatten keine Übersetzung

nötig, beide waren des Sardischen mächtig und verstanden genau, was Antoni mit diesem merkwürdigen Satzreim sagen wollte, denn zum ersten Mal nahm er mit seinem Gesang nicht das Dorf aufs Korn, sondern nannte einen Namen: einen Namen, den niemand in den Mund nehmen wollte. Natürlich tat er das indirekt, aber es war trotzdem so, als würde er allen klipp und klar zu verstehen geben, wer Bachisio Trudìnus Leichnam vergraben hatte.

Don Cossu besprach seine Überlegungen erst mit Carabiniere Piras.

Es handelte sich hier schließlich nicht um ein Geständnis im Wortsinn. Schon der Versuch, Antoni Esulògu dazu zu bewegen, in einem Beichtstuhl niederzuknien, war so, als wollte man ein Wildschwein mit bloßen Händen fangen.

Außerdem sprach Antoni kein Wort Italienisch, deshalb hätte bei einer offiziellen Vernehmung mindestens ein neutraler Dolmetscher anwesend sein müssen, in Telévras ein aussichtsloses Unterfangen.

Und so war Don Cossu am zweiten Montag im Juli, angeblich, um die Anzahl der Blutegel im Brunnen zu inspizieren, hinaus auf den Kirchplatz getreten und hatte sich an Antoni gewandt. Für die wenigen, die des Sardischen nicht mächtig sind, was wirklich ein Jammer ist, hier die Übersetzung der Unterhaltung:

»Und, wie geht's, Antoni?«

»Gut, Don Cossu.«

»Neuigkeiten? Wie geht's deinen Tieren? Hast du neuen Käse gemacht?«

»Käse und ein Bänkellied.«

»Gefällt mir, dieses kurze Liedchen, aus dir ist ein richtiger Sänger geworden.«

»Aber das ist nicht für Sie oder fürs Dorf, das ist für den Kleinen von Bachisio.«

»Den Kleinen? Du meinst wohl den Jungen?«

»Genau, für Matteo, Bachisios Sohn.«

»Für Matteo? Und was willst du ihm damit sagen?«

»Der kann Orgel spielen, stimmt's? Dann muss er mir die Musik dazu schreiben.«

»Mein lieber Antoni, das Lied eignet sich nicht für die Kirche.«

»Sagen Sie ihm, dass er mir die Musik dazu schreiben soll, zu Sankt Jakob will ich das Lied auf der Piazza singen.«

»Aber erzähl mir noch kurz, ich bin neugierig ... wer ist dieser Kumpan von Putzu?«

»Ich sage nichts, Don Cossu. Und vergessen Sie nicht, dem Jungen auszurichten, dass er die Musik dazu spielen soll.«

Aber wie alle Männer des Glaubens wollte Don Cossu unbedingt Gewissheit haben und fragte Antoni ganz direkt, ob in jenem Graben, dessen Entstehen er mitverfolgt hatte, Bachisio Trudìnu abgelegt worden sei.

Aber als Antwort erhielt er wieder nur: »*Sssssss! Arregodissì a di pedìri si mi da pòdidi accumpangiài.* Still! Und vergessen Sie nicht, ihn zu fragen, ob er mich auf der Orgel begleiten will.«

Er weichte sein *pistóccu* ein und verteilte ein bisschen von dem weichen *casu marzu* darauf, aus dem sich eifrig und lebensfroh frisch geschlüpfte Würmer tummelten, und setzte eine Flasche Cannonau an die Lippen.

Don Cossu kehrte in die Kirche zurück und näherte sich Matteo, der gerade auf der Orgel ein sardisches Ave Maria probte, aber als er sah, wie konzentriert der Junge nach dem geeigneten Register für diese erhabene Musik suchte, beschloss er, ihm nichts zu sagen.

Doch Jacheddu Piras sprach er sofort und sehr direkt an: »Ich glaube, Bachisio Trudìnu ist umgebracht und begraben worden, und ich glaube außerdem, dass Antoni Esulògu alles mitbekommen hat und den Täter kennt. Außerdem hat dieser Verrückte es auf den Jungen abgesehen, keine Ahnung warum.«

»Der Typ ist verrückt, aber er ist auch gutherzig, der tut keiner Fliege was zuleide.«

»Hör zu, Jache', wie viele Kumpane von Signor Putzu sind dir bekannt?«

»Naja, Don Cossu, der hat vier Töchter und zwei Söhne ... also, der einzige ist Peppinu Golòvru.«

»Ganz genau. Und dieser Verrückte hockt sich seit zwei Montagen vor die Kirche und singt immer wieder das gleiche Liedchen, bei dem es nicht viel zu interpretieren gibt.«

»Don Cossu, der ist irre, aber dumm ist er nicht! Das ergibt keinen Sinn. Den hätten sie doch schon längst um die Ecke gebracht, es sei denn, sein Geist hält uns zum Narren.«

»Ich möchte mit dem Maresciallo sprechen, Jache', aber sag ihm, er soll hier herkommen, ich möchte nicht in der Nähe der Polizeikaserne gesehen werden.«

»Don Cossu, ich will ja nichts sagen, aber für den Maresciallo ist Antoni das gefundene Fressen: Er ist Analphabet, geistig zurückgeblieben, er ruft seine Schafe beim Namen, und es ist nicht mal sicher, wer sein Vater war. Er lässt sich immer nur montags sehen, und dieses Jahr hat er Glück gehabt, denn Sankt Anton ist auf einen Montag gefallen, und auch Sankt Jakob fällt auf einen Montag. Er ist zwei Mal angezeigt worden, weil er ein Messer bei sich getragen hat, die Anzeigen hat man aber wieder fallen gelassen, weil es sich um ein Arbeitsgerät handelte. Kurzum: der ideale Verdächtige, aber ich glaube, vor allem ist er irre. Natürlich weiß niemand, was er sonst unter der Woche treibt ... Ob irre oder nicht, Peppinu Golòvru hätte ihn jedenfalls schon längst aus dem Weg geschafft.«

»Jache', erinnerst du dich noch, als ich dir unser Motto erklärt habe?«

»Welches, Don Co'? Das lateinische?«

»Du passt einfach nicht auf ... erinnerst du dich, was ich dir gesagt habe?«

»Nein, Don Co', ich und die lateinische Sprache ...«

»*Numquam nega, raro adfirma, distingue frequenter*. Niemals etwas leugnen, selten etwas behaupten und oft Unterscheidungen vornehmen. Ich habe dir damals dazu gesagt, dass du dich daran halten sollst, vor allem in deinem Beruf, und wenn du das Durchschnittsalter der sardischen Bevölkerung nicht drücken willst, bei der Volkszählung von 1968 lag es bei 85 Jahren, da waren gewaltsame Todesfälle und die Zirrhose schon eingerechnet. Stell dir vor!«

»Danke für die Übersetzung, ich versprech dir, ich werde mir das Jesuitensprichwort jetzt merken.«

»Wird auch Zeit.«

»Nicht mal die Russen nehmen einen wie Sie in die Zange, Don Cossu.«

»Scherze beiseite. Es kommt höchst selten vor, dass ein Jesuit mal etwas behauptet, und allein deshalb muss man ihm glauben, Carabiniere Piras. Also: Wenn Don Cossu dir etwas Ernstes erzählt, musst du ihm das glauben. Wer wählt euch eigentlich für den Dienst aus? Werden eure Namen bei der Samstagslotterie gezogen? Jetzt mach nicht so ein Gesicht, Jachè! Du weißt, dass ich scherze. Aber was soll ich auch sagen, wenn ihr mich immer aufs Korn nehmt und euch über den Geiz meines Ordens lustig macht?«

»Aber nein, Don Co', ich bin nicht beleidigt ... ich habe nur gerade an die wirklichen Gründe gedacht, warum ich Carabiniere geworden bin.«

»Jetzt schau nicht drein wie ein geprügelter Hund ... ich kenne sie alle, deine Gründe ... eine große Familie mit vielen Kindern keine Arbeit die Chemieindustrie angeblich der Aufbruch in eine neue Zukunft keine Entwicklung ohne Industrialisierung all die schönen Versprechen und in den neuen Hafen werden große Schiffe einlaufen und eure Kinder werden die ganze Welt bereisen und der Tourismus wird so viel Geld auf die Insel bringen dass wir gar nicht mehr wissen wohin damit sie studieren können und vergesst nicht ihnen Blut abzunehmen denn um die Bekämpfung der Anämie kümmern wir uns natürlich selbst die Militärbasen bringen schließlich gutes Geld und vergesst all das Plutonium Quecksilber Uran Neptunium Saturn und Venus und Gott sei Dank sind wir noch nie von einer fremden Macht besetzt worden auch wenn es hier mehr Deutsche gibt als in Stuttgart man könnte glatt meinen sie hätten den Krieg gewonnen und ganz zu schweigen von den Amerikanern und Franzosen sogar ein ganzes Bataillon aus Brasilien hat man uns geschickt und womit wollen die eigentlich Feinde beschießen? Mit Konfetti oder Rumbakugeln? Und vergiss nicht unsere *Rinascita* die Wiedergeburt des sardischen Aufschwungs wir sind alle Wiedergeborene bald sind aus den Sarden wahre Buddhisten geworden bei so viel Wiedergeburt und ich kann ein Lied von den unzähligen Empfehlungsschreiben singen die ich schreiben musste und dann macht ihr euch auf den Weg um doch wieder zurückzukehren und dann jammert ihr hier und geht wieder fort und immer hin und her und hier bleibt immer alles beim Alten und ich frage mich wer wählt diese Leute die an der Regierung sind diese verfressenen Freimaurer Diebe Straßenräuber vor denen ihr weglaufen wollt wer hat sie gewählt ihr habt ein wahres Talent unter euch immer die Falschen zu wählen davor rettet euch nicht mal die Heilige Rita Schutzpatronin für Aussichtsloses die verliert auch noch ihren letzten Mut und sobald man uns finanziell unter die Arme greift schaffen wir fünftausend Arbeitsplätze und rennt nicht mit unserem Geld davon auch wenn ihr uns weismachen wollt dass ihr uns damit vor den Russen beschützt und nicht einmal in Nuoro weiß man wo Telévras liegt und sollen sie ruhig unser Dorf besetzen wir wissen auf wen wir schießen müssen, ach Jachè!«

Piras Jacheddu war an Don Cossus Tiraden gewöhnt, und die ohne Punkt und Komma waren die besten. Er war überhaupt nicht eingeschnappt, sondern hörte gerne zu, und er hatte begriffen, dass man einem solchen Priester am Hafen von Arbatax nicht alle Tage über den Weg läuft. Trotzdem sagte er: »Naja, um ganz ehrlich zu sein, ich träume davon, um die Welt zu reisen, aber …«

»Stattdessen bist du hier um Bergspitzen gekreist.«

»Naja, Don Cossu, was soll man machen? Soll ich dem Maresciallo Bescheid sagen, dass er hier vorbeikommt?«

»Auf jeden Fall … aber sag ihm nicht, dass wir am Sonntag was Kleines zusammen essen, da wird ein Wildschwein nicht reichen. Ihn laden wir dann zu *Ferragosto* ein.«

VII

Shakespeare in Telévras

22. Juli 1969

Vieles kann an einem einzigen Tag passieren, aber was kann erst alles in einer einzigen Stunde passieren, oder gar in einer einzigen Minute: Aber manchmal ist es doch besser, alles der Reihe nach zu erzählen.

Und so geschah es, dass in dem Augenblick, in dem Tore Baccanti dem kleinen Matteo zum Trost einen Arm um die Schulter legte und die Signorina Matilde ihm zärtlich über das Haar strich, Antoni Esulògu in seiner raschen, entschlossenen Gangart und mit dem üblichen Proviantbeutel ankam, als wäre alles beim Alten und als hätte er keine Ahnung, dass man einen Kilometer von seiner Kate den Leichnam Bachisio Trudìnus gefunden hatte.

Er war überrascht und vielleicht auch ein bisschen verärgert darüber, dass nicht wie montags Wasser in den Brunnen lief. Er sah die kleine Gruppe an, spreizte Daumen und Zeigefinger und bewegte sie leicht hin und her: »Kein Wasser? Kein Wasser?«

Tore Baccanti fragte sich erst gar nicht lange, was Antoni an einem Dienstag eigentlich hier wollte, und stürzte sich stattdessen voller Wut auf ihn. Dabei vergaß er völlig, dass Antoni über außerordentliche Körperkräfte verfügte und für einen Sarden seiner Generation auch recht groß war. Antoni genügte ein leichter Stoß, Tore landete auf dem Boden und hatte kaum noch Zeit zu brüllen: »*Bregungiadììì!* Du solltest dich was schämen!«

Signorina Matilde, die sehr zierlich war und kaum vierzig Kilo auf die Waage brachte, dafür aber über ein beachtliches Stimmvolumen verfügte, rief laut und schrill wie ein Eichelhäher: »*Aggitóriu accodèi, aggitóriu accodèiiiiiii!* Zu Hilfe, zu Hilfe!«

Die Männer waren um diese Zeit alle beim Arbeiten. Die einen bekämpften in den Weinhängen der Großgrundbesitzer den Falschen Mehltau, der die Reben des Cannonau befallen hatte; die anderen waren auf der Suche nach von Brandstiftung verschontem Weidegrund für die wenigen Tiere, die Ostern und Sankt Anton überlebt hatten. Lediglich ein paar alte Weiber und Jungen, die wegen gesundheitlicher Probleme nicht bei der Feldarbeit halfen, traten an die Fenster. Und so wurde das Unterdorf Zeuge der folgenden Szene: Der kleine Matteo half Tore Baccanti wieder auf die Beine und sagte mit einer völlig normalen Stimme zu Antoni Esulògu: »Entschuldigen Sie, Signor Antonio, ich öffne sofort das Wasser für den Brunnen.«

Und dann konnte man beobachten, wie er den Kirchplatz überquerte, erst in aller Ruhe das Kirchenportal, dann ohne Eile die kleine Tür öffnete, die vom ersten Seitenschiff rechts in den Turm führte, sich dann behutsam in den Raum unter die

Treppe bückte und die mechanische Vorrichtung in Gang setzte, die Don Cossu konstruiert hatte, um nichts von dem kostbaren Nass zu verschwenden, das er für Segnungen und Taufen brauchte.

Während die ersten Zuschauer in gezügelter Eile herankamen, nach dem Motto »*Bai prima tui chi si arrìbada su bussìnu ti du pìgas prima de is àtrus,* ich lass dir gern den Vortritt, dann bekommst wenigstens du den ersten Faustschlag ab, sagte Antoni mit Blick auf Tore und Signorina Matilde wie in Trance: »*M'adi muttìu sennóri ... sennóri m'adi muttìu,* er hat mich mit Signore angeredet ... einen Signore hat er mich genannt.«

Tore, Signorina Matilde und das Zuschauergrüppchen trauten ihren Ohren nicht. Antoni Esulògu nahm seine Mütze ab und sagte zu Matteo:

Su cuspèttu esti su modu de s'arrespèttu/e su fuéddu 'e unu pitzinnu oi mi d'adi imparàu.

Ca seus nudda in custa vida de crabìttus/e pudescéus comént' e candu si fùrriada in arrescòttu.

Ma deu si nau e ascurtaimì eni tòttus/ca nudda si fùidi e nudda si pòdidi attaccài a su entu.

E moi cittìus e mùdus ca deu cantu/de custa vida, su dolu, su spantu e su truméntu.

Anstand ist eine Form des Respekts/das hat mich heute Kindermund gelehrt.

Nichts sind wir in diesem erbärmlichen Leben/wir stinken wie verdorbener Ricotta.

Aber ich sage euch und hört mir alle gut zu/nichts entgeht dem Wind und nichts kann sich vor ihm verbergen.

Und jetzt schweigt still und ich singe/von den Schmerzen, dem Schrecken und den Qualen in diesem Leben.

Und damit begann er, seine Strophe zu singen, und stieg dafür auf eine Bank aus rotem Granit, die dort schon seit Ewigkeiten stand. Als er seinen Part beendet hatte, mischte er sich unter die Zuschauer und sang die Strophe für den Chor. Dann ging es singend wieder auf die Bank und von dort zurück in die kleine Menge; schwer atmend und unter Gesang eilte Antoni hin und her und erinnerte dabei an jene überragenden Schauspieler, wahre Liebhaber von *Richard der Dritte* oder *Macbeth*, die aus Geldmangel drei, vier oder sogar fünf Rollen gleichzeitig übernahmen.

Wenn der Maresciallo in diesen Augenblick gekommen wäre, hätte er sicher auf der Stelle an den Fang seines Lebens geglaubt, so chaotisch, vor allem aus der Vogelperspektive, waren Szenario und Rollenverteilung. Freude und Schmerz, verrückt und normal, Akteur und Publikum, alles in einem.

Matteo hingegen machte es Freude, dass jemand ausgerechnet ihm dieses Bänkellied gewidmet hatte, so rätselhaft es für die meisten sein mochte, und als Antoni Esulògu noch einmal seine Mütze zog und zu ihm sagte: »*Promitensiamì ca di fais sa musica, promiténsia!* Versprich mir, dass du Musik machen wirst«, antwortete er leise: »*Deu si du promìttu, sennor' Antoni.* Ich verspreche es Ihnen, Signor Antoni.«

Und darauf ging Antoni fort, ohne an jenem Morgen seinen

Proviant anzurühren, und sagte vorher noch ein letztes Mal fast flehentlich zu Matteo: »*Fedda m'arreccumàndu e scébera su primu 'e muttétu, ca esti su mèlgius e d'apu fattu fetti po filzu meu*. Mach Musik, ich bitte dich, und fang mit dem ersten Lied an, meinem besten, ich habe es meinem einzigen Sohn gewidmet.«

Candu tottu si fùrriada a truméntu/Candu tottu
ti pàridi unu spantu/
I tòccada a fai comént' e cun su entu/a s'ammaccionài e a du
torrài in cantu

Wenn alles sich in Verzweiflung verwandelt/
wenn alles dich erschrickt/
mach es wie der Wind/
verkriech dich und mach daraus Gesang.

VIII

Erhängen ist kein Kinderspiel

Wenn man beim Betreten eines Raums einen Menschen baumeln sieht, will man ihn im ersten Impuls natürlich vom Strick befreien. Man hofft, dass das Erhängen nicht unmittelbar zum Tod geführt hat und ihm ein Atemzug entfährt, sobald man ihn auf den Kachelboden gebettet hat. Man packt ihn an den Füßen und müht sich ab, ihn ein Stück weit anzuheben, immer in der Hoffnung, dass die Schlinge nicht fest genug geknüpft war. Dazu steigt man ebenfalls auf den Stuhl oder Schemel, und wenn einem die Befreiung gelungen ist, fällt man mit dem von Exkrementen besudelten Körper des anderen zu Boden, versucht, so sanft wie möglich zu fallen, und betet zu Gott, dass höchste Vorsehung ihn wieder zum Leben erwecken möge – denn so genau sollte es sein, von wegen *perinde ac cadaver*, sogenannter Kadavergehorsam.

Erster und zweiter Halswirbel, im Medizinerjargon auch *Atlas* und *Epistropheus* genannt, sind Fachbegriffe, die den Schmerz der Hinterbliebenen lindern sollen. Denn in dem Augenblick, wenn man die Wahrheit erfährt, überlegt man noch: »Ach, wären ihre Halswirbel doch nur widerstandsfähiger und größer gewesen. Vielleicht hätte dann noch Rettung bestanden. Aber sie war leider so dünn, unsere arme Elvira.«

Fachjargon, den man in der Stunde der Wahrheit zum ersten Mal hört, wenn ein mitfühlender Arzt den Sachverhalt erklärt.

Keine Ahnung, warum, aber beim Anblick des hängenden Leichnams fährt einem durch den Kopf, dass der Bruchteil einer Sekunde genügt hatte: der plötzliche Ruck am Hals, und der Kopf fährt nach oben, die Augen schießen aus den Höhlen, und die Zunge, bemerkenswert lang übrigens, ebenfalls. Und das war's.

Aber so läuft es leider nicht. Es ist eine entsetzliche Art zu sterben, und wenn das Ganze misslingt, besteht das Risiko, für den Rest des Lebens zu verblöden.

Das wenigstens sagte man über Gonario Vargiu, den Schmied, der im November '68 versucht hatte, sich zu erhängen; weil er aber mehr als einhundert Kilogramm wog, riss nicht nur das Seil, sondern der Balken über dem Ofen, an dem er immer arbeitete, krachte herab, und er wurde darunter begraben und bekam kaum noch Luft.

Es ging das Gerücht dass sein Sohn jetzt lange Haare trug und überall herumerzählte es wäre Zeit für eine Revolution und dass die Welt sich verändert hatte und dass die Sarden ihr Schicksal endlich in die Hand nehmen sollten und dass ein gewisser Bob in Amerika ohnehin gesagt hatte dass die Antworten auf alle Fragen im Wind geschrieben standen und in Telévras fanden alle das war genau ihr Lied denn Wind hatten sie genug mit dem Wind kannten sie sich aus und der Bürgermeister nahm das Lied ernst und schrieb sogar einen Brief darin stand lieber Bob komm nach Telévras da bekommst du Antworten auf den Straßen die ein Mann gehen muss und füll dir die Taschen mit Kieselsteinen aber du bist unser Gast und bekommst *casu agédu* und *casu marzu* und *pistòccu* und *pàrdulas* und Schaf im Mantel, kennst das alles? Und dann wirst du sehen wie gut *cordas* und *tratalìas* und *frisciùras* und Wildschwein am Spieß und *culurgiònes* schmecken, kennst du *culurgiónes*? *Do you konociss the spiga*? *Letttitbì lettitbì* ... Aber Bob hat niemals geantwortet und Gonarios Sohn behauptete er würde ihn persönlich kennen und würde ihm den Brief bringen sie würden sich ohnehin bald wieder einmal in Paris treffen und alle haben sich gefreut dass dieser Bob und Vargiu Temistocle sich in Paris treffen und die Dorfbewohner verabschiedeten ihn AufnachParis riefen sie aber Gonarios Sohn kam nicht zurück obwohl Samuele Férula der Bürgermeister den Brief vorher nochmal öffnen ließ denn er hatte vergessen den Cannonau zu erwähnen den Bob unbedingt ebenfalls probieren musste dafür würde er Bier und Whiskey glatt stehenlassen aber es ging das Gerücht dass Gonarios Sohn sich nicht auf die Reise nach Paris gemacht hatte sondern auf eine andere Art Reise und ohne sich nennenswert von der Stelle zu rühren so wie manch einer der in der Fantasie reist und schreibt und Geschichten erzählt aber Gonarios Sohn ist nur in Rom oder Mailand unter einer Brücke geblieben und klaute aus Supermärkten gebratene Hühnchen und alles ertrug Vargiu Gonario sogar das Gerücht dass sein Sohn sich spritzte und niemand wusste was das genau hieß und jeder hatte seine eigene Meinung zu dem was er da genau machte und vielleicht hatte Annìca Maludrottu recht denn sie konnte die *Famiglia Cristiana* lesen und behauptete steif und fest er wäre verhext und alles ertrug der Vater aber nicht dass er gebratene Hühnchen klaute wenn schon dann wenigstens rohe und Don Cossu sagte es wäre besser gewesen er wäre sofort gestorben denn danach saß er vor seiner Werkstatt und zwar mit einem Fantrikot des Fußballvereins aus Porto Torres und das ging in Telévras gar nicht das war eine Häresie da waren die Aktionen eines Wildschweins namens Luther im Weinberg des Herrn nichts dagegen diese Abtrünnigkeit vom Glauben an die Mannschaft in Cagliari war eigentlich ein Grund für Exkommunikation und alles nur weil es mit dem Erhängen nicht geklappt hatte.

Carabiniere Piras stand in der Rangordnung ganz unten und tat alles, was ein guter Ermittler in einem solchen Fall tut: Er stellte den Tatort nach allen Regeln der Kunst auf den Kopf.

Er kletterte auf den Schemel, packte die Erhängte bei den Füßen, lockerte die Schlinge und stürzte mit dem Bündel Frau auf den Boden. Er beging alle überhaupt denkbaren Fehler und machte mit seinen Stiefeln und seinen verschwitzten und ölverdreckten Fingern Spuren unbrauchbar. Denn um einen solchen Fall zu lösen, stellt man es am besten so an, dass auch niemand anderes ihn lösen kann.

Darauf verließ Piras das Haus und klopfte an die Tür der Witwe Arcadù. Noch während er ihr das Vorgefallene zu erklären versuchte, kotzte er ihr vor die Tür, er kotzte ihr seinen Schmerz, seine Wut und den Cannonau vom Vorabend vor die

Füße. Am liebsten hätte er sich auch noch die Seele aus dem Leib gekotzt und schwor sich, wenn er diesen Tag überlebte, fortan nur noch Wasser oder Vermentino zu trinken.

»Warum ausgerechnet ich? Warum ausgerechnet heute? An diesem Morgen? Innerhalb von zwei Stunden? In dieser Minute? Warum ausgerechnet ich? Warum ausgerechnet dieser arme Junge? Was hat der Kleine dem lieben Gott denn getan? Dieses Vögelchen? Wie soll ich es ihm nur sagen? Wiiiieee?«

Die sardischen Frauen, egal aus welcher Provinz, welcher Stadt oder aus welchem Dorf sie auch stammen, haben eine wunderbare, herzzerreißende Eigenschaft: Sie sind blutleer. In ihren Venen fließt eine Flüssigkeit unbestimmter Farbe, so langsam wie der Fluss Pardu, und sie gerät sofort ins Stocken, gleichsam wie schockgefroren, wenn ein Schmerz für Männer schon längst die Grenze des Erträglichen übersteigt, was wieder einmal beweist, dass Letztere tatsächlich genetisch unterlegen sind, nur für die Reproduktion und das Vererben von Haus und Hof, Vieh und Weinbergen zu gebrauchen. Immer sind es Frauen, die die Dinge des Lebens in die Hand nehmen und Tage der Trauer und Erniedrigung organisieren.

Aber Telévras war eine Enklave und deshalb eine Ausnahme.

Die Witwe Bonaria Arcàdu rief sofort schrill: »*Coru meu stimàu coru meu stimàu it' as fattu? It' as cumbinàu?* Mein Lieber, mein Lieber, was hast du nur getan? Was hast du angestellt?«

Die Witwe Pirastu stimmte ebenso schrill ein: »*Ih te dannu, ih te dannu, ih te dannu, ih te dannu, ih te dannu!* Was für ein Desaster, was für ein Desaster, was für ein Deaster!«

Die Witwe Pirastu war für ihren Geiz bekannt, und der wirkte sich sogar auf ihre Wortwahl aus.

Innerhalb weniger Sekunden war das ganze Oberdorf über das Unglück im Bilde, und die Kinder, gefolgt von ihren Mamas, die Witwen und Großmütter stürzten zum Haus von Elvira Bòttaru und versammelten sich davor.

Der Halbkreis war die beste und demokratischste Aufstellung, um Schmerz und Mitgefühl zum Ausdruck zu bringen, sie war geradezu ideal, denn sie war der Ankunft möglicher Familienangehöriger, der Polizei und Gerichtsmediziner nicht hinderlich und ließ Raum für die natürliche Neugier der Dorfbewohner.

Das Problem bestand darin, dass Matteo Trudìnu vom Tod seiner Mutter nichts ahnte, und mit ihm das gesamte Unterdorf, während man im Oberdorf nicht über das Schicksal des Vaters informiert war, und Jacheddu kam sich vor wie in den Fällen, wenn ein Feuer zu löschen war, das der Mistral zum Meer trieb, und dann änderte sich mit einem Mal die Windrichtung, und das Feuer wurde Richtung Berge geblasen.

Er wusste nicht ein noch aus und beging seinen zweiten schweren Fehler: Er bat die Witwe Cherchi, über den Leichnam zu wachen, die Witwe Bonaria Arcàdu sollte dem kleinen Matteo, Tore Baccanti und Signorina Matilde unterdessen von dem Unglück berichten, während er sich selbst nach Cort'e Porcus begeben wollte, um den Maresciallo und Don Cossu zu informieren.

Die Witwe Arcàdu fragte völlig gerechtfertigt: »Warum denn nach Cort'e Porcus?«

»Weil wir dort die Leiche des Vaters gefunden haben«, flüsterte er.

Ebenso gut hätte er dem Dorfschreier das Geheimrezept für Wildfleischgulasch anvertrauen können. Der hatte damals übrigens auch die Aufgabe, die Dorfbewohner darüber in Kenntnis zu setzen, dass gelbe oder blaue Postkarten eingetroffen waren, mit denen die volljährigen jungen Männer zu einer Überfahrt aufs italienische Festland eingeladen wurden, um dort auf Staatskosten fünfzehn Monate Urlaub zu machen.

Piras hatte den Motor des Jeeps noch nicht angeworfen, da schoss die Witwe Arcàdu los und flitzte die endlos lange und sehr steile Gasse hinunter, die zur Hauptstraße führte und nach weiteren dreißig Metern zum Kirchplatz.

Der bis dahin statische Halbkreis verzog sich, bekam spitze Winkel und setzte sich ebenfalls in Bewegung, man rannte los und bremste an jeder Ecke ab, dass die Sohlen der Pantoffeln, der mit Sicherheitsnadeln behelfsmäßig geflickten Zehenstegsandalen und der leichten Schuhe für fünfhundert Lire das Paar quietschten, und ganz vorn an der Spitze die Witwe.

Als diese neue und ungewöhnliche geometrische Figur in der Nähe des Kirchplatzes eintraf, merkten auch jene, die mit der Relativitätstheorie nichts am Hut hatten, dass die Zeit sich gleichzeitig verlangsamte und rückwärtslief, gerade so, als würde man sich mit Lichtgeschwindigkeit fortbewegen, wozu wir Menschen bekanntermaßen nicht in der Lage sind, mit Ausnahme vielleicht der Bewohner von Televras, denn sie waren an die Geschwindigkeit des Busses von Signor Maxia gewohnt, die sich an den Gestirnen orientierte.

Keiner wollte dann aber der Erste sein, die furchtbare Nachricht zu überbringen. Die Anführerin, die Witwe Arcàdu, zeigte indes keine Neigung, ihre Geschwindigkeit langsam zu drosseln, wie es sich gehört. Sie blieb einfach abrupt stehen, sobald sie den kleinen Matteo, Tore und Signorina Matilde sah. Doch die Sohlen ihrer Pantoffeln waren abgetreten, und von hinten drängten die anderen nach.

Und so überrannte Bonaria Arcàdu die Signorina Matilde, und beide stürzten.

Die erste Reihe, die aus einem Dutzend Kinder und jung gebliebenen Siebzigjährigen bestand, kümmerte sich um den armen Tore Baccanti, der ebenfalls zu Boden gegangen war, und zwar zum zweiten Mal an jenem Morgen.

Die Letzten werden die Ersten sein ist ja so ziemlich der einzige Bibelspruch, den jeder immer parat hat, und an jenem Morgen erfuhr ich am eigenen Leibe den Wahrheitsgehalt jener göttlichen Weisheit, denn ich war der Letzte in der Gruppe gewesen und stand mit einem Mal ganz allein vor meinem Chef, und unsere Nasen berührten sich fast.

Genau: Matteo Trudìnu war mein Chef.

Ich war einfacher Ministrant in der zweiten Reihe, und er war mir übergeordnet, so hatte Don Cossu es bestimmt.

Um ganz ehrlich zu sein, waren wir nur zu zweit, aber es braucht immer und überall einen Chef. Das hat Gott so bestimmt, auch wenn wir gleichaltrig waren und gleich viele Dienstjahre hatten.

Und weil immer und überall den Rangniedrigsten die unangenehmen Aufgaben zufallen, war es an mir, die traurige Nachricht zu überbringen, freilich ohne zu wissen, dass es die zweite innerhalb weniger Minuten war.

Ich bekam gerade noch mit, wie die Witwe Arcàdu der Signorina Matilde die Hiobsbotschaft ins Ohr flüsterte, worauf diese auf der Stelle in Ohnmacht fiel. Gerade hatte sie noch auf dem Pflaster gesessen, und jetzt lag sie lang ausgestreckt da. Und während Tore Baccanti langsam aus einer Staubwolke auftauchte, sagte ich zu Matteo, in Sachen Kommunikation nicht sehr begabt, in einer Art Sprechgesang, den er selbst mir beigebracht hatte: »LaufMattèdeineMutteristtotsiehatsicherhängt«, alles in einem Atemzug und mit der letzten Luft, die nach der Rennerei noch in meinen Lungen war.

»Tot? Wie tot? Soll das ein Witz sein, Gesui'?«

»PirasJache'hatsiegefundenlauflaufMatte'!«

Und Matteo lief los.

Er rannte wie das kleine Mufflon, das wir zusammen mit Bruncu Spina gesehen hatten, als Don Cossu uns zu Exerzitien nach Bau Mela mitnahm, und während dieser sich in der ersten Woche dem ignatianischen Leitspruch *Deformata Riformare* widmete, erklommen wir, gerade mal zehn Jahre alt, in der Einsamkeit des Sommers unseren heiligen Berg.

Er rannte die steile Gasse so schnell hinauf, dass ich nicht mehr hinterherkam. Am Haus angekommen, rumpelte er geradewegs über die Witwe Cherchi, die, den Kopf in die Hände gestützt, auf der Türschwelle saß, und zwar ohne eine einzige Träne zu vergießen, vielleicht kostete sie selbst die zu viel.

Kurz darauf kam auch ich und rumpelte sie noch einmal an,

mit einer gewissen Schadenfreude, denn meiner Zia Battistina schuldete sie noch Rentenmarken für zwei Jahre.

Wir gingen ins Haus, und Matteo kniete vor dem Leichnam seiner Mutter nieder.

Er küsste sie auf die Stirn und strich ihr die Haare glatt, während die Dorfkinder sich in der Tür drängelten, um einen Blick auf den achten Menschen zu erhaschen, der sich in Telévras innerhalb der letzten vier Jahre erhängt hatte.

Matteo wandte sich um und versetzte der Tür einen so kräftigen Tritt, dass sie fast aus den Angeln sprang. Aber so blieben wenigstens die indiskreten Blicke draußen, und selbst die Witwe Cherchi begriff widerwillig, was die Stunde geschlagen hatte.

Er versuchte, ihr die Augen wieder in die Höhlen zu drücken und die Zunge in den Rachen zu befördern, aber es gelang ihm nicht, und er bat mich um Hilfe.

Ich wusste nicht, was ich tun sollte, und er bat mich um ein wenig Wasser aus dem Krug. Damit wusch er ihr den Speichel von den Lippen und trocknete diese dann mit dem einzigen Läppchen in der Waschschüssel aus Emaille. Mir war zum Weinen.

Nein, Matte', geweint habe ich nicht, aber ich wäre auch am liebsten tot gewesen.

Er versuchte, sie notdürftig herzurichten, und bat mich, ihren Kopf zu halten, während er in einer völlig lädierten Truhe, die der Familie als Schrank diente, nach etwas suchte.

Er fand auch sofort, wonach er suchte: einen braunen Schal mit den wunderschönen Stickereien der Signora Lisetta, und einen Plisseerock, den seine Mama immer zu den wenigen Festtagen getragen hatte. Ich hielt ihren Kopf, während er sich abmühte, ihr das Kinn mit dem Schal zu binden, aber der Knoten saß immer zu locker, und so zog er ihn ein wenig fester und sagte: »Entschuldige, wenn es zu fest ist, entschuldige ...«

Ohne Gefühl, geradezu eiskalt, sagte er das, als ob ihn das alles nicht berührte.

Dann nahm er einen Beutel, in dem sich augenscheinlich bereits Proviant befand, und steckte ein Stück Hartweizenbrot, das noch vom Vorabend auf dem Tisch lag, hinein, einen ausgehöhlten Kürbis, in dem sich ein Vorrat aus Wasser und Wein befand, ein Stück frischen Pecorino, und er kehrte den Boden mit einem Besen aus Hirsereisig, denn er wollte das Haus sauber hinterlassen.

Dann verharrten wir schweigend, er mit dem Proviantbeutel über der Schulter, ich die Hände in den Taschen vergraben.

Genau so.

Zum Schutz vor neugierigen Blicken beide gegen die Tür gelehnt.

Und in dieser Position warteten wir auf Maresciallo De Stefani und unseren Pfarrer.

Ohne Tränen und ohne Gebet.

So wie dieser Typ den wir eines Abends im Jahr '68 im Fernsehen von Tore Baccanti gesehen haben und der wie wir von einer einsamen Insel kam wie Sardinien wo es immer regnete und wo man das beste Bier trinkt was in meinen Augen eine Lüge ist denn an das sardische Bier kommt kein anderes ran und sie hatten seinen Sohn in einem Hotel in Los Angeles ermordet und ich wusste nicht mal wo das lag und wie sich das schrieb aber mir gefiel der Name und Matteo zeigte es mir und sagte mir ich müsste Englisch lernen aber woher konnte Trudìnu Matteo Englisch wo ich schon Mühe mit Italienisch hatte? Und er hieß Bob und wir haben begriffen warum er nie auf den Brief von unserem ersten *biddùnculo* geantwortet hat aber dann waren wir auch erleichtert weil es nicht er war und der Typ im Fernsehen wirkte nicht mal so wütend und hat gesagt dass ein Chennedi niemals weint und Matteo hat mich korrigiert und mir gesagt du willst Schriftsteller werden das schreibt sich mit einem K auf jeden Fall hat uns dieser Typ gefallen der gesagt hat dass ein Kennedy niemals weint denn auch wir sardische Kinder weinen niemals und dieser Satz hat uns total gefallen und ich habe ihn aufgeschrieben und Matteo versprochen dass ich niemals weinen würde und ich habe ihm gesagt dass ich ein Buch mit genau diesem Titel schreiben würde – *Sardische Kinder weinen nicht*.

IX

Polyphems Schwur

In der Nähe der Schweizer Grenze,
Weihnachten 2000

Ich sage nie etwas.

Fast nie.

Seitdem Carlo Schengen sich im Scherz für eine ganze Weile versteckt gehalten hat, wie einst Matteo Trudìnu, schreibe ich lieber.

Ich schreibe, aber nur im Geheimen, wenn alle schlafen, so wie er es mir beigebracht hat.

Und an diesem Ort, dem Heim für psychisch Kranke *ProSpesSalutis* an der Grenze zur Schweiz, in dem ich seit 1978 wohne, schlafen alle achtzehn Stunden am Tag.

Ich bleibe manchmal ganze Nächte hindurch wach, und mit ihm in meiner Nähe schreibe ich dann, was das Zeug hält, und erzähle meine Geschichten. Und er liest sie und hilft mir mit diesem Teufelsgerät weiter, dessen Benutzung er mir bereits vor einiger Zeit beigebracht hat, weil es, sagt er, nämlich im Gegensatz zu meinem Gedächtnis sehr viel speichern kann.

Er bleibt in meiner Nähe, auch wenn er sich sehr gut versteckt hat, fast noch gründlicher als Matteo.

Die Dottoressa Bruzzone ist immer schon eifersüchtig darauf gewesen, dass ich nur mit ihm schreibe und nicht mit ihr. Sie hat auch versucht, mich von ihm loszubringen, indem sie behauptet hat, Professore Carlo würde niemals mehr wiederkommen: alles Blödsinn. Als hätte ich keine Ahnung, wie man es anstellen muss, damit nicht einmal Maresciallo De Stefani und Egisto Cossu einen finden. Und als er mich hierhergebracht hat, in die Nähe seines Wohnorts, ist er mich immer besuchen gekommen und hat mir die Grüße von Don Cossu ausgerichtet.

Und eines Nachts hat er mir etwas gesagt, mit dem Herzen und den Augen hat er es mir gesagt, er hat es mir auf eine Art und Weise gesagt, auf die sich bis dahin nur ich und Matteo verständigt hatten: Man kommt sich so nahe, dass man beim anderen nur noch in ein Auge blicken kann, wie in das einzige Auge des Riesen Polyphems. Matteo und ich haben das immer so gemacht, wenn ein Schwur perfekt und unverbrüchlich sein sollte und selbst die üblichen Versprechen Don Cossus, einen ans Meer nach Cala Luna zu bringen, nichts ausrichten konnten.

Die Nasen berühren sich, und man schaut sich in die Augen. Aber es ist alles eine Frage der Proportionen. Wenn man vom anderen nur noch ein Auge sehen kann, das einzige Auge des Riesen Polyphem, ist das wie mit den zwei Knaben und ihren Äpfeln in dem Aphorismus von Platon.

Aber wenn einer eine längere Nase hat als der andere oder

die Blicke sich nicht direkt treffen, verzerrt sich alles, und das bedeutet, dass die beiden Menschen nicht auf Augenhöhe sind.

Carlo Schengen ist in meinem Leben mein zweitbester Freund.

Er hat mir wunderschöne Comics gezeigt und mir erklärt, dass man förmlich hören kann, wie ich nachdenke, und ich war darüber überglücklich, und während er mir für das Auge des Polyphems näherkam, zeigte er auf das Mal zwischen meinen Augen: eine tiefe Falte, über die meine Zia Battistina immer sagte, dass Maleddu, der Steinmetz, sie mir eingemeißelt hätte. Und Carlo sagte mir, dass die nur Leute haben, die immer in Gedanken versunken sind und umherspazieren und dabei nachdenken aber ohne sich je mitzuteilen und sie denken nach und spazieren und rauchen achtzig Zigaretten am Tag und sie denken ohne Punkt und Komma nach ganz wie gewisse Philosophen die er einst in der Schule durchgenommen und gelesen hat aber er hat mir zu viele Namen genannt und das hat auf mich die gleiche Wirkung gehabt wie damals als Matteo Trudìnu mir aus dem Gedächtnis alle dreihundertdreiunddreißig Namen von Teufeln aufgezählt hat die es auf der Erde gibt Nebenteufel eingeschlossen und er kannte sie alle und wenn Don Cossu einen von ihnen nicht mehr wusste fragte er Matteo.

»He, Matte'... ich habe gerade ein bisschen Halsweh. Ist dafür nicht Aldress zuständig?«

»Nein, was sagen Sie da, Don Cossu! Das ist der für die Schilddrüse! Der für den Rachen heißt Emol!«

»Emol? Aber war das nicht der für die Schultern?«

»Die Schultern, aber Don Cossu! Der heißt Tuberoch, Sie erinnern sich, der kann das Weihegebet an den Heiligen Erzengel Michael nicht ausstehen!«

»Tuberoch? Unsinn! Der ist für die Bronchien zuständig.«

»Für die Bronchien?«, rief Matteo. »Ich wette, heute gelingt Ihnen keine einzige Teufelsaustreibung! Der heißt doch Amatron! Und kann das Vaterunser nicht leiden.«

»He, achte auf deinen Ton! Hat dich Amicol im Griff?«

»Amicol? Aber das ist doch der für Schlaflosigkeit! Hoffentlich hören uns die Teufel nicht zu, Don Cossu!«

Und dann begann das größte und schönste Spektakel, das man sich als Kind jener Zeit nur wünschen konnte.

Don Cossu war unübertroffen darin, den Moderator einer Quizsendung nachzumachen, der von sich behauptete, Amerikaner zu sein, bis er eines Tages glatt behauptete, er würde aus »Nuova Yorka« kommen. Aber ein Jesuit lässt sich nicht über den Tisch ziehen, Jesuiten sind wahre Teufelskerle und von Geburt an in allen Sprachen der Welt bewandert.

»Ach ja? Na los, setz dir die Kopfhörer auf! Können Sie mich hören, ah eh ih oh uh Signor Trudìnu? Also, der Einsatz beträgt dreihundertzwanzigtausend Lire, und wir hätten diesen hübschen Jungen hier, er kommt von einer fernen Insel und ah eh ih oh uh behauptet die Namen aller Teufel zu kennen. Es ist auch noch ein anderer hübscher Junge dabei ah eh ih ... und wie heißt du?«

Don Egisto war einfach toll. Manchmal ließ er auch mich gewinnen, obwohl ich vaterlos war, ich war Niemandes Sohn, und meine Mutter war bei meiner Geburt gestorben, und alle sagten mir immer, dass ich mit allem hinterher war. Er war einfach toll toll toll toll toll. Toll.

»Ge-ge-suino«, stotterte ich.

»Auch er ist ein braver Junge, sehr schüchtern, das muss man sagen, und er will nicht reden, aber er hat einen wunderschönen Nachnamen, Némus, und in der schönen Sprache unserer fernen Insel bedeutet das *Niemand* ... Denkt nur, ihr Kinder in Vicenza oder Perugia, die ihr gerade zuhört, genau wie euer Held aus der *Odyssee* ... also ... ich weiß, ihr würdet gerne alle so heißen, das geht aber nur auf Sardinien oder Ithaka und hütet euch vor Neid, denn Neid ist eine Todsünde und es können ja nicht alle zur gleichen Zeit den gleichen Namen tragen und zum Beispiel alle Jesus oder Odysseus heißen. Aber kommen wir jetzt zu den Fraaaagen.«

Und er machte sogar die Hintergrundmusik und die Erkennungs- und Pausenmelodien nach, aber Matteo, der das absolute Gehör hatte, behauptete immer, sie würden falsch klingen, die im Fernsehen aber auch. Und dann legte Don Cossu mit dem Quiz los.

»Also, sag uns die Namen der Teufel, die für die folgenden Beschwerden zuständig sind: erstens Hepatitis, zweitens Gastritis, drittens Nervenzusammenbruch, viertens Malaria, fünftens Telepathie. Dreißig Sekunden, die Uhr läuft.«

Ich tat so, als wäre ich eine Stoppuhr, und machte *tic tac tic tac tic tac tic tac*, das war das Einzige, was ich dazu beitragen konnte, und noch heute gelingt mir die Stoppuhr richtig gut, wenn die Gedanken in meinem Kopf zu laut werden.

Und aus Matteo kam es nach nicht einmal fünf Sekunden

herausgeschossen: »Erstens Bulgar, zweitens Ungiador, drittens Passionass, viertens Vantus, fünftens Amaccrak.«

»Danke, danke, genug Applaus … Du willst es aber sicher nicht dabei bewenden lassen? Gesuino, bring mir den Umschlag fürs Finale, der Einsatz wird verdoppelt, mit der Summe will unser Quizteilnehmer einen neuen Kirchturm spenden. Fertig? Also, für sechshundertvierzigtausend Lire wollen wir den Namen … ah eh ih oh uh … den Namen des Teufels, von dem Don Cossu aus Telévras besessen ist … na, was ist? … Jetzt habe ich dich, du kleines sardisches Genie.«

Und Matteo: »Brillantinos, Don Cossu.«

Und Don Cossu: »Brillantinos? Welcher Teufel soll das sein?«

Und Matteo: »Der für die Glatze, der wohnt in der grünen kleinen Flasche, die bei Ihnen neben dem Waschbecken steht.«

Und darauf begann eine Hatz rund um den Kirchplatz, Matteo rannte Don Cossu davon, der so tat, als wollte er ihn mit einem Stock schlagen, dazu rief er, komm her, du kleine Schlange, und ich immer hinterher, und ich lachte dabei wie ein Verrückter, das konnte ich damals wirklich gut.

Und so oft habe ich schon gedacht, wenn man Krankheiten nach den Namen von Teufeln benannt hätte und nicht nach den Namen ihrer Erfinder, wären wir alle geheilt.

Denn die Erfinder selbst sind von Teufeln geritten. Auch wenn ich glaube dass es Signor Parkinson oder Signor Alzheimer oder Signor Wernicke auf gut Deutsch gesagt einst scheißegal war ob eine Krankheit fortan ihren Namen trug und alle Nachfahren dadurch ins soziale Aus befördert würden niemand wollte mit ihren Kindern und Kindeskindern in der

Schule das Pausenbrot teilen nicht einmal ein Girella-Gebäck zwei Geschmacksrichtungen für zwanzig Lire bitte und ich betone das *bitte* damit sich niemand auf die Füße getreten fühlt ich kenne mich mit diesen Krankheiten aus und schreibe seit fünfzig Jahren immer das Gleiche und morgen früh kann ich mich an nichts mehr von dem erinnern was ich geschrieben habe und muss wieder auf Seite eins anfangen.

Professore Carlo Schengen hat gesagt dass ich so schreiben soll einfach dem Fluss meiner Gedanken folgen und mich nicht weiter um Satzzeichen kümmern.

X

Ziel verfehlt

Um 9 Uhr 15 jenes 22. Juli 1969 machte Carabiniere Piras Jacheddu seinen letzten Fehler an jenem Tag.

Ihm ging das Benzin aus.

Eile, Aufregung und Seelenschmerz hatten dafür gesorgt, dass er das Wichtigste vergaß: das Benzin für den einzigen Jeep in Telévras und Umgebung. Noch dazu gab der Motor ausgerechnet auf halber Strecke einer Bergstraße auf, die zu einem lichten Gipfel führte; von dort ging es gerade mal 500 Meter abwärts, und man war in Cort'e Porcus.

Er stieß einen Schrei aus, der sicher noch in Cala Goloritzè zu hören war, denn damals funktionierten die Bergrücken wie diese riesigen Schüsseln, mit denen die Leute heutzutage die Wellen vom Mars einfangen. Sogar die ersten Touristen werden auf diese Weise in den Genuss eines herzzerreißenden, sanftmütigen Fluchs gekommen sein, der die Sarden in aller Welt bekannt gemacht hat: *Su cunnuu unnu unnu unnu nnu nnu nu nu nu uuuuuuuuu!*

Die Straße war zum Wenden zu eng, und so blieb ihm nichts anderes übrig, als den Wagen im steilen Gelände zu parken.

Immerhin war er geistesgegenwärtig genug zu begreifen, dass Handbremse und erster Gang nicht ausreichen würden, um den Wagen zu sichern, und so schob er zwei Felsbrocken gegen die Hinterreifen. Wenigstens von denen gab es genug.

Um jene Morgenstunde herrschten ungefähr vierzig Grad im Schatten, wobei Carabiniere Piras weit und breit der einzige Schattenspender war; er hatte die Sonne im Rücken, und sein Schatten war damit zwar lang, aber trotzdem unerreichbar und nicht zur Abkühlung geeignet. Er brauchte ungefähr eine halbe Stunde für den restlichen Anstieg, der Schweiß floss in Strömen.

Jetzt stell dich auf dem Gipfel des Perd'e Liana vor, denn so manches begreift man nur aus der Höhe, wie einer dieser Geier, die dort seelenruhig in einer Felsspalte hocken und darauf warten, dass ein Hase oder ein Kaninchen über die Lichtung gehoppelt kommen.

Stell dir vor, du bist einer dieser Geier und erspähst die drei Männer mit teuflischer Seelenruhe, verfolgst von oben mit, wie Carabiniere Piras auf Don Cossu und Maresciallo De Stefani zugeht, und hast mit deinem scharfen Auge auch den halb verwesten Leichnam ausgemacht; seine verfaulte Hand ragt aus dem kalkigen, von ein bisschen Laub und Eicheln bedeckten Boden.

Als Teil der Natur weißt du, dass diese nicht immer auf deiner Seite ist. Und dir ist beim Anblick der drei Männer auch klar, dass du den Leichnam links liegen lassen musst. Und so beschließt du, auf ein Lamm zu warten, das du das Naturgesetz des Stärkeren lehren wirst. Du behältst die drei Männer weiter im Blick, die deine leichte Beute bewachen, diese Misttypen, hoffentlich lässt man dir wenigstens einen Knochen mit ein bisschen Mark.

Du bist ein Geier und hast gelernt, dich zu begnügen.

Und während dir die Augen zufallen, schreckt dich eine Stimme aus dem Nickerchen auf: »Idiooooooot!«

Die Kalkspitzen der Berge werfen das Echo zurück. Sofort fliegst du erschreckt auf, beruhigst dich aber schnell wieder, denn du hast gelernt, dass du vor so etwas keine Angst zu haben brauchst, und vor allem weißt du genau, wann du dich in den Felsspalten, diesem Stück Natur, das dir freundlich gesonnen ist, versteckt halten musst.

Es ist Sommer. Keine Jagdsaison. Du beruhigst dich. Dein Herz schlägt wieder langsamer, und du ziehst mittlerweile am Himmel deine Kreise. Hungrig bist du nicht, es ist alles eher ein Spiel, du willst deinem einzigen Nachwuchs, der dich vom Nest aus beobachtet, deine Flugkünste zeigen. Du kannst Entfernungen gut abschätzen und wähnst dich außer Schussweite.

Du spürst den Mistral, der an Kraft zulegt, und sobald er auf den Nordostwind trifft, entsteht ein Luftstrom, der dich nach oben trägt, immer weiter nach oben, ganz mühelos, das ist dir nur recht, denn du musst mit deinen Kräften haushalten. Bevor du jetzt dein Wissen weitergeben kannst, hast du viel lernen müssen.

Kla klang ang ang ang ang ang ang ang ng ng g g g g.

Was ist das nur für ein Lärm, überlegst du, das hört sich nach Gewehren an, die gerade geladen werden, aber es ist doch

Sommer, die werden mich doch nicht erschießen. Besser, ich fliege noch etwas höher, bei den Carabinieri weiß man nie und außerdem … was will eigentlich dieser Kahlköpfige, der von Kopf bis Fuß schwarz angezogen ist? Vielleicht ein Pfarrer? Seit wann gehen die denn auf die Jagd? Und alt ist er auch … nein, das kann nicht sein. Das ist wirklich komisch … da muss ich mal nachschauen.

Du ziehst immer engere Kreise, bis du die drei Männer bei der letzten Runde fast berührst, dann stürzt du dich auf die Beute und trägst ein Stück von ihr in die Lüfte, so sehen sie mit eigenen Augen, dass man vor dem Fliegen keine Angst haben muss und es die Seele wirklich gibt.

Ratatatatatatatatatatatatatatatatatà.

War das etwa eine Gewehrsalve? Warum ausgerechnet in meine Richtung? Warum? Das ist nicht fair … es ist gerade keine Jagdsaison, das darf man nicht, an Regeln muss man sich halten … und was wollt ihr mit mir anfangen? Ich tauge euch nicht mal als Nahrung. Reichen euch die Waisen nicht, für die ihr unter euresgleichen sorgt? Ich hab ein Kleines zu versorgen, warum, warum?

Du ziehst die Flügel an den Körper.

Befindest dich im Steilflug nach unten.

So darfst du nicht sterben, mit dem Schnabel senkrecht in den Boden gespitzt.

Auf keinen Fall, du bist ein sardischer Geier und hast deine Würde.

Eine letzte Anstrengung, nun komm schon, die allerletzte.

Auf keinen Fall mit dem Schnabel zuerst.

Amseln sterben so, das haben sie davon, dass sie mit ihrem Gesang die Menschen nachahmen. Du mobilisierst deine letzten Reserven, sie sollen dir einen würdigen Raubvogeltod bescheren.

Bremsen, los, bremsen!

Du schaffst es, mit den Klauen zuerst aufzusetzen, und sie wirbeln Kalkstaub auf.

Du bist in einem Erdbeerbaum gelandet, eigentlich einem Strauch, ihn hast du besonders gern mit seinen orangefarbenen Früchten.

Du hast wieder festen Boden unter den Füßen. Ein schöner Tod, eines Sarden würdig.

Du spürst warmes Blut an den Flügeln.

Öffnest die Augen und erblickst, nicht einmal einen Meter von dir entfernt, ein winziges rotes Wildschweinbaby, das die Männer beim Spielen gestört haben.

Und dann hast du alles begriffen.

Deine Beute schaut dich an … sie ist genauso verschreckt wie du und hält dem Atem an. Aber das Schweinchen ist schlau.

Es ist ein Jesuit.

Es hält den Atem an und versteckt sich zwischen den Zweigen des Erdbeerstrauchs.

Du weißt ganz genau, dass das Schweinchen in dir keine Beute sieht, aber natürlich ist dir bekannt, dass das Naturgesetz, das du die Lämmer lehrst, auch für dich gilt.

Und dann merkst du, wie dein Herzschlag sich noch einmal verlangsamt, und der Atem unbeschwert wird …

»Das soll der Tod sein? Ich fühle mich richtig gut. Nur die

Krallen tun weh. Und was macht dieses Schweinchen vor mir? … Das muss das Paradies sein, ein Leben ohne Anstrengung, Lämmer und Schweinchen direkt vor mir im Erdbeerstrauch, und, *zack*, kann ich sie mir krallen und verspeisen. Mir geht's gut, ich hätte gute Lust, dich gleich zu erbeuten, Schweinchen …«

Dann ein Gedanke: So verfressen sardisch bist du nicht.

Du überlegst. Eigentlich bist du außer Gefahr. Gerettet!

Du verhältst dich ganz ruhig und hörst zu, ohne von den Männern gesehen zu werden.

Und du, aus der Gattung der Raubvögel, die in der Nahrungskette ganz oben stehen, bist gerade drauf und dran, mit deiner Ruhe einen Mann davor zu bewahren, mit nur sechsundzwanzig Jahren den allerletzten Fehler seines Lebens zu begehen.

Du belauschst die Männer.

»Was soll das? Bist du verrückt geworden? Du bist verrückt geworden! Wolltest du mich etwa erschießen? Los, schieß doch! Don Cossu hat alles gesehen.«

»Was soll ich gesehen haben, Maresciallo?«

»Nun machen Sie mal halblang, Don Cossu, Sie haben genau gesehen, dass er die Waffe auf mich gerichtet hat. Ich mache dich fertig, ich schick dich hinter Gitter, Piras! Wo ist eigentlich der Jeep? Auf jeden Fall bist du hiermit verhaftet! Ich befehle dir, auf der Stelle Gewehr und Pistole zu übergeben … und die Handschellen gleich mit. Don Cossu wird das bezeugen.«

»Maresciallo … Wie kommen Sie auf einen solchen Befehl!? Haben Sie den Raubvogel nicht gesehen? Der wollte sich gerade auf Sie stürzen. Also, ich habe genau gesehen, dass er in die Luft geschossen hat ...«

»Das mag schon sein, aber zuerst hat er auf mich gezielt.«

Carabiniere Piras steht da und zittert.

Sein Blick ist leer.

Er begreift, dass auch sein Leben an diesem Tag an einem Wendepunkt steht.

Durch einen schmalen Schlitz in deinen Lidern, denn die Sonne steht tief am Horizont und blendet dich, kannst du ihn sehen, immer noch reglos.

Er hat also in die Luft geschossen.

Er wollte dich nicht treffen, aber das weißt du noch nicht.

Er hat dich nicht einmal bemerkt. Hätte er dich voll erwischt, hättest du mit Fug und Recht ein unglückliches Aufeinandertreffen von Zufällen behaupten können. Ein Geier zur falschen Zeit am falschen Ort, dazu drei Männer, ein Jesuitenpriester und Jäger, ein Maresciallo aus dem Piemont, der einfach nur seinen Job machen wollte, und ein wütender sardischer Carabiniere, der mit seinem Schuss das Ziel verfehlte, alle drei ebenfalls zur falschen Zeit am falschen Ort.

Im Gegenlicht kannst du nur Schatten sehen, aber du begreifst, dass du am Leben bist. Am Leben!

»Ich befehle dir, mir auf der Stelle alle Waffen auszuhändigen! Du bist hiermit verhaftet!«

»Was soll das, verhaften, wen wollen Sie denn hier verhaften? Kommen Sie, schauen wir nach diesem Raubvogel ... nun kommen Sie schon.«

Jacheddu Piras hat aufgehört zu zittern, die Rettung ist nah.

Er muss jetzt diesem Jesuiten vertrauen.

Er weiß, dass Don Cossu ihm fürs Erste die Haut und irgendwann auch die Seele retten wird. Er sagt: »Ich habe einen Geier gesehen, der sich von oben auf die Leiche gestürzt hat.«

Don Cossu legt alle Karten auf den Tisch. Aber ein Jesuit ist beim Kartenspiel unschlagbar, und selbst wenn du die Heilige Dreifaltigkeit höchstpersönlich wärst.

Er weiß natürlich nicht, dass du ganz in der Nähe hockst, und vor allem weiß er nicht, dass du ein Bartgeier bist, er geht von einem ganz gewöhnlichen Raubvogel aus.

Er glaubt, du bist weggeflogen.

»Das war ein Bartgeier, Maresciallo. Ich hätte schwören können, dass die ausgerottet sind, aber Jache' hat ihn am Flugverhalten erkannt, stimmt's? Kommen Sie, schauen wir nach, vielleicht ist er hier in der Nähe zu Boden gegangen. Nun kommen Sie schon.«

Die Männer befinden sich jetzt in zwanzig Metern Abstand von dir.

Du könnest natürlich wegfliegen, und vielleicht würde niemand auf dich schießen, aber der kurze Moment mit dem Wildschweinchen hat für dich ausgereicht, um zu begreifen, wie Jesuiten ticken.

Alles hast du begriffen.

Und so lässt du dich sanft zur Seite fallen und stellst dich tot. Normalerweise wärst du ja auch schon tot.

Maresciallo De Stefani entdeckt dich als Erster. »Zum Henker … Sie hatten recht … und so groß! Was für Flügel … zum Henker!«

Piras Jacheddu fallen fast die Augen aus dem Kopf.

Er glaubt an ein Wunder, eine von Don Cossus Zaubereien, wie damals, als er ihm eine Hundert-Lire-Münze hinters linke Ohr steckte und hinterm rechten eine silbern glänzende Fünfhundert-Lire-Münze hervorholte.

Ein Bartgeier?

Er ist betrübt, er ist zwar ein Jäger, aber ein Bartgeier …

Aber er freut sich auch, denn er weiß jetzt, dass er die nächsten zwanzig Jahre auf freiem Fuß ist und weiter sein Gehalt bezieht.

Du bleibst reglos liegen und atmest nicht.

Das Geheimnis des Lebens besteht darin, sich tot zu stellen. Immerhin rettest du einem Mann die Haut!

»Schade«, sagte Don Cossu. »Ich hätte nie gedacht, dass es von denen noch welche gibt. Du hast ein gutes Auge, Jache'! Wie hast du ihn nur erkannt?«

»Vor vielen Jahren habe ich mal einen gesehen.«

Der Maresciallo weiß nicht, was er davon halten soll.

Er brummt: »Und ich … na, darüber reden wir noch. Jetzt bringen wir ihn erstmal zur Polizeikaserne. Das hier ist ein Raubvogel, das müssen wir melden.«

Und was macht ein Jesuit in einem solchen Fall?

Er fabriziert aus Tatsachen ein Meisterwerk.

»Um Gottes Willen, Maresciallo, einen Bartgeier anzufassen bringt Unglück.«

Die Männer stehen zehn Meter von dir entfernt. Der Jesuit weiß, dass du noch am Leben bist, er hat dein kleines Herz klopfen sehen ...

»Sind Sie etwa abergläubisch, Don Cossu? Sie jetzt etwa auch noch?«

»Ich bin wirklich nicht abergläubisch, aber bei Bartgeiern ... lassen wir ihn doch einfach hier liegen, die Natur besorgt den Rest, er war ein Leben lang auf Beute aus. Jetzt dient er anderen als Beute.«

»Naja, eigentlich haben Sie recht. Wo wollen wir ihn bei dieser Hitze auch hinlegen. Und jetzt, Piras, erzähl uns alles von Anfang an.«

Die Männer entfernen sich, und Jache' berichtet: von Matteo und Tore, von Elvira Bòttarus Erhängen, dass man sich jetzt um den Jungen kümmern muss, aber wie, er redet und redet, während Don Cossu seinen Kopf mit den Händen umfasst hält, der Maresciallo weiß nicht mehr weiter, sie hängen hier fest, der Carabiniere weint, der Jeep steht zwei Kilometer weiter unten am Steilhang, ohne Benzin und ohne Platz zum Wenden, dazu ein Bartgeier, der sich tot stellt, und ein verwesender Leichnam. Die Gelegenheit für den Maresciallo, den anderen zu demonstrieren, wie man seinen Job macht.

Und Maresciallo Alvise De Stefani denkt an seine Ausbildung zurück, an seine ersten Ermittlungen, seine ersten Erfolge, an seine Beförderung, die ihn auf diese Insel des Elends brachte, an das Gefühl, mit dem er dieses feindselige abgelegene Stück Erde erreichte. All das fällt ihm auf einmal ein, und er sagt: »Also, wir machen es so. Du bleibst hier, Jache'.

Bachisio Trudìnu rührt sich ja nicht mehr von der Stelle, das ist auf jeden Fall mal gewiss. Das weiß ich bestimmt. Aber wir müssen dem Colonnello und denen aus Nuoro beweisen, dass wir hier unseren Job machen, zur Not auch ohne Benzin. Sie versuchen zu Fuß ins Dorf zu kommen, Don Cossu. Ich werde den Jeep ein Stück zurücksetzen und behaupten, ich wäre von der Straße abgekommen und am Fels hängengeblieben. Was die erhängte Elvira angeht, die Arme, sagen wir, dass der Strick gerissen ist und Jache' sie auf dem Boden gefunden hat. So brauchen wir keinen Bericht zu verfassen, und der Colonnello bestraft dich nicht, weil du den Leichnam angefasst hast, ohne auf deinen Vorgesetzten zu warten. Hast du alles verstanden, Jache'? Alles klar? Du hast die Leiche nicht angerührt, sondern hast sie auf dem Boden gefunden und mich unverzüglich gerufen. Um den Rest kümmere ich mich. Alles klar? Ihnen auch, Don Cossu? Der Colonnello wird euch befragen, also kein falsches Wort. Gehen wir, Don Cossu. Wir müssen uns um den Jungen kümmern. Für die Toten können wir nichts mehr tun. *Aiò*, auf geht's!«

Genau das hat er gesagt: *Aiò*.

Du hast das gehört.

Aus dem wird am Ende doch noch ein Sarde, hast du gedacht.

Und wenn er so weitermacht, wird aus ihm sogar noch ein Jesuit, dafür sorgt der enge Kontakt zu Don Cossu.

Denn dumm ist er nicht, im Gegenteil, vielleicht sogar ein bisschen zu intelligent, und vielleicht hat er von der Geschichte mit dem Bartgeier auch keine Silbe geglaubt.

Aber er hat begriffen, wie du Bartgeier auch, dass das hier jetzt sein Leben ist, und dass er daraus entweder das Beste machen kann, also hier für Nachkommen sorgen, oder er ist zum Untergang bestimmt. Genau wie du. Du hast dich immerhin mit Bravour tot gestellt und damit dem beliebtesten Carabiniere aller Zeiten von Telévras die Haut gerettet.

XI

Die Lösung steht auf Seite 46

Als Don Cossu beim Haus von Elvira Bòttaru eintraf, war es fast zwölf Uhr mittags und Matteo bereits gegangen.

Von jenem Tag ist den jung gebliebenen Neunzigjährigen aus Telévras vor allem ein Gestank nach verbranntem Gummi und Bremsbelägen in Erinnerung geblieben.

Maresciallo De Stefani ließ den Jeep zweieinhalb Kilometer zurückrollen und gelangte dann auf die Landstraße, die ins Dorf führte. Es gelang ihm sogar, den Wagen in der einzigen Bucht im Umkreis von zwanzig Kilometern zu wenden und den Rest der Strecke, ungefähr drei Kilometer, die ihn noch vom Dorf trennten, bei abgestelltem Motor rollen zu lassen. Die Bremsen dankten es ihm.

Don Cossu stellte mir keine Fragen, er würde ohnehin keine Antworten bekommen, sagte er. Er legte mir eine Hand auf die Schulter. »Matteo ist nicht mehr hier? Er hat seine Mutter gesehen, nicht wahr? Hm ... Er war es, der ihr den Schal um den Kopf gebunden hat, nicht wahr? Hm ... hm ... Und du hast keine Ahnung, wo er steckt? Ich weiß schon, du würdest es mir auch nicht verraten … Ihr beide habt sie also ebenfalls angefasst? Hm… Und bei dir zu Hause ist niemand, stimmt's? Bleib heute bei mir. Jetzt warten wir erstmal auf den Maresciallo.«

Er kannte mich wie seine Westentasche. Er wusste, ich hätte reden können, vielleicht stotternd und nach mehreren Anläufen, aber das Reden hätte von mir ausgehen müssen, ohne fremde Aufforderung.

Er kannte meine wunderschöne Krankheit. Er selbst hatte mich nach Cagliari zu Dottore Ennas mitgenommen, als er auch Matteo dorthin brachte.

Aber er wusste auch, dass ich niemals Verrat begangen hätte, nicht im Beichtstuhl und nicht einmal, wenn er mir das ewige Fegefeuer angedroht hätte. Er war Jesuit, das schon, aber ich war, wie alle sardischen Kinder, an Feuer gewöhnt, diese Art Drohung hatte auf mich keine Wirkung.

Er wusste, wie viel mir Freundschaft bedeutete. Matteo Trudìnu war der einzige Junge, der mich respektierte und mir was beibrachte, ohne sich wie andere über mich lustig zu machen und zu rufen: »*Filgiu 'e su maccu, filgiu 'e su maccu, filgiu 'e su maccu* … Sohn vom Dorfidioten, Sohn vom Dorfidioten, Sohn vom Dorfidioten …«

Und er hatte die schönsten Gaben der Welt: Musik und Rhythmus.

Alles andere ergibt sich daraus, wie bei einem Weihnachtsbaum, an dem man ganz oben den Komet befestigt.

Die anderen, die sich über mich lustig machten, waren für Matteo wie Bodensatz, den er verabscheute. »Die sind für nichts gut, dumm wie Bohnenstroh sind die. Nicht mal singen können sie, leider … oder einen Vierviertel- von einem Zweivierteltakt unterscheiden. Kein Gefühl für nichts … und auch kein Gehör. Gib dich nicht weiter mit denen ab, Gesui'. Aus denen wird nichts, du wirst sehen, die arbeiten später mal für irgendeine Regierungsbehörde.«

Matteo hat mir beigebracht, wie ich meinen Sprachmotor wieder in Gang setzte, wenn er auch beim zweiten oder dritten Anlauf ins Stottern kam. »Sing, Gesui', sing, versuch es erst gar nicht mit dem Reden. Sing mir einfach, was du mir sagen willst …«

Und es hat funktioniert! Wirklich! Ganz ohne Stottern! Ich habe einfach gesungen, was ich sagen wollte! Ich sang zwar leise, aber so konnte ich mich mitteilen!

Matteo war einfach unglaublich.

Eine wahre Leuchte, ein Universaltalent, geborener Musiker und mit allen Teufeln auf diesem Globus (die Inseln mit eingeschlossen) auf Du und Du, er spielte auf jedem Instrument, das man ihm in die Hand gab, er las und sprach Lateinisch besser als Sardisch und verbesserte sogar den Bischoff, er diskutierte mit Don Cossu über Theologie und hatte den *Brief des Paulus an die Kolosser* gelesen, und ausgerechnet er war mein bester Freund, der mich überall mit hinnahm und mich besuchte und viele andere unvorstellbare unübertroffene Dinge tat und das alles, Ihr Herren Mediziner, Notare, Wurstwarenhändler und Anwälte, mit knapp zwölf Jahren und ohne irgendeine Schulbildung, alles aus eigenem Antrieb. Natürlich kann man sagen, naja, immerhin schon zwölf, und es gibt recht viele hochbegabte Kinder.

Aber er war von Geburt an so. Und genau aus diesem Grund hatte Don Egisto ihn in sein Herz geschlossen wie niemanden sonst und nannte ihn, und nicht im Scherz, *su tiàlu*, Teufel.

XII

S'impràssu
Die Umarmung

Trudìnu Matteo hat mich umarmt, so wie nur wahre Freunde es tun.

»Hast du verstanden, Gesui'? Das ist das Gleiche wie bei Polyphems Schwur … verstanden?«

Ich habe verstanden, Matteo. Du musst verschwinden, und ich muss den Mund halten, selbst Don Cossu darf ich nichts sagen, ich habe verstanden.

»Denk dran, wir sehen uns in der Nacht nach der Beerdigung, du weißt schon wo. Dir werden sie keine Fragen stellen. Sag nur, dass ich verschwunden bin, ohne dir zu sagen, wohin, und sorg dafür, dass Don Cossu merkt, wie schnell du mittlerweile schreiben kannst. Sorg dafür, dass er dir ein Heft schenkt und zu dir sagt: Unser Gesuino macht seine Sache gut, aus dem ist ein richtiger Schriftsteller geworden, dem schenken wir ein schönes Heft aus China und einen schönen Kugelschreiber mit zehn Minen in verschiedenen Farben. Schreib keine Zeile über unseren Schwur, verrat mich nicht, Gesui'! Sag nichts von unserem Treffpunkt. Denk daran, du heißt Iggiar, das vergisst du nicht, stimmt's? Schreib nichts von allem, bis ich es dir sage. Ich habe dich lieb, Gesui', ich habe dich lieb … lass dich auf nichts ein. Schreib davon kein Wort.«

»Ok-k-k-kay. Ma-ma-té!«

»Komm, umarm mich, Gesui'. Lass uns den Schwur des Polyphem machen … genau so, ich kann nur ein Auge sehen.«

Mit Matteo ist mir der Schwur immer perfekt gelungen, wirklich perfekt!

Und in diesem Fall darf man keinen Verrat begehen, mit wem auch immer, und der Schwur gilt bis in alle Ewigkeit.

Und selbst wenn ich das Auge verzerrt gesehen hätte, wie hätte ich meinen einzigen und besten Freund verraten können, der mir den Namen Iggiar gegeben hat, nach diesem Dämon, der mit und in seinen Gedanken spricht, und zwar nachdem wir diese Sache in der Höhle von Monte Corongiu gesehen hatten, davon werde ich aber erst erzählen, wenn er mir ausdrücklich die Erlaubnis dazu gegeben hat.

Und selbst wenn wir nicht mit eigenen Augen gesehen hätten, was wir gesehen haben, wie hätte ich jemanden verraten können, der mir den Ursprung meines Nachnamens erklärt? Damals hatte ich keine Ahnung, worauf der Name sich bezog, aber dann wurde mir alles klar, und wie …

Aber ich bringe gerade alles durcheinander, und es ist noch nicht der Augenblick gekommen, um damit herauszurücken.

Wir legten unseren Schwur ab, und obwohl es eigentlich nicht nötig gewesen wäre, wollte er ihn bekräftigen, indem er mich zum Leichnam seiner Mutter brachte.

Wir verabredeten uns für die Nacht nach den Beerdigungen, immer in der Hoffnung, dass man die beiden gleichzeitig zu Grabe tragen würde, im anderen Fall wollten wir uns nach der jeweils letzten Beerdigung treffen, ob nun nach der des Vaters oder der Mutter.

Er umarmte mich und sagte: »Ciao, Iggiar.«

Und dann hob er die drei ersten Finger seiner Rechten, mit dem Handrücken zu mir gewandt.

Ich wandte ihm den Handrücken meiner Linken zu und legte Daumen, Zeige- und Mittelfinger zwischen seine Finger.

Das Zeichen für ewige Freundschaft.

Ganz selten lügt das Auge, hatte er mir erklärt, und dann reicht der Schwur des Polyphems nicht.

Um wirklich ganz gewiss zu sein, verschränkt man die ersten drei Finger der Rechten mit jenen der Linken, aber Handrücken an Handrücken, denn mit den Handinnenflächen ist es ein Kinderspiel.

Und er sagte zu mir: »Denk dran, nur die Hände lügen nie. Das Auge kann lügen, aber in den Händen liegt die Wahrheit.«

Es war genau 11 Uhr 37, als er seelenruhig sein Zuhause verließ.

Wie viele Sekunden es waren, weiß ich nicht, denn auf der Kinderuhr, die Zia Battistina mir von den Erlösen aus dem Fußballlotto für dreihundertfünfzig Lire (zuzüglich Lieferkosten) gekauft hatte, fehlte der Sekundenzeiger.

Und zum letzten Mal öffnete sich der Halbkreis vor dem Haus von Elvira Bòttaru, und das Dorf sah meinem besten Freund Matteo Trudìnu auf dem Weg in die Berge nach.

Alle beobachteten, wie er sich langsamen, ruhigen Schrittes entfernte, als ginge ihn das alles schon nichts mehr an.

Er drehte sich kein einziges Mal um.

Er drehte sich nie mehr um.

Nie wieder.

Sein Rücken war das Letzte, was die Bewohner von Telévras an jenem 22. Juli 1969 um 11 Uhr 37 von Matteo sahen.

XIII

Epikur auf Sardinien

Gott will das Böse abschaffen und kann es nicht
oder er kann es, will es aber nicht
oder er kann es nicht und will es auch nicht
oder er will es und kann es auch.
Wenn er es will und nicht kann, ist er machtlos: Dann kann er nicht Gott sein.
Wenn er es kann, aber nicht will, ist er neidisch: Dann kann er nicht Gott sein.
Wenn er es nicht will und auch nicht kann, ist er neidisch und machtlos: Dann kann er nicht Gott sein.
Wenn er es will und es auch kann, muss es Gott sein,
wenn er es aber will und es auch kann, warum schafft er es dann nicht ab?
Woher kommt dann das Böse?
(*Die Theologie des Wildschweins* von Cossu Don Egisto, S. 11)

Don Cossu nannte diese seine Zeilen *Epikurs Paradox*, und während seiner Exerzitien in Bau Mela, inmitten des Gebirges des Gennargentu, bildeten sie die Grundlage für seine Überlegungen.

Wir waren dabei, wie er langsam, das Paradox laut deklamierend, dahinspazierte und damit gegen das Schweigegebot verstieß.

Wie kommt ein fünfzigjähriger Priester auf die Idee, zwei nicht einmal Zwölfjährigen derartige Gedankengänge mitzuteilen? Gar nicht einfach zu erklären.

Natürlich war nicht ich der Adressat, sondern Matteo.

Und der hatte immer sofort eine Antwort parat: »Das ist alles Unsinn, Don Co'! Und außerdem gar kein Paradox.«

Du warst ja schon einmal ein Bartgeier und müsstest dich jetzt eigentlich aufs Neue in die Lüfte aufschwingen und dort die Unterhaltung der beiden mithören, aber vielleicht ist die beste Perspektive gar nicht die aus der Höhe, sondern, im Gegensatz zu den erhabenen Gedanken der beiden, vom festen Boden aus, wo das kleine verschreckte Wildschein zu Hause ist, dem du auf deinem vermeintlich letzten Ausflug begegnet bist.

»Na, dann mal heraus mit der Sprache, Herr Theologe, warum ist das kein Paradox?«

»Weil die Antwort bereits in der Frage steckt, Don Co', das sieht doch jeder!«

»Was soll das heißen, die Antwort steckt bereits in der Frage? Und wie redest du überhaupt mit mir? *Unsinn*. Ein bisschen mehr Respekt, bitte.«

»Ok. Aber in dem Wort *Gott* liegt doch schon die Antwort.«

»Was soll dieses *Ok* bedeuten? Ich geb dir ein Okei ... willst du jetzt etwa den Amerikaner spielen?«

»*Yes, all right*.«

Wie gelang es einem Jungen in diesem Alter, an diesem Ort

einen englischen Satz über die Lippen zu bringen. Wirklich schwer zu erklären. Für mich war Englisch die Sprache des Teufels, denn für mich gab es nur Sardisch, und überdies nur den Dialekt von Zia Battistina. Und sie brachte es fertig, selbst unser traditionelles Liebesgedicht *Non Potho Reposare*, das bei uns sogar die alten Weiber, die nicht schreiben und lesen können, auswendig wissen, zu entstellen. Don Cossu schrieb mir jedes Wort an die Tafel, das er mir auf Italienisch beibrachte.

Aber in meinem Fall ging es ja nicht darum, mir das Sprechen beizubringen, und damit war die Aufgabe weniger kompliziert, als es auf den ersten Blick scheint. Und so schrieb ich alles ab, nur um ihm eine Freude zu machen, denn ich würde es ja niemals im Leben wieder brauchen.

Bei Matteo wurden aus den Verben *essere* und *avere* natürlich sofort *I am, Je suis, Ich bin, I have, J'ai, Ich habe*, ganz zu schweigen von der griechischen, spanischen, portugiesischen und lateinischen Version, vor allem im Latein war er ein As.

An diesen verlassenen Gebirgsort Bau Mela zu reisen, war für uns immer das Allerschönste.

Und das wird es auch für immer bleiben.

Mit dem Spruch »Der Weg ist das Ziel« konnte ich nie etwas anfangen.

Laut Matteo gehörte er in die Schublade »poetische Ergüsse«.

Für eine Reise braucht es ein Ziel, einen Plan, Proviant, frisches Wasser und sichere Unterkünfte, bequemen Unterschlupf zum Rasten und Hirten, die einem frischen Ricotta und ein bisschen Schaffleisch zum Grillen schenken.

Und das Ziel ist der Endpunkt, der Zweck einer Reise.

Glaub mir.

Ich bin Experte für Reisen ohne Ziel und mittlerweile seit ein paar Jahrzehnten unterwegs.

Und diese Reisen machen längst nicht so Spaß wie die, bei denen man weiß, wo man ankommen will.

Wir brachen fast immer in der ersten Juniwoche gegen sechs Uhr auf und blieben einen Monat fort.

Für die Sonntagsmessen kam dann ein junger Ersatzpriester aus Nuoro oder Cagliari nach Telévras. Von dort zu der kleinen verlassenen Lichtung im Herzen Sardiniens waren es dreißig Kilometer.

Für einen Jesuiten ist das Wandern mitunter wichtiger als Essen oder Philosophieren.

Ich war fasziniert von unserer jesuitischen Pilgerwanderung, auf die Don Cossu mit den Worten einstimmte: »Die Novizen sind eine Woche lang zu Fuß und ohne Geld unterwegs und dürfen niemandem verraten, dass sie Jesuiten sind.«

Es geht ums Überleben, Essen und Trinken muss man erbetteln. Mit uns Kindern beschränkte sich das Ganze auf einen Tag, an dem wir aber unter keinen Umständen den Proviant anrühren durften, den wir in unseren Militärrucksäcken mittrugen, und uns aus der Natur ernähren mussten.

Wir brauchten immer fast einen ganzen Tag, um jene Lichtung am Fuße des Gennargentu zu erreichen.

Das war wirklich eine Reise, wie sie sich gehört.

Als Wildschweinchen hättest du einen Priester und zwei

Kinder gesehen, die auf und ab über Bergrücken wandern, und sicher hättest du überlegt, dass die Menschen schon komische Wesen sind, denn ausgerechnet ich, der immer und bei allem Zurückgebliebene, übernahm die Führung.

Da konnte ich endlich einmal glänzen.

Die beiden vertrauten mir blind.

Ich war in diesen Bergen geboren. Vater unbekannt, Mutter bei der Geburt gestorben.

Dottore Pòddighe hat mich gefunden, wie ich noch an der Nabelschnur hing, wenigstens hat er das so herumerzählt. Und ich erinnere mich noch, wie ich in jenen Bergen gespielt habe, an die Bäche, die Wildschweine, Schafe, Lämmer und Bartgeier.

Ich wusste nicht, wer man Vater ist, oder besser, niemand wollte es mir sagen, und so bin ich bei meiner Zia Battistina aufgewachsen, die für ihren Lebensunterhalt auf Feldern arbeitete, Herden hütete und mit ihnen von Weide zu Weide wanderte. Sie musste mich überall mit hinnehmen, denn es gab keine Kinderkrippen oder -gärten, wo sie mich zweitweise hätte abgeben können.

Don Cossu und Matteo kannten natürlich ebenfalls den Weg, aber auf der geraden, kürzesten Route.

Das ist aber keine schöne Art des Reisens.

Ich führte sie an Orte mit frischem Quellwasser, auf Wildschweinfährten, über verborgene Banditenpfade, zeigte ihnen Vogelfallen für Drosseln und Amseln, und vor allem Felsüberhänge und Höhlen, wo man Schutz finden konnte.

Ich musste schon sehr früh laufen lernen, um zu überleben,

denn meine Zia konnte mich in dem Weidekorb bald nicht mehr tragen.

Bis zum Alter von acht Jahren kannte ich kein einziges italienisches Wort.

Dann kamen eines Tages Maresciallo De Stefani, Carabiniere Piras und Don Egisto zu meiner Zia und erklärten ihr, dass ich zur Schule gehen müsse, sonst würden sie sie verhaften.

Aber Don Cossu sagte dann, sie solle sich keine Sorgen machen, man würde sich um meine Schulpflicht kümmern, und er würde mich ein bisschen unterrichten, und der Grundschullehrer auch ein bisschen.

Aber ich wollte nicht zur Schule gehen, denn ich war so gerne bei den Tieren und konnte mir nicht vorstellen, fünf volle Stunden jeden Tag in einer Schule zu sitzen und Linien und Dreiecke zu zeichnen und eine fremde Sprache zu lernen.

Dies war meine Heimat.

Sollten sie doch meine Sprache lernen.

Was wollten sie alle von mir?

Man muss kein Wissenschaftler sein, um zu begreifen, dass Wochentage für mich keine Rolle spielten und ich in meiner eigenen Welt lebte.

Vielleicht dachten sie, ich bin unglücklich, aber es ging mir wunderbar.

Stell dir vor, was für ein Glück: Keine Vorstellung von Vater und Mutter zu haben.

Don Egisto fand wie üblich eine Lösung: »Keine Sorge, Titi', ins Dorf kann er allein hinuntergehen. Ein Dach über dem Kopf gegen Regen und Sturm hast du für ihn. Und zu essen bekommt er bei mir, eine Suppe schmeckt ohnehin besser in Gesellschaft. Und nach der Schule kommt er zu dir oder du kannst ihn in der Kirche abholen. Und vielleicht kann er Matteo Trudìnu zur Hand gehen, der kann immer Hilfe gebrauchen.«

Ich war todtraurig.

Regen und Wind mag ich sehr.

Und Schnee erst.

Schnee ist etwas Wunderbares …

Matteo war der Einzige, der mich sofort verstanden hat.

Niemand konnte ihn leiden, denn die Leute sind auf jeden neidisch, der was im Kopf hat, sie meinen, ihre Kinder müssten genauso sein, auch wenn sie von Natur aus dumm wie Bohnenstroh sind.

Sie sagten, er ist vom Teufel besessen, und es kann gar nicht sein, dass er so viel weiß, er schreibt einfach alles ab, mit dem stimmt was nicht.

Wenn ich stotterte, half er mir weiter, und wenn Don Cossu nicht da war und ich mich traurig fühlte, spielte er mir auf der Orgel verbotene Musik vor.

Und er hat mir sehr freundliche Dinge gesagt und mir mehr beigebracht als Don Cossu.

Er gab mir verbotene Bücher zu lesen, und seiner Meinung nach war es im Leben nicht wichtig, flüssig zu sprechen, und das Schreiben mehr als nur ein guter Ersatz dafür.

Und er brachte mir so vieles bei. So vieles.

Er brachte mir bei, wie man einem anderen Menschen

etwas beibringen sollte, nämlich unabsichtlich, ohne es zu wollen.

Und ich brachte ihm auch etwas bei, das Allerschönste und ebenfalls ganz unabsichtlich: sich zu verstecken.

Ich zeigte ihm die Wildpfade und kleine und große Höhlen, in denen er Schutz und Wasser finden konnte, im Winter sogar warmes, ich zeigte ihm die Hütten und Schafställe, wo die Hirten für den Notfall immer etwas Proviant lagerten, und ich brachte ihm die sardischen Namen für Tiere und Pflanzen bei, auch für die giftigen.

Und ich sagte zu ihm: »Diese Pflanze hier, ja, diese, nein, wenn du die isst, stirbst du … die da schmeckt sehr gut … die rührst du besser nicht an und wenn ja, wasch dir sofort die Hände.«

Eigentlich habe ich vor allem darauf gezeigt und dazu genickt oder den Kopf geschüttelt.

Und ich habe ihm gezeigt, wo er frischen Ricotta bekommt, ohne dass ihm Fragen gestellt werden, und auch alle Quellen, wo das Wasser umsonst war.

Und er hat sich darüber gefreut.

Du bist ein echter Freund, hat er zu mir gesagt, ein echter Freund, der mir seine Geheimnisse anvertraut, auch das von dem Tunnel, der vom Monte Corongiu direkt nach Nuoro führt.

Matteo nannte mich seinen Freund? Ich, sein Freund? Unglaublich.

Es war wunderschön, nach zwölf Stunden anstrengender Wanderung anzukommen, das Militärzelt aufzubauen, das Carabiniere Piras sich angeblich von einem Freund ausgeliehen hatte, ein Feuer anzuzünden, obwohl es mitten im Sommer war, etwas zu grillen, sich dann schlafen zu legen und die Millionen und Abermillionen Sterne zu betrachten, denn dort war es stockdunkle Nacht, und man konnte sie alle sehen, auch den einen, diesen supergeheimen Stern von mir und Zia Battistina, auf den meine Mama gehen musste, weil das in Sardinien mit der Rente schwierig war, aber das durfte ich niemandem sagen, weil Zia Battistina sonst sehr wütend geworden wäre und ihre Rente weg, ciao, Aufnimmerwiedersehen.

XIV

Sokrates' Dilemma

Peppino Golòvru war durch und durch Bandit.

Einer von denen, denen ihr Schicksal schon in die Wiege gelegt war.

Das war sein Leben, er hätte nichts anderes machen können. So wie ich nach zweiunddreißig Jahren Irrenhaus. Ja genau, Irrenhaus. Nennen wir die Dinge beim Namen. Dieses Geschwätz um *politically correct* geht mir auf die Nerven.

Nomen omen, pflegte Matteo Trudìnu zu sagen und erklärte mir den Sinn eines Tages in einfachen Worten.

»Nimm mal einfach meinen Nachnamen, Gesui'. Der bedeutet *kleine Drossel* oder auch *kleiner Dummkopf*, und genau so werde ich einmal enden.«

Aber die kleinen Drosseln fängt im Leben keiner, Matte'.

»Na, dann darf ich einfach nicht erwachsen werden ... das ist meine einzige Rettung.«

Und dazu lachte er.

Und ich bekam es mit der Angst zu tun und dachte, diese kleinen Drosseln sind so flink, dass sie immer entkommen, aber wenn sie groß sind, fallen sie auf alles herein, es reicht schon die Frucht von einem Erdbeerbaum, diese Dummköpfe.

Konnte er meine Gedanken lesen?

»Oder nimm den Namen Golòvru ... das bedeutet *Schlange*, und eine Schlange fängt man nicht leicht.«

Naja, im Winter vielleicht nicht, aber im Sommer, unter Steinen ...

»Außer im Sommer, unter Steinen ...«

Also kannst du wirklich meine Gedanken lesen, das ist nicht fair. Außerdem weißt du das alles von mir.

»Oder nimm nur Fèrula, unseren Bürgermeister. Bei ihm ist alles nur Theater ... innen ist er hohl, und er taugt nichts, der ist nur populär, weil er nichts gegen die Brände unternimmt. Don Cossu sagt, er ist sogar zum zweiten Mal gewählt worden.«

Da sieht man wieder, die Lust am Sardo-Masochismus ist wirklich grenzenlos.

»Aber dein Name, Gesui', ist wunderschön ... quasi der beste Nachname von allen, auf den kannst du stolz sein.«

Wie bringt man es übers Herz, jemanden zu verraten, der einem sagt, Némus sei ein wunderschöner Nachname?

Aber warum *quasi*? Italienisch ist Italienisch, und der Superlativ kennt keine Ausnahmen und keine Grenzen nach oben.

»Weißt du, mir würde der Nachname Esulògu gefallen. Weißt du, was der bedeutet, Gesui'?«

Das darf nicht wahr sein. Ausgerechnet der Name von diesem Irren mit seinen Bänkelliedern? Jetzt hör mal, Matte', erst bringst du mich zum Träumen, und dann kommst du mir mit diesem Typen? Es reicht, ich bin nicht länger dein Freund.

»Denk doch nur an das Schicksal dieses Mannes, Gesui'... Die Leute glauben, dass der Name aus dem Spanischen *eloche* kommt, und er bedeutet *verrückt, irre,* so weit, so gut. Aber, anders als Don Cossu, glaube ich ...«

Wenn du etwas anderes glaubst als Don Cossu, bekomme ich es mit der Angst ...

»Ich glaube, dass der Name aus dem Lateinischen kommt, *Locus-ci,* was heißt, von einem bestimmten, definierten Ort. Oder, denk doch nur, Gesui', wie schön: eine Passage in einem Buch. Wenn ich einen solchen Nachnamen hätte, mit so einer Bedeutung und Geschichte!«

Aber dieser Typ ist völlig irre, Matte'! Wenn du so weitermachst, wird aus dir noch ein *papa nero,* Generaloberer der Jesuiten, Don Cossu hat recht, dir ist von Geburt an was Großes in die Wiege gelegt, aber vergiss diesen Typen, Matte'.

»Vergiss nicht, was ich dir gerade gesagt habe, Gesui'. Ich bin der Erste, der dir das sagt, und du wirst sehen, ich habe recht ...«

Wenn ich dir damit eine Freude mache, dann merke ich es mir, mal sehen, was ich damit anfangen kann ... komm, spiel mir noch was Verbotenes vor, bevor Don Cossu auftaucht.

Und er spielte mir *Geordie* vor, in der Version von Fabrizio de André; auf der Orgel klang es wirklich wunderschön. Ich zog die Register: Oboe, Klarinette, Flöte und *trumpets,* ohne zu wissen, was das war, aber ihr Klang war toll.

Diese Lieder waren »streng verboten«.

Aber Don Cossu besaß Schallplatten, und er wusste, wie neugierig wir waren. Und weil der Bischoff ihm wegen seiner Eigenheiten wöchentlich die Exkommunikation androhte, versteckte er seine Platten gut, aber er wusste natürlich genau, dass wir sie finden würden.

Denn genau so bringt man anderen die wirklich wichtigen Dinge bei: indem man sie versteckt.

Ihm genügte es, dass wir sie hinterher wieder in Ordnung brachten und auf dem Vinyl nicht unsere Fingerabdrücke hinterließen, und wir lernten eine Menge von Fabrizio de André und anderen. Man kann eben nicht alles auf eigene Faust entdecken, man braucht immer Unterstützung.

Und die Hilfe kam für Maresciallo De Stefani in Gestalt von *milites subsidio mittere*, was Don Cossu für mich, der ich in Fremdsprachen nicht sonderlich bewandert bin, übersetzte mit: »Hier kommt unsere Verstärkung, Gesui'!«, damit auch ich es verstehen konnte.

Und er sagte das sehr verächtlich. »Unsere Verstärkung« wurde von der lärmenden Dorfjugend empfangen und von den jungen Frauen, die seit dem letzten Winter das heiratsfähige Alter von sechzehn Jahren erreicht hatten und sich nun an den Fenstern drängten, um die bewundernden Blicke der Kandidaten auf sich zu ziehen.

Für den Augenblick blieben diesen Heiratswilligen nur Blicke und später vielleicht ein roter Brief per Express an den Vater der künftigen Ehefrau. Danach hieß es hoffen und warten.

Einige von ihnen warten immer noch, und das liegt nicht an der Post.

Das Eintreffen der Verstärkung war einer der beiden Gründe für die Aufregung im Dorf.

Der andere war die Autopsie, ein nächtliches Spektakel unter freiem Himmel, zu dem sich die ehrenwertesten Dorfbürger auf dem kleinen Dorffriedhof versammelten, um ihren unglaublichen Mut zu beweisen. Am Ende wurde der Allerehrenwerteste von ihnen erwählt: Er musste in der Schwärze der Nacht zwischen den Gräbern dabei zusehen, und zwar ohne wegzuschauen und aus nicht weniger als zehn Metern Entfernung, wie der Leichnam mit einer Nadel, Stärke zehn, wieder provisorisch zugenäht wurde.

Und angesichts der Ereignisse an jenem Tag erwartete man Glorioses, das nicht einmal der lokale Karneval, *Carrasegàre*, übertreffen konnte.

Peppinu Golòvru hatte sich schon in seinen Kindertagen den Ruf des ehrenwertesten Dorfbewohners erworben, denn er ging bis auf einen Meter an die Autopsie heran, ans Fensterchen des Leichenschauhauses. Der Einzige, der ihm den Titel streitig machte, war Bachisio Trudìnu, der mit seiner Bande lustiger Säufer auf jedem Dorffest die Tische abräumte.

Ob einer ein waschechter Bandit war, konnte man übrigens am Fahndungsaufruf ermessen. Wenn man Jemand war, stand man im Marktwert nur eine Stufe unter dem sardischen Oberbanditen Graziano Mesina, der in den Sechziger Jahren die Ordnungskräfte in Atem hielt.

Das Ganze funktionierte praktisch wie die Vorstufe des Irrsinnes, die Sammlermanie.

Je begehrter jemand war, desto höher war nämlich das auf ihn ausgesetzte Kopfgeld.

Und dessen Höhe stand in keinerlei Relation zu der Abscheulichkeit des zur Last gelegten Verbrechens, ganz wie bei den Briefmarkensammlern, für die auch nicht die Schönheit einer Briefmarke zählt, sondern ihre Seltenheit.

Nur ein Beispiel: Die Entführung von ein oder zwei Großgrundbesitzern oder der Mord an einem oder mehreren Menschen brachte einem nur ein Standardkopfgeld ein.

Kleinere Delikte im Verbund mit der Tatsache, dass man sich den Ordnungskräften zuverlässig entzog, ließ die Summe hingegen in die Höhe schnellen, von fünf bis neunzehn Millionen Lire Belohnung auf schwindelerregende fünfundzwanzig Millionen.

Und Peppino Golòvru befand sich gerade mal eine kleine Stufe unter Grazianeddu Mesina.

Wann immer Carabiniere Piras mit Hilfe des örtlichen Plakatklebers die Fahndungsanzeigen auf den neuesten Stand brachte, nahm er Rücksicht auf die einzige Berühmtheit von Telévras und klebte den entsprechenden Fahndungsaufruf in der Hauptstraße an.

Bachisio Trudìnu dagegen hatten seinen Auftritt in den Nebenstraßen, denn seine Karriere als Bandit war vergleichsweise kurz, außerdem hatte er angeblich nur bei der Gefangennahme eines reichen Bauern Wache geschoben und an einem einzigen Feuergefecht teilgenommen.

Er stand lediglich unter Verdacht.

Das war allerdings auch bei Peppino Golòvru nicht anders.

Aber die Rolle des Verdächtigen war ihm in die Wiege gelegt, wenngleich es der Polizei noch nie gelungen war, ihn auch nur zu verhören.

Doch gerade daher eignete er sich für die Rolle des Schuldigen.

Es stand unter Generalverdacht, und es war ein Leichtes, ihm die Delikte aus der ganzen Gegend in die Schuhe zu schieben. Ein bisschen wie im Kino, wo man sich für den Bösen begeistert. Und weil er sich nicht von der Polizei fangen ließ, konnten auch sämtliche Banditen im Umkreis aufatmen, denn wenn irgendwo zwei Schafe fehlten, war sofort er schuld.

Und deshalb, aber wirklich nur deshalb, war er bei den Leuten beliebt.

Genau genommen war er mehr ein Wohltäter als ein Übeltäter.

Maresciallo De Stefani hätte die zwanzig Millionen Lire, die auf seine Festnahme ausgesetzt waren, liebend gerne aus eigener Tasche bezahlt, nur um ihm ein »paar kleine Fragen« zu Bachisio und Elvira zu stellen.

Und er redete sich ein, dass neben Peppinu Golòvru auch Antoni Esulògu in die Lösung des Falls verwickelt war. Denn ein Ermittler geht vor wie ein Mathematiker, er startet mit einem Theorem, aus dem er dann Postulate ableitet. Das kann man nun richtig oder falsch finden, aber häufig werden damit gute Ergebnisse erzielt, wenngleich nur auf dem Papier.

Aber, und dieses Aber gibt es immer: Peppinu Golòvru war

mehr als ein einfacher Bandit. Er war ein Philosoph, ein philosophierender Bandit, wie Trudìnu Matteo in seinen Diskussionen mit Don Cossu treffend anmerkte.

Um zu urteilen, muss ich erkennen, aber um zu erkennen, muss ich wissen.

Und wie kann ich Wissen erwerben, wenn nicht durch Lernen und Erforschen?

Aber je mehr ich lerne und erforsche, desto mehr wird mir klar, dass ich nichts weiß.

Und welchen Sinn hat es dann, zu lernen, wenn ich jetzt schon weiß, dass ich niemals wissen werde?

Aber wenn ich weiß, dass ich nichts weiß, dann weiß ich wenigstens schon etwas.

Ist es am Ende nicht egal, ob ich lerne oder nicht?

Denn je mehr ich lerne, desto mehr weiß ich, was ich nicht weiß.

Und welchen Sinn hat dann das Lernen?

Oder das Wissen?

AmDg

(*Die Theologie des Wildschweins* von Cossu Don Egisto, S. 15)

Don Egisto nannte das »Sokrates' Dilemma«, und laut Matteo Trudìnu machte es aus seinem Vater Bachisio und Peppinu Golòvru wahre moderne Philosophen.

Bachisio hatte beschlossen, sich gar nicht erst in dieses Dilemma zu begeben: Er hatte nie etwas gelernt, musste aber vieles wissen, jedenfalls wenn man Matteos Gedankengang folgte. Wie auch immer, ohne die Sache vertiefen zu wollen, liegt es wohl auf der Hand, warum Sokrates der Lieblingsphilosoph der Kinder von Telévras war.

Am Nachmittag konnte man im Dorf viele verschiedene Dialekte hören: vor allem römisch, toskanisch, venezianisch und lombardisch.

Colonnello Modugno traf aus Nuoro mit vier Jeeps, einem Dienstwagen und gleich dahinter einem Fiat Mulitpla ein, aus dem einige Polizisten in Zivil stiegen, darunter ein hochgewachsener, extrem dünner Mann, dem sein Beruf auf die Stirn geschrieben stand: Rechtsmediziner.

Er war der Star, auf den das ganze Dorf gewartet hatte.

Wie der Blitz hatten alle ihre Rucksäcke und anderen Habseligkeiten ausgeladen. Sie waren Neulinge, das begriff man sofort an ihrer Schnelligkeit, ein scharfer Kontrast zu dem einstudierten Phlegma von Carabiniere Piras und Maresciallo De Stefani, an das die Dorfbewohner gewöhnt waren.

Zwei Jeeps brachen sofort nach Cort'e Porcus auf, der zweite ohne Rücksitze, um Platz für den Leichnam und Carabiniere Piras zu haben. Ein dritter Jeep fuhr mit zwei Carabinieri ins Oberdorf, um den Leichnam von Elvira Bòttaru zu bewachen. Der vierte parkte mit zwei Polizisten an Bord genau vor dem Eingang zur Polizeikaserne.

So was hatte Telévras noch nicht gesehen: Zehn Carabinieri + ein Offizier und ein Unteroffizier + ein Rechtsmediziner + ein Typ mit einem Wahnsinnsfotoapparat + ein Journalist für die Lokalnachrichten von der *Unione Sarda* + ein Typ, von dem sich später herausstellte, dass er ebenfalls Journalist war, der aber eigenartige Fragen stellte, wie: »Wissen Sie etwas?«, »Haben Sie das Opfer gekannt?«, »Was bedeutet *Omertà*?«

Tore Baccanti, der in der Zwischenzeit seine Bar wieder aufgeschlossen hatte und einen Journalisten zehn Meter gegen den Wind roch, rief ihn unter dem Vorwand rein, dass er ihm etwas Frisches zu trinken anbieten wolle.

XV

Gottesgaben

So ein Leben als Bartgeier ist toll. Auch das Leben als kleines Wildschwein, wenn auch vielleicht etwas weniger.

Du schaust dir die Welt von oben an, klar, das ist ein Privileg.

Und es ist auch poetisch, auch wenn die Poesie mit Wahrheit nichts, aber auch gar nichts zu tun hat. Eigentlich fühlt sie sich ungemütlich an, wie ein Glas richtig schlechten Weins oder ein *fil'e ferru affraccàu*, Schnaps, den man aus Versehen geräuchert hat, an Winterabenden hilft er einem, aber das reicht nicht.

Du könntest alles viel besser begreifen, wenn du dir einen Augenblick lang vorstellst, einer dieser Journalisten zu sein, wie sie früher in Sardinien eintrafen, in einem verstaubten Anzug und die feine schwarze Krawatte leicht gelockert.

Du hast dir deine Stellung hart erarbeitet.

Ohne Empfehlungsschreiben, ohne Buckeln.

Eigentlich wolltest du in die Sportredaktion, aber man hat dich in die Rubrik Verbrechen und Unfälle gesteckt. Davor hat man dich Kolonnen von Sätzen, die andere geschrieben hatten,

Korrektur lesen lassen, und davor musstest du unzählige Meldungen und Nachrufe verfassen und auf der Suche nach Sensationen durch die Krankenhäuser der Großstadt streifen, um dann zu hören: »Nicht der Mühe wert, nur zwei Verletzte … es gibt ja nicht mal einen Toten.«

Auf jeden Fall hast du mittlerweile einen enormen Vorteil, denn du schreibst als Reporter für ein Monatsblatt und keine Tageszeitung. Du kannst dir also Zeit lassen und musst deine Artikel nicht mehr vor zehn Uhr abends abliefern.

Du kannst vor dem Schreiben in aller Ruhe nachdenken, und das ist ein unschätzbarer Vorteil.

Außerdem hast du keinen Politiker oder Journalisten zum Vater.

Sondern du bist allein auf dich gestellt.

So wie die Hauptfigur in dieser Geschichte.

Du hast es ganz allein zu etwas gebracht! Du bist einzigartig und unsichtbar!

Du bist niemandem zu Dank verpflichtet, du hast nur dich und das größte Gut, das es gibt: Freiheit.

Und du hast die Pflicht, diesen Beruf gut auszuüben, und das ist sehr viel mehr als nur ein Recht.

Du bist alterslos. Oder vielleicht hast du auch ein Alter. Aber das zählt nicht.

Such dir einfach irgendein Alter aus, wenn du möchtest.

Such dir eins aus, mit dem du dich auch noch wohlfühlst, wenn du über dich liest, vielleicht etwas zwischen zwanzig und fünfundzwanzig, dreißig geht auch noch.

Es ist das Jahr 1969, vergiss das nicht.

Also, such dir was aus, mir ist es gleichgültig.

Ich verstehe, wie schwierig es sein kann, in die Rolle eines Journalisten zu schlüpfen, aber in Sardinien geht das ein bisschen einfacher.

Du bist einer von denen, die stillschweigend alles beobachten und sich ihre Gedanken machen, du gehst nicht von Tür zu Tür und befragst Verwandte, nach dem Motto: »Wie fühlen Sie sich jetzt, nachdem ihr Vater umgebracht wurde und Ihre Mutter sich erhängt hat?«

Was soll man darauf anderes antworten als: »Wie soll ich mich fühlen, du Idiot? Gib mir die Adresse deiner Eltern, dann bring ich sie um und stelle dir die gleiche Frage, was hältst du davon?«

Du gehörst zu der Sorte Journalisten, die wie Jesuiten und Irre im Leben so gut wie alles gesehen haben.

Und darüber berichten.

Und wie ein Jesuit und ein Irrer gehst auch du umher und machst dir deine Gedanken.

Du bist ein guter Beobachter, kannst Schweigen richtig deuten und hast Mitgefühl mit Frauen, die ihren Schritt beschleunigen, weil sie ihre Seele nicht an ein Kameraobjektiv verlieren wollen. Du erahnst die Wahrheit an der Art, wie eine Jalousie heruntergeht, während du am Fenster vorbeiläufst, oder wie die Alten den Anschein von Normalität wahren und vor Tores Bar weiter Karten spielen, aber heute ohne Geschrei und viel Wein. Du erahnst die Wahrheit an der unerwarteten höflichen Einladung zu einem Glas Wein, weil man dich als Fremden erkannt hat, und lass dir bloß nicht einfallen, dafür zu bezahlen, sonst wirst du selbst ein Fall für eine Reportage, nur diesmal ohne dein Kürzel.

Und natürlich haben alle längst begriffen, welchem Beruf du nachgehst, mach dir keine Illusionen, aber du respektierst das und stellst keine dummen Fragen.

Du setzt dich einfach in eine Ecke.

Du bist müde, dein Anzug ist von weißem Staub überzogen, denn du bist an einem Ort gelandet, wo die Straßen noch nicht geteert sind, und das wird auch noch für lange Zeit so bleiben.

Die Bezahlung für deine Arbeit ist unter aller Würde.

Du hast nur eine Tasche bei dir, in die du im letzten Moment noch fünf Unterhosen, zehn Paar Socken und sieben Oberhemden gesteckt hast, für alle Fälle.

Und nicht einmal eine Zahnbürste hast du bei dir, denn du gehörst zu der Sorte Leute, die sich sagen, dass man sich die zur Not noch kaufen kann.

Aber das Wichtigste hast du dabei: deine Schreibmaschine, eine Olivetti Lettera 22.

Tore Baccanti kommt auf dich zu und fragt im Dialekt von Nuoro: »Was kann ich Euch bringen, Signore?«

»Was Frisches ... Bier und Limonade, geht das?«

»Kein Problem, bei uns gibt's mehr Bier als Wasser und Limonade in Strömen.«

Du hast dich ihm nicht vorgestellt.

Er ist nicht eingeschnappt und fragt auch nicht nach deinem Namen.

»Und vielleicht was zu essen?«

In Telévras gibt es weder ein Restaurant noch eine Pizzeria. Nur zwei Bars, aber an einer steht »Snack«, die wird von Leuten in fortgeschrittenem Alter nicht betreten, denn eine Bar ist eine ernste Angelegenheit.

»Wenn es Euch recht ist … ein bisschen Brot, selbstgebacken, Schinken, den machen wir auch selbst … ein Stück Käse aus eigener Herstellung und Cannonau, selbstgekeltert …«

»Und das Bier ist auch selbstgebraut?«

»Nein, leider nicht, wir haben aber sardisches Bier, Marke Ichnusa.«

»Ach, es gibt tatsächlich sardisches Bier?«

Sollte ein Scherz sein.

Vielleicht hast du das sogar schon mal getrunken und dann herausgefunden, dass sich der Firmensitz auf der Viale Monza in Mailand befindet, aber damals war das natürlich eine ganz andere Geschichte. Vielleicht bringt man dir jetzt gleich ein Glas Bier und tut so, als wäre es aus Sardinien, haha.

Du bist rumgekommen in der Welt, dich legt man nicht so schnell rein.

Aber dann bringt man dir eine wunderschöne Flasche mit Schnappverschluss und vier Mohren auf dem Etikett, und außerdem noch eine andere Flasche, auf der steht: *Vera Gazzosa di Sardegna*. Die Limonade, wirklich ausgezeichnet.

Du hast schon auf der ganzen Welt dein Bier getrunken, aber das hier schlägt wirklich alle Rekorde.

Es ist heiß und staubig draußen, das hat sicher auch einen Einfluss auf dein Urteil, und natürlich auch die Nähe des Meeres, in der Ferne kannst du einen Streifen davon sehen, eigentlich liegt es gar nicht so weit entfernt, aber wenn du probieren würdest, dorthin zu fahren, bräuchtest du auf diesen Straßen zwei Stunden für die fünfundzwanzig Kilometer.

Tore ist freundlich, wie alle hier, solange du deine Nase nicht in fremde Angelegenheiten steckst.

Er bringt dir einen Keramikteller mit zentimeterdicken Scheiben Schinken und Scheibchen von duftendem gereiftem Pecorino.

Aber beim Brot verschlägt es dir die Sprache.

Es ist zu einer barocken Skulptur geformt, voller Schnörkel und Verzierungen, außen knusprig hart, aber innen weich und duftend. Du nimmst einen Bissen und hast alles begriffen.

Denn über Brot lernst du ein Volk kennen. Und dieses hier ist sogar hausgemacht, wie ein Kunstwerk sieht es aus, eine Skulptur, die mit jedem Tag Namen und Thema ändert.

Tore hat deine Verblüffung bemerkt.

»Ist alles recht?«

»Das Brot hier macht ihr wirklich selbst?«

»Ja, meine Mutter. Tut mir leid, es ist von heute Morgen, also nicht mehr ganz frisch.«

Gott sei Dank ist es nicht frisch aus dem Ofen, sonst wäre das Entzücken nicht auszuhalten.

Du magst dieses Brot.

In deiner Vorstellung gibt es fröhliche und traurige Völker, die einen können Brot backen, die anderen nicht.

Und das hier ist ein Volk, das das Brotbacken beherrscht.

Du wunderst dich, dass dir der Begriff *Volk* eingefallen ist.

Nicht Bevölkerung, Menschenschlag, Einwohner.

Sondern Volk.

Du hörst Stimmen draußen auf der Hauptstraße. Lärmende Kinder. Es ist drei Uhr nachmittags. Vorsichtig werden Fensterläden geöffnet. Die Alten vor der Bar stehen ohne Eile auf, man hört die Stühle kaum über den Boden schrabben. Sie stellen sich an die Tür, an der Eingangsstufe rückt man so zusammen, dass alle etwas sehen können.

Es herrscht Schweigen. Man erweist dem vorbeifahrenden Leichnam von Bachisio Trudìnu die letzte Ehre.

Wer einen Hut hat, hält ihn in der Hand. Die Alten bringen mit ihren Blicken die wenigen Kinder zum Schweigen, die immer noch auf der Straße spielen. Es sind zwei Jeeps. In dem ohne Hintersitze befindet sich Carabiniere Piras und hält den Leichnam fest, der notdürftig mit einer Militärplane abgedeckt ist. Nur die Schuhe sind zu sehen.

Im anderen Jeep sitzen der Maresciallo, der Rechtsmediziner, ein Zeitungsjournalist und der Fotograf. Sie fahren Richtung Friedhof, dort ist auch der Raum, wo der Leichnam provisorisch aufgebahrt werden soll.

Der Jeep ohne Sitze fährt ins Oberdorf.

Alle bekreuzigen sich, auch die Kinder und die Frauen an den Fenstern.

Niemand sagt ein Wort, dann nimmt man wieder Platz.

Du isst schweigend weiter.

»Journalist, stimmt's?«, unterbricht Tore Baccanti deine Gedanken.

»Mehr oder weniger.«

»Aus Norditalien? Warum fahrt Ihr nicht mit dem Fotografen mit?«

Er spricht dich mit der zweiten Person Plural an, das macht man hier mit Fremden so.

»Ich schreibe über Reisen, Musik, über Themen, die mit Verbrechen nichts zu tun haben, oder vielleicht doch …«

»Und wie kommt es, dass Ihr ausgerechnet heute auch hier seid?«

»Ich war gerade in Nuoro. Ich soll für eine Zeitung einen Bericht für Touristen schreiben, über Traditionen und Gebräuche, Wein und Essen und den Lesern Empfehlungen geben. Der Fotograf begleitet eigentlich mich. Er stammt aus Sassari und reist eine Woche mit mir herum. Der Reporter von der Tageszeitung hatte aber keinen eigenen Fotografen. Auch der Colonnello Modugno hatte keinen, und so habe ich ihnen meinen Fotografen ausgeliehen, und ich sehe mich in der Zwischenzeit hier in den Bergen um. Eigentlich war das erst in drei Tagen geplant. Mich hat es aus Zufall hierher verschlagen und weil mein Fotograf hier ist.«

»Da habt Ihr euch ja den richtigen Zeitpunkt ausgesucht, ausgerechnet heute. Zwei Todesfälle an einem einzigen Tag. Der arme Bachisio.«

»Auf der Fahrt war von einem Toten die Rede. Dann hat kurz nach der Ankunft der Maresciallo …«

Man hört wieder die Jeeps.

Auf ihm wird der Leichnam von Elvira Bòttaru transportiert.

Wieder Schweigen und Hüte aus Drillich, die in Händen gehalten werden.

Aber diesmal hat man aus Fenstern Feldblumen auf den Leichnam gestreut. Der ist mit einem zerschlissenen Laken bedeckt. Und diesmal ist aus den Fenstern Weinen zu hören.

Auch Tore verliert fast die Fassung.

Er setzt sich an den Nebentisch, und du hörst, wie er sagt: »Der arme Junge, an einem einzigen Tag zur Waise gemacht ... zum Teu ...«

Tore flucht.

Er leidet, aber er darf nicht vor aller Augen die Fassung verlieren.

»Entschuldigt.«

Tore Baccanti spricht ausgezeichnet Italienisch, mit dem Einschlag von Nuoro, aber trotzdem ausgezeichnet.

Übrigens ist dir das sofort aufgefallen, kaum nachdem du von der Fähre runter warst. Alle hier sprechen sehr gut und verständlich Italienisch, nicht wie in anderen Gegenden, wo man nur Dialekt hört. Die Sarden sprechen untereinander ihre Sprache, mit Fremden reden selbst alte Frauen, die nicht lesen und schreiben können, ein klares Italienisch. Sie respektieren deine Kultur.

Den Sarden ist ihre Sprache heilig, sie ist übrigens kein Dialekt, sondern eine richtige Sprache, ihre Sprache!

Tores Stimme unterbricht dich in deinen Gedanken.

»Möchtet Ihr ein bisschen von unserem Wein probieren?«

»Danke, im Augenblick nicht, es ist zu heiß, aber heute Abend gerne. Was bin ich Ihnen schuldig?«

»Nichts, alles in Ordnung.«

Ausgeschlossen, dass dein Verleger bereits für alles bezahlt hat. Der erstattet dir nicht einmal ganz normale Reisekosten, und noch weniger zahlt der irgendwas im Voraus. Außerdem weiß er ja gar nicht, wo du dich gerade befindest. Der stellt sich vor, dass du dir auf seine Kosten ein schönes Leben machst, vielleicht sogar an der »Costa Smeralda«, die gerade bei den Reiseagenturen in Mailand so beliebt ist.

»Was soll das heißen, es ist alles in Ordnung?«

Einer der Gäste winkt dir kurz mit der Hand zu, wie zum Gruß, und ein anderer hebt leicht sein Glas, als wollte er dich auffordern, auf sein Wohl anzustoßen.

Sie haben dich eingeladen.

Tore rettet dich aus der Verlegenheit. »Bleibt Ihr lange hier?«

»Keine Ahnung, zwei oder drei Tage.«

»Übernachtet Ihr in der Polizeikaserne? Hotels oder Pensionen gibt's hier nämlich nicht. Erst dreißig Kilometer von hier.«

»Ich glaube schon.«

»Eigentlich servieren wir kein Essen, aber wenn Ihr wollt, könnt Ihr in den nächsten Tagen vorbeikommen, wenn Ihr Euch mit dem bescheidet, was wir gerade auftreiben.«

»Danke, sehr freundlich.«

Du grüßt mit einer Geste die Kartenspieler und verlässt die Bar.

Ein bisschen eigenartig sind sie hier schon.

Hier ist die Pik Zwei beim Kartenspiel die wichtigste Karte, wirklich einzigartig. In Mailand bedeutet die Pik Zwei, dass nichts vorangeht, hier hingegen steht sie für einen sicheren Sieg.

Wirklich ein eigenartiges Volk.

Du spazierst die steile Hauptstraße entlang. Hier fließen unzählige Gassen aus dem Oberdorf zusammen. Viele Häuser sind aus großen Steinen aus einem bräunlichen Rosa gebaut. Die Farbe des Granits von hier.

Vielleicht solltest du dich etwas ausruhen.

Du kommst abermals an der Bar vorbei, und da bemerkst du sie.

Etwa auf der Hälfte des abschüssigen Abschnitts, der ungefähr zehn Meter vor der Bar endet, bemerkst du die beiden.

Ein Priester, neben dem ein Junge läuft. Der Mann trägt ein schwarzes Gewand und dazu vollkommen unpassend Militärstiefel.

Der Junge geht jetzt voran, und der Priester legt ihm eine Hand auf die Schulter, als wollte er ihn auf dem steilen Stück bremsen.

Der Priester ist von gewöhnlicher Statur, aber sein Anblick überrascht dich, weil sein Gewand vorne offen steht und man sein weißes Brusthaar sehen kann.

Auf dem Kopf ist er fast kahl, nur im Nacken und an den Schläfen ringeln sich weiße Locken.

Der Junge ist spindeldürr. Sein Haar ist rabenschwarz. Seine Augen kannst du nicht erkennen, weil er den Blick gesenkt hält.

Er trägt kurze Hosen, die von provisorischen Trägern gehalten werden, der rechte ist zweifarbig, wie auf die Schnelle genäht, dazu ein Hemd in militärischem Tarnmuster. Sie sind jetzt fast bei dir angelangt, vor dem Eingang zur Bar.

Du sieht zu, wie die beiden eintreten, und hörst: »Ah, To', und wem gehören all diese Gottesgaben auf dem Tisch?«

»Einem Fremden, der zum Essen hier war, jetzt erzähl, Don Co'!«

»Das nennst du essen? Woher kam der denn? Aus Paris?«

Die sogenannten Gottesgaben: zwei Stückchen Pecorino, eine Scheibe Schinken und ein Stück Brot, das alles hast du beim besten Willen nicht mehr essen können.

Dazu ein halbes Glas Bier.

Tore sieht dich und bittet dich hinein. Der Priester setzt sich an deinen Tisch von eben. Tore wirkt betreten. Der Priester wirft dir einen Blick zu und sagt: »Habt Ihr das übriggelassen?«

»Übriggelassen? Was auf dem Tisch war, hätte für ein ganzes Regiment gereicht!«

Tore schaut ihn an und sagt: »Warten Sie, ich schau mal nach, ob es noch was anderes gibt ... um diese Uhrzeit ...«

»Nein, To', ich esse die Reste von dem Herrn dort, auf seine Kosten. Wenn du dazu noch ein kühles Bier hättest und eine Limonade für den Jungen. Danke.«

Auch die anderen Stammgäste, die eben für dich bezahlt haben, sind betreten.

Sie schütteln die Köpfe.

Tore bringt ein kühles Bier und sardische Limonade. Der Priester zerteilt mit den Händen grob das Brot und schiebt eine Hälfte von der Scheibe Schinken hinein. Er reicht das Ganze dem Jungen, der es aber mit einem Kopfschütteln ablehnt und lieber seine Limonade trinkt, direkt aus der Flasche. Der Priester lässt sich das nicht zweimal sagen und isst und trinkt. Auch er direkt aus der Flasche. Tore ist neugierig, wie alle hier. Dich eingeschlossen.

»Na, was ist, Don Co', erzählen Sie ...«

Der Priester isst weiter und trinkt dazu aus der Flasche.

»Gleich, To', gleich ... Hast du übrigens zufällig Matteo Trudìnu gesehen?«

»Klar, ich habe ihm das heute Morgen doch vom Vater erzählt. Darauf ist er nach Hause zu seiner Mutter gelaufen, und ich bin ihm hinterher, aber als ich ankam, standen viele Leute davor, und die Witwe Cherchi hat mir eine Geste gemacht, dass sie sich um ihn kümmert.«

»Und du bist also nicht hineingegangen?«

»Nein, hätte ich das sollen?«

»Ich fasse es nicht! Zwei Kinder mit einer alleinzulassen, die sich gerade erhängt hat ...«

Die Gäste werfen ihm Blicke zu, als wollten sie sagen: »Wie? Du hast zwei Kinder, eines davon sogar der Sohn, sich selbst überlassen?«

Tore schweigt. Du schämst dich für ihn. Du willst schon gehen, da sagt der Priester: »Aber wenn du ihn siehst, bring ihn sofort zu mir ... und Ihr auch, haltet ihn sofort fest und bringt ihn zur Kirche. Er steht unter Schock. Er ist Richtung Berge unterwegs. Haltet ihn unter allen Umständen auf, zur Not auch mit Gewalt, haben wir uns verstanden?«

Die anderen Stammgäste haben jetzt mit ihrem Kartenspiel

aufgehört, stehen auf und begeben sich zum Priester, der immer noch mit Essen beschäftigt ist. Er kaut und spricht gleichzeitig. Die Männer schweigen besorgt. Einer von ihnen sagt: »Er ist Richtung Berge unterwegs. Wir organisieren eine Suchaktion, Don Co'.«

Und zu den anderen gewandt: »Auf geht's, sagt's auch den anderen.«

Der Priester hält ihn beim Arm und bedankt sich. »Jetzt noch nicht, lasst uns noch warten. Wenn er bis heute Abend nicht zurück ist, dann los. Aber ihr könnt schon allen Bescheid sagen, weit kann er nicht sein. Wir sehen uns gegebenenfalls heute Abend.«

Aber du bist einer, der von Berufs wegen alles mitbekommt.

Und du hast als Einziger bemerkt, dass der Junge fast unmerklich immer wieder den Kopf geschüttelt hat.

Er steht nah bei dir, du kannst ihn gut beobachten.

Die anderen haben sich alle um den Priester geschart und kümmern sich nicht um den Jungen.

Er hat einen merkwürdigen Blick und schüttelt den Kopf, kaum merklich, aber unmissverständlich.

Der Priester ist mit dem Essen fertig. Er schaut dich an und sagt unbekümmert: »Und wem verdanken wir dieses schöne Mittagessen? Diesem Fremden? Kommissar in Zivil? Steuerbeamter?«

Tore antwortet für dich.

»Er schreibt für eine Zeitung vom Festland ... aber für Touristen. Er ist mit dem Colonnello Modugno gekommen, hat aber mit der *Unione Sarda* nichts zu tun.«

»Ach! Muss man den Touristen also sagen, was sie sich alles ansehen sollen?«

Er lässt dir keine Zeit für eine Antwort.

»Wie heißt Ihr? Und Eure Zeitung? Doch am Ende nicht die *Famiglia Cristiana*?«

»Nein, die ist es nicht, sie hat einen englischen Namen.«

»Englisch? Sprecht Ihr Englisch?«

»Ein bisschen.«

»Und wie lange bleibt Ihr hier?«

»Ich weiß es noch nicht, zwei, drei Tage.«

»Na, dann kommt heute Abend im Pfarrhaus vorbei, ich schulde Euch ein Abendessen. Ihr wollt Euch doch nicht etwa mit dem Kasernenfraß von der Polizei vergiften. Oder arbeitet Ihr an dem Fall?«

»Nein, nein, ich schreibe über andere Themen.«

»Tore führt Euch zur Kirche, stimmt's, To'?«

Du weißt nicht, was du darauf sagen sollst, und siehst zu, wie er aufsteht und zu dem Jungen sagt: »Los, gehen wir.«

Du bist gerade dem Menschen begegnet, der dein Leben ändern wird. Für immer.

Und dieser Mensch ist nicht der Priester.

XVI

Bücher über einen Tag

Maaaatteoooo! … Matteeeeee’ … wo bist du?«

Eigentlich hattest du ein typisch sardisches Abendessen erwartet, und zwar im Pfarrhaus. Von seiner Köchin zubereitet.

Stattdessen befindest du dich auf der Jagd.

Nicht nach Wildschweinen, sondern nach einem Jungen.

Die Kalkfelsen werfen seinen Namen als Echo zurück.

»Maaatteoooo!«

Man muss die letzten Stunden Tageslicht ausnutzen. Jetzt ist es halb acht und höchstens noch zwei Stunden hell. Der Mistral bläst unbarmherzig. Petroliumleuchten kann man hier nicht einsetzen, der Mistral kennt kein Pardon – ein Funke genügt, um halb Sardinien abzubrennen. Das Glas der Leuchten bietet gegen eine solche Sturmgewalt keinen Schutz.

Du kämpfst gegen den Wind an, versuchst ihm standzuhalten.

Alle Männer des Dorfs, gerade von der Feldarbeit zurückgekehrt, beteiligen sich an der Suche. Auch die Alten und die Kinder sind mit von der Partie. Der Wind trägt die Vokale Richtung Meer. Und damit ist diese Suche in den Bergen eigentlich sinnlos, denn Matteo kann keinen von euch hören.

Vielleicht will er euch aber auch gar nicht hören.

Auch du machst mit, man hat dir einen Jungen mitgegeben, der an deiner Seite bleibt.

Man würdigt deinen guten Willen, aber die Gefahr ist groß, dass man ohne ihn anschließend nach dir suchen muss.

Der Junge heißt Gesuino. Und er sagt kein Wort.

Er führt dich über Pfade wie ein kleiner Indianer.

Er bleibt an deiner Seite und zeigt dir Stellen, wo du aufpassen musst.

Überall ist Rufen zu hören, Verstärkung trifft ein.

Zwei Jeeps, die Schweinwerfer noch ausgeschaltet.

Darin sechs Carabinieri und auch Maresciallo De Stefani und Carabiniere Jacheddu Piras.

Vorhin hast du zu deinem Besuch beim Priester mit einer Flasche Wein, einer Schale mit Pecorinofrischkäse und einer gusseisernen Form vor dem Pfarrhaus gestanden. Tore Baccanti hatte dir das alles mitgegeben. Die gusseiserne Form hatte er in ein großes Tischtuch eingeschlagen, um einige *cocóis prènas* warmzuhalten.

Sie waren noch heiß, und dir stieg der köstliche Duft von Kartoffeln, Käse, Knoblauch und Minze in die Nase. Dieses Gericht kanntest du noch nicht.

Zuvor hattest du gefragt: »Entschuldigen Sie, Signor Tore, wo bekomme ich hier etwas Süßes zum Nachtisch?«

Und er darauf: »Etwas Süßes? Das macht hier jeder selber,

aber natürlich nicht zum Verkauf. Kommt einfach gegen Viertel nach sieben vorbei, dann gebe ich Euch etwas für Don Cossu mit.«

Als er dir die Speisen überreichte, wolltest du dafür bezahlen, aber seinen Blick wirst du noch lange in Erinnerung behalten.

Und seinen Gesichtsausdruck erst.

Und gesagt hat er nur: »Was soll das Bezahlen. Es tut mir leid, dass es heute kein fröhlicher Abend wird.«

Bei deiner Ankunft an der Kirche hast du zwanzig, dreißig Jugendliche vorgefunden, und es kamen immer mehr. Ein paar hatten Taschenlampen dabei, andere waren in einem Aufzug erschienen, als wollten sie zur Jagd, manch einer trug sogar ein Gewehr bei sich.

Und ein komischer Typ war da auch, den sie alle *Luisiccu* nannten, er hatte ein Megafon dabei und war der Dorfschreier.

Er war Dorffernsehen, Dorfradio und Dorfzeitung in Personalunion.

Crak crak ... fiiii, die Batterien des Megafons waren wie immer leer.

Ein bisschen viele Leute für ein normales Abendessen, hast du bei dir gedacht.

Don Cossu erschien und erteilte Anweisungen.

»Ihr vier geht Richtung Corongiu. Du und du zum Perd'e Liana. Die Medas-Sippe Richtung Cort'e Porcus, ihr kennt die Gegend am besten. Ihr zwei dahinten lauft zu Tore und trommelt alle in der Bar zusammen. Wir bleiben auf Sichtentfernung. Wir durchkämmen die Gegend wie bei der Wildschweinjagd ... Was ist mit den Hunden? Habt ihr die nicht mitgebracht? Jetzt könnten wir sie wirklich mal gebrauchen ... Auf geht's, sofort nach Hause, bei diesem Mistral sind sie unersetzlich. Wir versammeln uns in einer Viertelstunde am Fuße des Sa Spèntuma. Ich hole Dottore Pòddighe.«

Alle eilten davon.

Du standest da, mit deiner Flasche Wein, dem Pecorino und den *cocóis prènas*.

»Ach, da ist ja unser Spezialist für sardische Touristen. Wenn Ihr wollt, könnt Ihr gleich mithelfen.«

»Was kann ich tun?«

»Es ist schon eine Hilfe, wenn Ihr nicht verloren geht! War nur ein Scherz. Seid Ihr bei unserer Suche mit von der Partie? Vielleicht nicht gerade ein sehr herzlicher Empfang zum Abendessen, aber das muss leider auf später verschoben werden. Hier isst man eigentlich ohnehin erst nach zehn, hat Euch das Tore nicht gesagt?«

Nein, hat er nicht.

Du bist gewöhnt, dass man gegen sieben, spätestens acht Uhr zu Abend isst.

»Ach, das wäre wirklich nicht nötig gewesen, hat Tore Euch das alles mitgegeben? Mmmm ... schauen wir mal ...«

Er lässt sich die Düfte des Pecorino und des Kartoffelgerichts genüsslich in die Nase steigen.

»Mmm ... noch schön heiß ... und die *grive*, die hat er Euch nicht mitgegeben? Die hält er wieder gut versteckt, dieser Geizhals ...«

»Was soll das sein?«

»Gekochte Amseln und Drosseln, die verkauft er heimlich für fünfhundert Lire pro Stück, der kriegt den Hals nicht voll. Habt Ihr Hunger? Ich schon … haltet mal fest.«

Und damit zerteilt er mit den Händen etwas, das wie gefülltes Brot aussieht.

Der Duft ist unwiderstehlich. Hunger hast du eigentlich keinen, das Mittagessen liegt ja erst ein paar Stunden zurück. Trotzdem probierst du.

»Gut? Jetzt noch ein halbes Glas Wein dazu, der von Tore schmeckt gut, auch wenn ich nach gestern Abend eigentlich eine Pause einlegen sollte.«

Die *cocóis prènas* sind ausgezeichnet, wie übrigens alles Hausgemachte hier. Sie haben einen ganz besonderen Geschmack, vielleicht liegt das an der Minze und der Kombination von Kartoffeln und Knoblauch.

»Gesui', komm her, du hast doch noch gar nichts gegessen … Hier, probier mal.«

Es ist der Junge von heute Nachmittag. Er trägt immer noch seine zusammengeschusterten Hosenträger, dasselbe Hemd, und hält den Blick gesenkt.

Vielleicht ist er einfach sehr schüchtern.

»Entschuldigt, ich habe Euch noch gar nicht nach Eurem Namen gefragt, wie heißt Ihr?«

»Carlo … Carlo Schengen.«

»Deutscher?«

»Vater aus der Schweiz, Mutter aus der Lombardei.«

»Mailand?«

»Mehr oder weniger … auf jeden Fall diese Gegend. Ich sage immer Mailand, das kennt wenigstens jeder.«

»Ein Ort in der Nähe von Mailand, also. Ich verstehe Euch. Die Leute von hier sagen auch alle, sie kämen aus Nuoro. Wer kennt schon alle die Nester in dieser Gegend? Ich mache es wie Ihr. Es ist praktischer, dann muss man nicht viel erklären.«

Der Junge kaut, er ist hungrig, das sieht man ihm an.

»Mathildeee«, ruft er laut, »trag das alles rein, wir kommen gegen zehn zurück. Das muss man dann nur noch aufwärmen. Warte noch mal kurz … dieser Pecorino, mmm … frischer geht es nicht. Den muss er von Antonio Porcu haben, der weiß, wie man Pecorino macht.«

Schon komisch, dieser Typ.

Es steht die Obduktion eines Banditen an, dessen Frau muss ohne Andacht unter die Erde gebracht und der einzige Sohn des Paars gefunden werden, und er denkt nur ans Essen.

Er hat wirklich die Ruhe weg.

»Na, dann willkommen in Telévras, Carlo. Das hier ist meine Schwester Matilde, und das ist Gesuino.«

Wir schütteln uns die Hände. Der Junge verbeugt sich sogar leicht.

»Gesui', pass gut auf ihn auf, damit er uns nicht verloren geht. Und Ihr, Carlo, könnt unbesorgt sein, mit Gesuino kann man sich unmöglich verlaufen. Er ist unser beliebtester Bergführer. Bleibt an seiner Seite und ruft Euch für ihn mit die Seele aus dem Leib, denn er ist stumm.«

Der Junge spricht also wirklich nicht. Man sieht, dass er leicht behindert ist. Dafür spricht er mit den Augen. Sein tiefer

Blick trifft dich bis ins Mark. Du kannst einfach nicht wegsehen. Du bist an fröhliche Blicke, die typischen Blicke der Städter gewöhnt, seiner ist anders.

Dir fällt nicht das richtige Wort ein, um diesen Blick treffend zu beschreiben.

»Carlo ist ein Schriftsteller aus Mailand, Gesui', wenn du artig bist, nimmt er dich vielleicht dorthin mit.«

Du bist kein Schriftsteller, auch wenn du gerne einer wärst. Du schreibst lediglich Reisereportagen für Touristen.

Ihr lauft alle zusammen die steile Straße hoch.

Gesuino geht stets voraus. Die Macchia wird dichter und geht in Wald über, in dem sich die Stimmen der anderen verlieren. Er bleibt trotzdem immer auf Sichtweite.

Don Cossu folgt euch beiden in zwei-, dreihundert Metern Entfernung.

Du rufst den Namen, was das Zeug hält: »Maaatteooooo!«

Dein O ist länger als das der anderen und hält als Echo länger vor. Das ist ein Vorteil des langen und breiten O aus Mailand.

Gesuino scheint die Suche selbst nicht zu interessieren. Er legt an bestimmten Stellen im Wald Steine in Form eines Kreuzes ab. Hin und wieder kniet er nieder und schnuppert.

Und legt weiter Kreuze aus Kieseln aus.

Er läuft vierzig, fünfzig Meter voraus, und hin und wieder bedeutet er dir mit einer Geste stehenzubleiben. Dann nimmt er wieder Witterung auf und legt Steine aus.

»Warum hinterlässt du diese Zeichen?«, erkundigst du dich, neugierig geworden.

Dumme Frage, Gesuino kann nicht antworten. Aber er grunzt etwas und formt mit seinen Händen zwei Hauer.

»Was soll das sein?«

Er geht in den Vierfüßlerstand und lässt den Kopf hängen. Jetzt hast du endlich begriffen.

»Ein Wildschwein?«

Gesuino freut sich. Obwohl du vom Festland kommst, hast du ihn verstanden. Genial.

Er weiß genau, dass ihr seinen Freund Matteo niemals finden werdet, weil er sich gut versteckt hält. Und er nutzt die Suche, um Wildschweinfährten zu markieren, auf denen er später in aller Ruhe Fallen auslegen wird. Mit einer Handbewegung macht er deutlich: »Später ... später.«

Wenn er sich doch einmal zu weit von dir und den anderen entfernt, ruft Don Cossu ihn zur Ordnung.

Zeit für den Rückweg. Gegenseitiges Zurufen, die Hunde haben nicht angeschlagen. Es ist keine Jagdsaison, für sie war das ein netter Waldspaziergang, eine großzügige Geste ihrer Herrchen.

Ihr seid wieder alle am Fuße der Berge versammelt.

Die Schweinwerfer des Jeeps leuchten. Es ist zehn Uhr abends.

Dein Fotograf wirft dir einen Blick zu, und du zuckst mit den Schultern, nach dem Motto: »Mach, was du willst.«

Dann hast du einen Einfall. Ist nicht in jeder Tragödie auch Platz für frivole Ablenkung? Du rufst den Fotografen zurück. Ein Foto bitte, mit Blitz.

Du, Don Cossu, Gesuino.

Noch eins?

Ja, gerne.

Du, der Maresciallo, der Carabiniere.

Und im Hintergrund die Kalkspitzen der Berge, die ein bisschen aussehen wie ein Canyon.

Matteo bleibt verschwunden.

»Der kommt schon wieder … Stimmt's, Gesui'?«

Worte aus dem Mund des Maresciallo. Gesuino schweigt.

Schon merkwürdig, dass nur dir dieses kaum merkliche Kopfschütteln auffällt.

Peripheres Sehen?

Komisch, dass niemand auf unwillkürliche Gesten achtet. Alle hier konzentrieren sich auf das gesprochene Wort.

Aber du interessierst dich genau dafür, denn damit hast du dich eingehend beschäftigt. Und dafür viel Lob geerntet, und zwar von Lehrern, die wie du Fragen stellen und dann geduldig auf die Antwort warten können.

Ohne Druck zu machen.

Oder dem Gegenüber ins Gesicht zu leuchten.

Oder es zum Kniefall zu zwingen.

Was im Übrigen genau der Zeremonie der Absolution entspricht.

Man hat dich für deine Fragen bezahlt. Die Psychoanalyse ist etwas für Reiche. Du hattest sogar zwei, drei Patienten. Aber damals warst du zu jung, zur Heilung von Neurosen braucht man Bodenhaftung.

Von Psychosen erst gar nicht zu reden.

Dazu braucht man einen weißen Bart, eine Brille gegen

Kurzsichtigkeit, eine Hakennase wie von einem Bartgeier. Und vor allem muss man selbst geheilt sein.

Wie soll man sonst andere heilen.

Du bist deinem Meister sogar erst nach Padua gefolgt und hast dann in Mailand bei ihm dein Studium abgeschlossen.

Der erste Lehrstuhl in Psychologie nach dem Krieg. Abschluss in Psychologie bei Prof. Cesare Musatti. Übervater und Institutsbegründer. Dein Ein und Alles. Es war das Jahr 1964. Das ist gerade mal fünf Jahre her. Du hattest auch in Philosophie reingeschnuppert und in Medizin. Zu fad.

Ursprünglich gefiel dir das Reisen und darüber zu berichten. Vielleicht ließ sich damit sogar Geld verdienen? Zeitungen, Nachrichtenmagazine, Touristen, Flugzeuge, Schiffe, Züge.

Aber deine Mama bestand auf einem Studienabschluss.

Und so hast du dich auf Reisen durch die menschliche Seele verlegt, hast sublimiert. Für alles hattest du ein Wort. Manchmal esoterisch, oft unverständlich.

Jetzt sorgst du dafür, dass andere im Geist verreisen können. Das erfüllt die Wünsche auf allen Seiten, und vor allem wirst du dafür bezahlt.

Aber du erinnerst dich immer noch an jene Sätze, die in dir einst Passion geweckt haben.

»Kommt bei allem, was mit dem Kopf zu tun hat, bloß nicht mit Chemie ... Die beste Psychoanalyse ist die Philosophie und nicht die Medizin.«

Wer weiß, vielleicht eines Tages ... vielleicht nochmal ein vierjähriges Studium. Irgendwann.

»Und Sie kommen nicht mit? Sie bleiben der Autopsie fern?«, fragt der Maresciallo den Priester. Carabiniere Piras steht neben den beiden.

»Maresciallo, für heute reicht es mir. Ich habe Hunger.«

Don Cossu erntet dafür schräge Blicke.

Immerhin gibt es zwei Tote und einen verschwundenen Jungen. Und er denkt nur ans Essen.

»Wenn ich mir das ansehe, vergeht mir der Appetit.«

Carabiniere Piras muss lächeln. Man sieht, dass er ihn gut kennt. Im Grunde ist der Priester ein einfacher Mensch.

Und damit der Wahrheit vielleicht am nächsten.

Gesuino geht auf dem Weg durch die Dunkelheit zurück ins Dorf vor dir. Du hast begriffen, warum es wichtig ist, einen Führer wie ihn an der Seite zu haben. Für ein Kind bewegt er sich mit einer bemerkenswerten Sicherheit. Auch Don Cossu hält sich an den Jungen und bittet ihn um Rücksicht auf die Alten. Das Gelände ist sehr abschüssig, die Pfade gefährlich und unwegsam.

Es brennen nur wenige Lichter, zwei drei Leuchten am Ortseingang. Und ein Schild mit dem Namen »Telévras«, das dir bis jetzt noch gar nicht aufgefallen ist. Es sieht aus wie von starkem Hagel durchlöchert.

Gesuino hat offenbar deine Gedanken gelesen und tut so, als würde er ein Maschinengewehr in den Händen halten.

Don Cossu verpasst ihm eine Kopfnuss.

»Ein schöner Willkommensgruß für die Fremden.«

Gesuino lächelt.

Auf der Straße tummeln sich Dorfbewohner und fragen,

was es Neues gibt. Don Cossu vertröstet sie mit einer Geste auf später. Er hat keine Lust auf Erklärungen und marschiert schnurstracks weiter. Nur bei Tore bleibt er kurz stehen und dankt ihm für das Essen. Dann seid ihr am Friedhof angekommen. An den Grabsteinen brennen zwei Lichter, die dem Mistral auf wundersame Weise standhalten.

Sie sind fotoelektrisch.

Sie stammen aus Nuoro.

»Vorhang auf für die Vorstellung. Darauf warten sie hier alle, das ist wie Karneval außerhalb der Saison. Die Autopsie ist ein heidnisches Ritual, dem man gebührend Ehre erweisen muss. Und unsere Ehrenbürger stehen schon bereit zum Wettkampf. Und dann noch zwei Tote auf einen Streich, so was hat es noch nie gegeben. Semifinale und dann das Finale. Und morgen steht dann der Sieger fest. Aber das alles schreibt Ihr bitte nicht, sonst hält man uns noch für Steinzeitmenschen.«

»Keine Angst.«

Dabei hättest du gute Lust, dir das anzuschauen und darüber zu berichten. Ein komisches Volk. Immerhin so zivilisiert, dass sie sich den Tod als Mutprobe vorstellen?

So fortschrittlich können sie nicht sein. Das ist einst nicht einmal den Azteken gelungen.

Als du den Tisch im Pfarrhaus siehst, bist du überwältigt.

Das sardische Wort dafür ist *su spantu*: *Wunder, Erstaunen*, es kann aber auch *Angst* bedeuten. Dir erscheint es jedenfalls unglaublich. Und dann die Signora Matilde: »Ihr müsst entschuldigen, aber das ist typisch mein Bruder. Immer alles improvisiert. Leider können wir nichts grillen, weil man bei dem Rauch sonst denken könnte, wir sind *scialloriàti*.«

»Was redest du da, Mati'… ich sage ja nicht, dass du ein perfektes Italienisch sprechen musst, aber wenigstens das Sardisch sollte korrekt sein.« Und Don Cossu verliert sich in Erklärungen.

Du musst unwillkürlich lachen. Aber eigentlich bist du traurig, denn du bist nicht von hier und kennst nicht einmal die Namen der beiden Toten.

Und dann fällt dein Blick auf Gesuino.

Er sitzt allein für sich in der Nähe des Rundofens auf einem Hocker, der aussieht wie aus Rohr geflochten. Nein, er ist aus Binsen gemacht. Das erste Mal hast du einen solchen Binsenhocker in Indien gesehen.

Signorina Matilde bringt dem Jungen etwas, das aussieht wie eine Pizza mit Tomatensoße, und darauf verteilt viele bunte Flecken, grün, gelb und weiß.

»Das ist unsere *cocói'e tamàta*, die Pizza von hier. Tomaten, Zwiebeln und alle möglichen Gemüsesorten, die man unters Mehl mischt. Die Lieblingsspeise von Gesuino und Matilde. Wollt Ihr mal probieren?«

Alle sprechen dich hier in der zweiten Person Plural an, und Don Cossu erläutert dir, dich mit *fustei* anzureden, wäre zwar korrekter, aber auch so sei es eine respektvolle Anrede.

»Danke, ich probiere sehr gern, was für eine bunte Pizza. Ich hätte gedacht, der Junge ernährt sich vornehmlich von Wildschwein.«

»Ach was, Fleisch rührt er nicht an. Er ist mehr oder weniger Vegetarier. Tiere waren in den ersten acht Jahren seines Lebens seine einzigen Freunde. Käse isst er, aber nur von ihm selbst gemachten. Aufs Käsemachen versteht er sich. Schade, dass wir seinen bereits aufgegessen haben, aber der von Tore, den Ihr mitgebracht habt, wird auch gut schmecken.«

»Der Junge hat während der ganzen Tour Fährten gekennzeichnet.«

»Ja, das macht er für uns Jäger, für Kannibalen wie mich, für Carabiniere Piras oder Dottore Pòddighe. Uns schmeckt Wild, und er zeigt uns, wo wir es finden. Aber nur unter der Bedingung, dass wir ohne Hunde und zu Fuß gehen. Sonst müssen wir auf seine Hinweise verzichten. Im Gegenzug verlege ich seine Bücher.«

»Was? Sie verlegen auch Bücher?«

»Naja … jetzt wollen wir mal lieber essen, bevor Dottore Pòddighe mit dem Ergebnis der Autopsie hereinplatzt.«

Du betrachtest Gesuino, wie er unter dem uralten Feigenbaum sitzt. In der einen Hand hält er ein Stück Pizza, in der anderen ein Blatt Papier und einen Stift. Er isst und schreibt zugleich.

Ein Priester, der Bücher verlegt?

Und das in einem Nest in Sardinien, das auf keiner Landkarte zu finden ist?

Ein Wunder!

Das Essen ist ein Gedicht.

In einer Tour heißt es: »Probiert noch davon … das ist der rohe Schinken von unseren Berghirten … und hier ein junger Pecorino, so mag ich ihn am liebsten, wie Butter … dazu ein

Glas Cannonau … schade, dass noch keine Saubohnen-Saison ist … haltet Euch ein bisschen zurück, denn jetzt bringt Matilde noch *culurgiónes* mit Wildscheinragout … obwohl ich Wildschein ganz ehrlich am liebsten gegrillt esse … ohne irgendwelchen Schnickschnack … und Dottore Pòddighe mag auf keinen Fall Soße dazu, er bevorzugt frischen Pecorino, legt Wert auf den Geschmack des *fiscidu*, das ist unser Käse von hier, unübersetzbar, dieses Wort … Noch ein bisschen Cannonau? Und da kommt auch schon *sa corda cun is pisolus* … zum Zopf geflochtenes Ziegenfleisch mit Erbsen, aber das mag eigentlich nur ich. Die anderen mögen es lieber gegrillt … Esst, esst! Alles hausgemacht … das ist eine Kunst, wie Gesuino in seinem Buch schreibt, welche Nummer hat das Buch über die *culurgiónes*?«

Gesuino zeigt mit der linken Hand die Nummer: 5+5+5+3, also 18.

»Das Buch Nummer achtzehn? Und ich dachte, es wäre fünfzehn, *Das Dogma der Ähre*. Besser, ich halte meinen Mund. Wenn er merkt, dass ich ihm noch das Vorwort schulde, kann ich mein Wildschwein vergessen. Addio! Noch ein bisschen Wein? Trinkt, der Wein stammt aus unseren Bergen … nicht der weltbeste, aber trinkbar. Der beste Wein stammt aus dem südlichen Teil der Provinz, wo die Berge zum Meer abfallen. Für diesen intensiven Geschmack braucht es Lehmboden und Nordostwind. In Ogliastra oder Jerzu machen sie guten Wein … das ist ihnen in die Wiege gelegt … auch wenn es das Einzige ist. Aber ehrlich gesagt sind das Haarspaltereien, denn der Wein ist hier überall gut. Nicht aufgeben! Esst für mich mit, denn heute war ich nicht in Form, wahrscheinlich noch die Folgen von gestern Nacht ... was für ein furchtbarer Tag, und ich glaube, er ist noch nicht vorüber.«

Welch wunderbare Speisen! Vom Brot gar nicht zu reden, dieses Brot ... eigentlich ein Verbrechen, davon abzubeißen, es tut dir leid, diese kleinen Kunstwerke aufzuessen.

»Für die *seadas* warten wir auf die anderen, die werden in Kürze zum Rapport erscheinen, den Maresciallo eingeschlossen. Der isst bestimmt nicht seinen Kasernenfraß. Gesuino, es ist fast Mitternacht, lauf nach Hause, damit sich deine Tante keine Sorgen macht ... oder willst du lieber hier schlafen?«

Gesuino steht auf. Er hält das Blatt Papier in der Hand, du siehst, dass er etwas darauf geschrieben hat, es sieht aus wie ein Titelblatt.

Er verneigt sich kurz in deine Richtung und winkt leicht, wendet sich zum Gehen.

Beim dritten Glas Wein ist dir eine solch banale Frage erlaubt.

»Geht er allein?«

»Selbstverständlich, ohne Probleme. Habt Ihr in diesem Haus einen einzigen Schlüssel gesehen?«

Darauf hast du gar nicht geachtet. Du fühlst dich prächtig, der Wein ist einzigartig.

»Hier sind alle Kinder allein unterwegs. Und er ist wie eine Fledermaus.«

Don Cossu ruft ihn noch einmal zurück. »Gibt du mir das Buch von heute denn nicht, Gesui'?«

Er schüttelt den Kopf.

»Und warum? Genierst du dich? Dieser Mann ist aus Mailand und wichtig.«

Das nimmt er dem Priester nicht ab. Mit Literatur kennt er sich offenbar aus.

»Und wie soll ich das Buch dann verlegen? Nun komm schon, ich zeige es ihm auch nicht.«

Der Junge traut dem Braten nicht. Dumm ist er wirklich nicht.

Beim Gehen macht er eine Geste, die bedeuten soll, »später«.

»Ein bisschen *fil'e ferru* gefällig? Kennt Ihr den? Ihr vom Norden seid an eure Grappa gewöhnt. Der Schnaps von hier ist ein bisschen stärker. Trinken wir auf Bachisio Trudìnu. Der Schnaps ist von Totoni Crobèddu, einem Banditen, der immer behauptet, dass er keinen mehr brennt, weil er Angst vor der Steuerbehörde hat. Aber Bachisio hat er welchen gegeben. Wenn Ihr wollt, dürft Ihr auch gerne rauchen ... einen Espresso? Vielleicht erst Espresso und dann Schnaps, der bringt den Magen in Ordnung, auch wenn er ein bisschen brennt ... Steckt Euch ruhig eine an, aber lasst mir die letzten zwei Züge ... darum bitte ich jeden, denn ich darf nicht mehr rauchen.«

Dieser Priester raucht sogar, hättest du ihn als Kind kennengelernt, wärst du vielleicht auch Priester geworden.

»Ohne Filter? Wie die Existenzialisten ... hahaha ...«

Der Schnaps brennt wie glühende Eisen.

Eine OP ohne Betäubung.

Wie die Mandeln mit der Heckenschere entfernen.

Oder einen Zahn mit dem Vorschlaghammer.

Don Cossu begreift, dass er es vielleicht zu gut gemeint hat.

»Raus an die frische Luft, ganz schnell ... Ein bisschen Luft tut gut, vielleicht ist er doch zu stark.«

Signorina Matilde wirft ihm tadelnde Blicke zu. Solche Scherze stehen einem Priester nicht zu Gesicht. Er sollte sich wirklich ein bisschen zusammenreißen. Du bringst keinen Ton heraus.

Du bist wie betäubt.

»Alles in Ordnung. Das ist nur beim ersten Schluck so. Wenn Ihr Euch einmal an diesen Schnaps gewöhnt habt, wollt Ihr nichts anderes Hochprozentiges mehr trinken. Außerdem bleibt es da bei einem. Und in dieser Hinsicht richtet er weniger Schaden an als die Vierzigprozentigen. Von denen könnt Ihr ohne Weiteres drei, vier runterkippen. Bei dem hier ist das unmöglich. Das hat nur Bachisio Trudìnu geschafft, schade, dass Ihr ihn nicht mehr in Aktion erleben könnt.«

Du erwachst langsam wieder zum Leben.

Die Erläuterungen, warum der Schnaps »fil di ferro«, Eisenfaden, heißt, hast du nicht verstanden.

Don Cossu macht eine Führung durchs Pfarrhaus. Er zeigt dir den Rundofen und seine Mansardenbibliothek. Du fühlst dich wieder wohl.

Nach einer Stunde hat der Wein seine wohltuende Wirkung entfaltet. Er versöhnt dich mit der Welt und beschert dir eine leichte Trunkenheit, die dir gestattet, dein Leben als das zu sehen, was es gerade ist, ein einziger Irrtum. Er verleiht dir genau die Selbstsicherheit, die du brauchst, um dir endlich einzugestehen: »Sobald ich wieder in Mailand bin, folge ich meinem Traum. Und das war nicht der Journalismus. Naja, vielleicht der auch.«

Während Don Cossu dir erzählt, was heute vorgefallen ist, und von Matteo Trudìnu, bleibst du in Gedanken versunken.

»Ein außergewöhnlicher Junge. Als Musiker ein Naturtalent. Anfangs hielt ich ihn für den Teufel. Und vielleicht glaube ich das immer noch. Es gibt einfach keine logische Erklärung für seine Begabung. Was würdet Ihr denken, wenn ein Junge, der noch niemals eine Orgel gesehen hat, sich einfach davorsetzt und anfängt zu spielen, als hätte er in seinem Leben nichts anderes gemacht? Und Ihr müsstest ihn mal Lateinisch reden hören, nach nur vier, fünf Lektionen! Und zwar nicht zwei, drei vorgekaute Sätze, sondern er drückt sich aus, als wäre es Sardisch oder Italienisch.«

»Entweder Teufel oder Gott.«

»Genau das habe ich auch gedacht.«

»Man müsste ihn an einem guten Kolleg studieren lassen.«

»Dort würden sie ihn umbringen. Er fordert Neid geradezu heraus, denn ihm fällt alles leicht. Um in den Jesuitenorden einzutreten, muss er achtzehn Jahre alt sein, und dann liegen noch elf bis dreizehn Jahre Theologie- und Philosophiestudium vor ihm.«

Du kannst ihm nicht folgen. Du denkst in anderen Kategorien.

»Entschuldigt, ich rede, als ob Ihr das alles eigentlich wissen müsstet.«

»Nein, es interessiert mich.«

Eine blanke Lüge.

Aber ein Jesuit durchschaut Lügen. Er lächelt und hört auf, vom Orden zu reden.

»Alle glauben, dass aus ihm eines Tages ein bedeutender Priester wird. Aber ich weiß, dass er sich verlieren wird. Und das betrübt mich sehr. Ihm fehlt die nötige Berufung. Er ist eitel und herablassend. Ein Genie. Und das weiß er, genau das ist das Problem. Wir können schon froh sein, wenn er es bis zum Mönch bringt. Und vorher nicht zum Feind überläuft.«

»Zu den Kommunisten? Den Revolutionären?«

Das war natürlich ein bisschen polemisch von dir.

»Nein, zu den *Democristiani*.«

Und dann lacht er aus vollem Herzen. Du bist verwirrt.

»Was soll das heißen?«

Der Cannonau lockert die Zunge.

»Schwamm drüber, vergessen wir das Thema ... Wisst Ihr, wie es unter uns Häretikern so schön heißt? Besser Salesianer als *Democristiano*.«

Du hast das zwar nicht begriffen, aber du lachst trotzdem mit.

Schließlich sind wir in Sardinien und damit jenseits aller Theologie.

Du stotterst: »Aber er kommt doch wieder? Warum hat er sich versteckt?«

»Das ist der Schock. Aber ich mache mir keine Sorgen. Ihr habt bestimmt gedacht, schon eigenartig, dass ich mit Euch speise, während ein Junge, der unter unserem Dach lebt, sich in den Bergen versteckt hält, nachdem er an einem einzigen

Tag Vater und Mutter verloren hat. Und als würde das nicht reichen, hat er seiner Mutter, die sich erhängt hat, auch noch das Totenkleid angelegt.«

Das stimmt …

»Gesuino hat ihm alle Orte gezeigt, wo man Entführte versteckt. Und da ist er sicherer als hier. Ich habe nur etwas Angst wegen Peppinu Golòvru, aber der befindet sich im Augenblick bestimmt hundert Kilometer von hier. Und ich mache mir keine Sorgen, weil Gesuino sich auch keine macht. Die beiden sind eng befreundet.«

»Aber er hat Ihnen nichts gesagt … nicht eine Silbe?«

»Man bringt ihn nicht zum Reden, aber es ist merkwürdig, dass er sein Buch für heute noch nicht geschrieben hat.«

»Richtig, Sie haben mir ja eben gesagt, dass Sie auch Verleger sind. Wie interessant!«

»Naja, ich verlege nur seine Bücher. Versucht nicht, mir irgendein Manuskript anzudrehen!«

Er lächelt, und du musst auch lächeln.

»Kommt mit, ich zeige Euch etwas.«

In seiner Bibliothek stehen ausgesuchte Werke. Einige sind in einer alles andere als zufälligen Unordnung aufeinandergestapelt, typisch für jemanden, der seine Bücher tatsächlich liest. Theologische, philosophische Werke, Romane. Calvinos *Baron auf den Bäumen* liegt auf einem kleinen Schreibtisch aufgeschlagen, dazu ein Heft mit schwarzem Einband und rotem Schnitt. In einer Ecke steht ein Plattenspieler, der auch als Radio fungiert, ein Bild von Ignatius von Loyola, ein Fernseher, der aber angeblich kein Signal empfängt, überall liegen Platten herum, alles ist ein bisschen verstaubt, und oben rechts in der Ecke stehen ein paar Büchlein mit rotem Einband, die Titel sauber von Hand geschrieben.

Ohne auf einen Stuhl oder eine kleine Leiter zu steigen, ist das Geschriebene nicht zu entziffern.

»Das dort sind die Bücher von Gesuino.«

»Welche Art Bücher schreibt er denn?«

»Bücher über einen einzigen Tag. Manchmal existiert nur der Titel, und wenn es gut läuft, eine Seite mit sinnlosem Zeug ohne Punkt und Komma. Ein einziger Satz, als ob er beim Schreiben keine Luft holen würde. Er bringt alles zu Papier, was ihm durch den Kopf geht. Ihr werdet verstanden haben, dass er nicht ganz normal ist.«

»Schon, aber was hat er? Auch wenn er kein Wort sagt, wirkt er doch intelligent.«

»Wenn ich das wüsste ... etwas mit seinem Gedächtnis. Ich lasse ihn alles aufschreiben, weil ich die Hoffnung habe, dass ihm das hilft, sich an die zurückliegenden Tage zu erinnern.«

»Ach?«

»Das Ganze ist sehr schwer zu erklären ... Er ist für mich wie ein leiblicher Sohn, naja, alle beide sind für mich wie meine Söhne. Aber wie ich eben bereits gesagt habe, gibt es da zwei große Probleme. Matteo ist ein Genie, und er weiß das auch. Damit ist er verloren. Auch Gesuino ist auf seine Weise ein Genie, aber er hat keine Ahnung davon. Und aufgrund seiner Erkrankung wird er es auch niemals erfahren. Ich habe hier zwei Genies im Pfarrhaus, einer stammt aus einer Familie von Analphabeten und Alkoholikern, der Vater des anderen ist unbekannt, und die Mutter bei der Geburt gestorben. Das alles macht mich sehr betrübt. Wenn Ihr noch ein paar Tage hier seid, gebe ich Euch etwas von ihm zu lesen. Allein der Anfang des *Katechismus von einem Schaf* ist unschätzbar wertvoll, glaubt mir, und das sagt Euch einer, der Calvino mag, wenn Ihr versteht, was ich meine ... aber er selbst wird das niemals erfahren.«

Du bist recht vergnügt.

Don Cossu ist melancholisch.

Das tut dir leid.

Von draußen tönt Motorengeräusch. Autoscheinwerfer leuchten in die Sakristei. Gedämpfte Stimmen, kein Geschrei.

Alle sind zum Rapport bei Don Cossu angetreten.

XVII

Asklepios Hahn

Die Totenglocken läuten.

Das ganze Dorf hat sich auf dem kleinen Friedhof versammelt.

Einige alte Weiber weinen und singen. Elvira Bòttarus Leichnam durfte nicht in die Kirche getragen werden.

Sie hat Selbstmord begangen und ist deshalb dort nicht zugelassen, hat Don Cossu dir erklärt.

»Der Bischof sitzt mir ohnehin schon wegen meiner Predigten im Nacken. Der wartet nur auf eine gute Gelegenheit, um mich abzuberufen.«

»Warum?«

»Wer sich das Leben nimmt, bekommt kein kirchliches Begräbnis. Und was soll ich jetzt machen? Der Mann bekommt eins, seine Ehefrau nicht? Da ist Fantasie gefragt, Bürokraten kann man nur mit Einfallsreichtum ein Schnippchen schlagen. Und was die kirchliche Bürokratie angeht … tja …«

Es ist der 23. Juli 1969, fünf Uhr nachmittags. Es musste alles in Eile vonstattengehen, zwischen Tod und Beerdigung ist gerade mal ein Tag vergangen, weil sowohl Platz als auch Zeit fehlen, um die Leichname zu konservieren.

In der Hitze breitet sich bereits Gestank aus, denn die Särge sind nicht verzinkt.

Gott sei Dank bläst der Mistral Richtung Meer und hilft, die Zeremonie erträglich zu machen.

Feldblumen und hausgemachte Kränze.

Für Gebinde und Totenkissen fehlt das Geld.

Der Bestattungsunternehmer hat zwei der einfachsten Särge gebracht.

Don Cossu wird sie vom Geld aus dem sonntäglichen Klingelbeutel bezahlen, und die Dorfbewohner lassen sich in solchen Fällen nicht lumpen.

Arme helfen einander.

Matteo Trudìnu ist nirgendwo aufzufinden.

Gesuino reicht den Weihwassersprenger an Don Egisto weiter, es beginnt die Segnung der Toten anstelle der von der Kirche untersagten Totenmesse.

Die beiden Särge stehen auf dem Friedhof nebeneinander auf zwei Böcken, die von Männerhänden festgehalten werden, damit der Mistral sie nicht umwehen kann.

Die Witwe Cherchi hat sich vorerst von allen Sünden freigekauft.

Sie hatte eigentlich zusätzlich zu einem weiteren Familiengrab noch drei Grabnischen reserviert.

»Man weiß ja nie ... und da ich den Platz nun mal habe ...«

Das Ritual ist einfach und kurz. Zwei der Grabnischen liegen nebeneinander, und zwar ebenerdig.

Man hört, wie eine Mauer eingerissen wird.

Der örtliche Maurer weiß genau, was das Dorf von ihm erwartet. Man darf die beiden eigentlich nicht in einer einzigen großen Nische bestatten. Das ist gegen das Gesetz. Aber der Maresciallo drückt ein Auge zu und tut, als hätte er nichts gesehen.

Auch er weiß genau, was das Dorf an jenem Mittwoch im Juli erwartet.

»Bestattet sie zusammen in der Urnenhalle.«

Er bahnt sich einen Weg durch den Schutt.

Die Witwe Cherchi ist jetzt allen sympathisch, denn sie hat gesagt: »Für den Moment, dann sehen wir weiter.«

Aber sie weiß, dass dieses Arrangement mindestens zehn Jahre lang währen wird, vielleicht noch sehr viel länger. Es ist nicht üblich, Gräber aufzulösen, um für andere Platz zu machen. Selbst nach Ablauf der Frist. Gedenken währt ewig. Anders als in den großen Städten.

Der Reporter von der *Unione* hat jetzt alle Zeit der Welt und kann in Ruhe seinen Artikel verfassen. Der Titel wird lauten: *Ermittlungen in alle Richtungen*. Oder etwas Ähnliches.

Dabei haben die Ermittlungen nicht einmal begonnen.

Und Matteo bleibt verschwunden. Nicht einmal zum Begräbnis von Vater und Mutter ist er erschienen.

Lochziegel legen sich über die Existenz von Bachisio und Elvira.

So steht es in der dünnen feuchten Schicht Zement, mit der der Maurer das Grab gegen den Mistral schützt.

Mit einem Nagel ritzt er die Namen ein.

Bachisio Trudìnu & Elvira Bòttaru

22. Juli 1969

Der Maurer steht auf, und als er geht, lässt er in einer Ecke einen Sack Zement, eine kleine Schaufel, Nägel und Lochziegel zurück.

Vielleicht wird er am folgenden Tag zurückkehren, um sein Werk zu beenden und das Grab besser zu verschließen, falls er sich am Abend nicht betrinkt.

Von Matteo fehlt weiterhin jede Spur.

Die Carabinieri setzen die Suche nach ihm fort. Sie laufen Pfade ab und klappern kleine Höhlen ab: nichts.

Aber das Dorf bleibt gelassen. Man ist sich sicher, dass er früher oder später zurückkommt. Auch Don Cossu bleibt unbesorgt, weil Gesuino keine Anzeichen von Unruhe zeigt. Sein Freund wird sich einfach irgendwo versteckt halten.

Der Trauerzug löst sich auf, man kehrt ins Dorf zurück.

Die Frauen gehen über die kleinen Nebenstraßen zu ihren Häusern, die Männer nehmen die Hauptstraße und steuern die Bar an, die Tore, der seinen Tränen freien Lauf gelassen hat, bald wieder aufschließen wird.

Die Jugend geht zum »Snack«, sie will modern sein, trinkt Whiskey und isst dazu Chips.

Auf dem kleinen Platz vor dem Pfarrhaus hat Signorina Matilde süßes Gebäck, hausgemachte Limonade und Orangenlimonade vorbereitet, letztere kommt aber vom Festland.

Aber der Mistral bläst so stark, dass sich alle sofort in die Küche zurückziehen.

Es ist eine Gruppe von Kirchgängerinnen gekommen, einige von ihnen in Schwarz, sie weinen und singen zusammen, außerdem ein paar Männer in den Vierzigern, vielleicht Bekannte von Bachisio. Auch Gesuino ist da.

Dottore Pòddighe, Maresciallo De Stefani und Carabiniere Piras gesellen sich dazu. Colonnello Modugno verabschiedet sich wieder nach Nuoro. Er lässt einen Jeep mit vier Carabinieri zurück und gibt Befehl, sofort mit der Befragung zu beginnen, sie wüssten schon, wen sie sich vornehmen sollen.

Der gemietete Fiat Multipla mit dem Fotografen bleibt ebenfalls hier.

Du solltest dich an die Arbeit machen, für die man dich in Mailand bezahlt.

Dir gefällt, dass man hier traditionell einen Leichenschmaus abhält. Das hat Poesie, findest du, auch wenn es deine Stimmung nicht hebt.

Man isst und gedenkt der beiden Toten, natürlich erinnert man nur an Positives und Fröhliches, an die Hochzeit mit dem anschließenden Fest, das Wildschwein, das die Freunde ihnen zu Ehren grillten, wie Bachisio sich mit Cannonau und Schnaps betrank, an Matteos Geburt.

Der Titel für den Artikel steht: *Wie man zivilisiert mit dem Tod umgeht*. Natürlich ist er vorläufig.

»Und von Matteo immer noch keine Spur?«, fragt Signorina Matilde, sie wirkt sehr besorgt.

»Nein, nichts«, flüstert Don Egisto.

»Wollen wir hoffen und beten«, sagt Signorina Matilde.

»Er wird zurückkommen ...«, trösten alle. Sie zieht sich in die Kirche zum Gebet zurück.

Dottore Pòddighe hakt sich fast vertraulich bei Don Egisto unter. Die beiden spazieren zur Tür, aber der Mistral ist so stark, dass es ihnen nicht gelingt, sie zu öffnen.

Sie verschwinden schließlich doch in den Pfarrhof, wo die Mauern ein wenig Schutz vor dem Wind bieten. Sie stecken beim Gespräch die Köpfe zusammen, der Dottore gestikuliert heftig. Er fährt sich mit der Hand an die Kehle, wie um Ersticken anzudeuten, und du bemerkst den nachdenklichen und besorgten Gesichtsausdruck Don Cossus.

Du bist ein neutraler Beobachter und hast keinerlei professionelles Interesse an der Geschichte. Vielleicht bemerkst du gerade deshalb Dinge, die anderen entgehen. Don Cossu schüttelt den Kopf.

Gesuino isst schweigend ein Stück von dem süßen Gebäck. Und er schreibt weiter auf seinem Stück Papier.

»Gesui', geh kurz nach draußen, Don Cossu ruft nach dir«, sagt jetzt der Dottore, der mittlerweile wieder hereingekommen ist. Darauf steht der Junge auf und geht in den Pfarrhof.

Don Egisto redet auf den Jungen ein, während sie den kleinen Hof umrunden, und hat eine Hand auf dessen Schulter gelegt. Du wendest den Blick ab, hast aber gerade noch mitbekommen, wie Don Egisto Gesuino den Zettel stibitzt, den dieser in seiner rechten Jackentasche versteckt hat.

Flink wie ein Zauberer.

Gesuino hat nichts mitbekommen.

Don Egisto gibt ihm einen zärtlichen Stüber auf den Kopf, redet noch ein bisschen weiter und schickt ihn dann wieder ins Haus.

Eigentlich kann man sich trotz der schützenden Mauern kaum noch draußen aufhalten. Nach und nach brechen die ersten Trauergäste auf.

Nur einige alte Weiber sind noch geblieben. Signorina Matilde, die vom Beten zurück ist, packt ihnen die Reste vom Leichenschmaus ein.

Gesuino ist mittlerweile wie von Sinnen, er sucht überall nach seinem Zettel, auf dem Boden, in der Küche, draußen im Pfarrhof, wo er jeden Winkel abtastet. Der Mistral bläst immer noch mit einer Windstärke von achtzig Stundenkilometern. Der Junge durchwühlt seine Taschen und ist völlig verzweifelt. Man versucht ihn zu beruhigen, Don Cossu nimmt ihm am Arm.

»Was suchst du denn, Gesui'?«

Er tut so, als würde er schreiben.

»Das Blatt Papier? Hast du deinen Zettel verloren?«

Der Junge nickt. Don Cossu sagt: »Na, wenn du ihn draußen verloren hast, wird der Wind ihn bereits bis zum Meer getragen haben.«

Nach und nach beruhigt sich Gesuino. Er hat kurz vor einer Panikattacke gestanden.

Der Anblick von Papierabfall, den der Wind davonträgt, beruhigt den Jungen. Er blickt Richtung Meer und lächelt fast. Don Cossu will ihn trösten.

»War das etwa dieses Buch, das du gerade geschrieben hast?«

Der Junge nickt.

»Das Buch von gestern? Wirklich? In diesem Fall wären wir

schon zwei Tage ohne Nachschub, und mein Verlag gerät in die Krise.«

Gesuino lächelt und nickt bedauernd.

»Jetzt sind wir ruiniert! Wie konntest du nur dein Buch verlieren? Na gut, das wird schon wieder. Morgen schreibst du ein neues, und diesmal passt du auf, sonst kommt der Vertrieb ins Stocken.«

Man sieht, Gesuino ist am Boden zerstört.

Er hat den Blick gesenkt und wendet sich zum Gehen.

Du hast tiefes Mitgefühl mit diesem kleinen Schriftsteller, der Bücher schreibt, die aus einer Seite bestehen und immer von einem einzigen Tag erzählen.

Und du sagst zu ihm: »Willst du morgen mein Bergführer sein?«

Er lächelt dich an, endlich ein Lächeln auf seinem Gesicht, man sieht, wie sehr er sich freut. Seine Augen strahlen.

»Ich bezahle dich auch«, sagst du weiter. »Wie viel verlangst du für einen Tag?«

Don Cossu schaltet sich ein und verhandelt für ihn. »Naja ... als erfahrener Touristenführer vom Ort, nicht weniger als 1000 Lire plus Essen und einen Anteil für seinen Agenten, in diesem Fall bin das ich. Was sagst du, Gesui'?«

Der schlägt sofort ein. Er ist selig.

»Morgen früh um sechs vor der Polizeikaserne. Wir sind den ganzen Tag unterwegs, sag zu Hause Bescheid.«

»Von mir aus auch die ganze Nacht.«

Er hat gesprochen! Gesuino hat einen ganzen Satz gesagt, ohne ein einziges Mal zu stottern.

»*A lle luia a lle luia a lle lu iààà!*«, singt Don Cossu. »Da musste tatsächlich einer den ganzen Weg aus Mailand kommen, damit der Junge anfängt zu sprechen. Matilde, morgen beten wir zum Heiligen Karl Borromäus. Ein Wunder! Das Wunder von Telévras!«

Und er brüllt wie ein Löwe. Herrlich.

Dieser Priester ist seinerseits ein Wunder, einzigartig, ausgerechnet in diesem verlorenen Nest …

Warum sind nicht alle Priester so, fragst du dich und wirst dich das noch oft fragen.

Denn ist Glaube nicht genau das – Freude, Humor und Frohsinn?

Für ihn und das ganze Dorf sind die Ereignisse ein Drama. Sein Ziehsohn Matteo ist abgehauen, heute hat er dessen Eltern begraben, und trotzdem hat er noch die Kraft, anderen Zuversicht zu spenden.

Im Geiste notierst du dir: Eine Geschichte über einen solchen Priester schreiben.

Gesuino ist gegangen. Er ist so überglücklich, dass er gegen den Wind anrennt oder es wenigstens versucht.

»Vielen Dank, Carlo … Ihr werdet es nicht bereuen, er kennt in dieser Gegend im Umkreis von fünfzig, sechzig Kilometern jeden noch so geheimen Winkel. Er erinnert sich an alles, was er bis zum Schulbeginn erlebt und gesehen hat, danach an nichts mehr. Ab diesem Zeitpunkt hat er angefangen, nach und nach erst die Wörter für Dinge zu vergessen, dann die Namen seiner Schulfreunde. In seinem ersten Grundschuljahr war er fast drei Jahre älter als die anderen, und die haben sich über ihn lustig gemacht. Hier können die Kinder manchmal grausam sein.«

»Kinder sind auf der ganzen Welt grausam. Die Geschichte von einer glücklichen Kindheit ist eine Mär.«

»Stimmt, ein Märchen für Erwachsene.«

»Und was ist danach passiert? Muss ich mir Sorgen machen? Vielleicht wird er sich in meiner Gesellschaft nicht wohlfühlen.«

»Keine Sorge. Im schlimmsten Fall reagiert er mit Panik, so wie vorhin. Aber eigentlich reicht es aus, die Finger von seinen Büchern zu lassen und ihn nicht zum Verzehr von Fleisch zu zwingen. Das Essen bringt er sich für gewöhnlich ohnehin mit. Und außerdem weiß er, dass Ihr Schriftsteller seid ...«

»Eigentlich bin ich kein Schriftsteller.«

»Das weiß ich doch, aber lasst ihm die Illusion, die er sich von Euch gemacht hat.«

»Die habe nicht ich in die Welt gesetzt, sondern Sie.«

»Das stimmt, aber was macht das schon. Ihr reist in zwei, drei Tagen wieder ab und vergesst uns. Wie ich Euch gestern Nacht schon erklärt habe, schreibt er vor allem Titelblätter. Eigentlich hat er immer die ganze Geschichte im Kopf, und an guten Tagen bringt er auch mal bis zu zehn Seiten zu Papier. Am Tag darauf hat er dann manchmal aber sogar den Titel seiner Geschichte vergessen. Wenn wir uns täglich sehen, wie im Augenblick, weil Schulferien sind, fordere ich ihn auf, das Geschriebene noch einmal durchzulesen, aber ... wie soll ich mich ausdrücken ... manchmal erkennt er es nicht als sein Werk wieder und glaubt, es stammt von mir, und er soll daran weiterschreiben. Sein Lehrer fördert ihn. Seiner Meinung nach sind Gesuinos Geschichten ungewöhnlich für ein Kind. Manchmal sind sie makaber, manchmal witzig ... aber meistens wie gesagt nur eine Seite lang. Leider schwänzt er oft die Schule und streift allein durch die Berge, oder er macht sich zu Fuß Richtung Meer auf. Er kann stundenlang wandern ... das letzte Mal hat Carabiniere Piras ihn dreißig Kilometer von hier aufgelesen. Ein Schäfer hatte ihn alarmiert, ein Junge würde splitternackt in aller Frühe im Meer baden.«

»Eigentlich doch ganz romantisch, oder nicht? Ein Junge, der über die Berge bis ans Meer wandert ... denn soweit ich verstanden habe, gibt es keinen öffentlichen Busverkehr.«

»Da habt Ihr recht, nur war das am 18. Januar, und hier lag ein halber Meter Schnee, und es war unter null Grad.«

Du musst lachen.

Aber eigentlich ist dir ein bisschen mulmig, vielleicht stellt er am folgenden Tag irgendeinen Unsinn an. Du bereust dein großzügiges Angebot von vorhin fast.

Don Cossu kann deine Gedanken lesen.

»Keine Sorge, Ihr werdet morgen einen waschechten Bergführer kennenlernen, einen wahren Indianer. Und es ist wichtig, dass er Euch begleitet.«

»Warum?«

Don Cossu zögert ein wenig, bevor er antwortet, du kommst ihm zuvor.

»Soll ich ihn dazu bringen, mir zu sagen, wo Matteo sich versteckt hält?«

»Das könnt Ihr vergessen, das wird er niemals verraten. Ihr kennt diese beiden nicht. Aber Ihr könntet, wenn es geht … also, wenn es Euch nicht zu viel ausmacht … wie soll ich sagen … ein Auge darauf haben, wie viel Proviant er bei sich trägt. Ob er zum Beispiel mehr als ein Stück Brot und eine Scheibe Pecorino dabeihat. Und passt auf, ob er mal kurz abhaut, um Vorrat zu verstecken. Wasser ist nicht wichtig, Matteo kennt alle Quellen in der Gegend. Ihr solltet übrigens auch nicht mehr als einen Liter pro Kopf mit Euch herumtragen, Wasser gibt es unterwegs reichlich.«

»Sie glauben also, dass er sich irgendwo in der Nähe aufhält? Sind Sie deshalb so gelassen?«

»Ich bin überhaupt nicht gelassen, Carlo. Überhaupt nicht. Aber haben Sie schon einmal einen Kapitän kennengelernt, der sich als Erster ins Wasser gestürzt hat, um sein Leben zu retten? Das Dorf hier ist wie ein Schiff, wenn ich die Nerven verliere, ist alles verloren.«

Dein Lieblingspriester, wie er leibt und lebt. Du hast ihn erst gestern kennengelernt, doch es kommt dir vor, als würdest du ihn schon ein Leben lang kennen.

»Bleibt auch heute Abend zum Essen. Matilde macht gerade *pane frattau,* eine hiesige Spezialität. Wir laden auch noch diesen Idioten von Maresciallo und Piras dazu, dann können wir uns auch gleich über den Stand der Ermittlungen unterhalten. Geht Ihr vorher noch einmal bei der Polizeikaserne vorbei? Das erspart mir das Telefonat.«

»Sie bringen mich richtig in Verlegenheit.«

»Unsinn, Verlegenheit … Ihr werdet sehen, es wird sehr gut

schmecken, und dazu gibt es einen vorzüglichen Cannonau. Wir essen gegen neun, halb zehn.«

Pane carasau, dünnes knuspriges Fladenbrot, Tomatensoße, Knoblauch, Zwiebel, geriebener Pecorino und ein pochiertes Ei, ebenfalls von Soße und Pecorino bedeckt.

Drei Lagen pure Köstlichkeit. Wie Lasagne.

»Das Geheimnis ist die Schafsbrühe ... die bereitet Matilde zu wie keine andere.«

Wir sitzen zu Tisch, der Maresciallo, der Carabiniere, der Tierarzt und Matilde. Der Cannonau kommt frisch aus dem Kühlschrank und ist köstlich.

»Mein Kompliment, Signorina Matilde!« Carabiniere Piras meint das aufrichtig. »So muss es sein, das Brot hauchdünn ... so bleibt es nach dem Kochen ganz und wird nicht pappig.«

Es wird gegessen und getrunken. Die Unterhaltung dreht sich um Unverbindliches. Du erzählst von Mailand, London, Madrid und Paris. Man ist fasziniert von deinen Reisen. Die pazifischen Inseln, wie wundervoll. Es werden viele Fragen gestellt, aber Don Egisto interessiert sich vor allem für Japan.

»Dieses Land meiden wir Jesuiten lieber. Dort hat man uns bei lebendigem Leib verbrannt.«

Möglicherweise bezieht er sich auf die Missionare des Ordens, die im Orient ein grausames Ende gefunden haben. Du fährst mit deinen Erzählungen fort.

»Ach, wie schön wäre es zu reisen ... wenn wir nur das Geld hätten«, schwärmt Signorina Matilde.

»Aber du bist ja nicht einmal bis nach Civitavecchia gekommen, weil dir auf der Fähre schlecht wird«, zieht sie der Bruder auf.

Der Mistral verliert an Gewalt, man kann sich auf der kleinen Küchenterrasse aufhalten.

Matilde serviert *fil'e ferru*.

Diesmal trifft es den Maresciallo, so musst du gestern Nacht ausgesehen haben. Allgemeines Gelächter und Schulterklopfen. Der Mistral ist diesmal die Rettung.

Er ist rot im Gesicht. »Nicht schlecht ... wirklich nicht schlecht. Auf der Leiche von Bachisio waren übrigens leichte Brandspuren von einer Feuerwaffe. Am rechten Bein, aber nur oberflächlich ... Laut Arzt stammen sie aus dem Vorjahr, daran kann er nicht verblutet sein.«

Dottore Pòddighe bestätigt das.

Er hat den Leichnam geöffnet und wieder zugenäht.

Der Gerichtsmediziner hatte nicht den Mut, ihm mit dem Schlachtbeil das Brustbein zu zertrümmern.

Er hat weggeschaut, während Dottore Pòddighe das übernahm, er als Veterinär ist daran gewöhnt.

Kein geeignetes Thema nach einem solchen Essen. Signorina Matilde entfernt sich mit der Entschuldigung vom Tisch, den Kaffee zuzubereiten.

»Er hat sich den Mageninhalt mitgenommen ... und Herz und Leber in einem Säckchen ebenfalls«, lässt sich der Maresciallo nicht abbringen.

Don Cossu ist darüber sehr verblüfft.

»Und wieso?«

»Das soll alles untersucht werden. Für ihn war es eine natürliche Todesursache …«, sagt der Maresciallo.

»Eine natürliche Todesursache?«

»Jedenfalls hat der Rechtsmediziner das gesagt. Es war also kein Blei«, sagt Dottore Pòddighe.

»Ich habe keine Ahnung, wo ich mit den Ermittlungen anfangen soll. Eine einzige Katastrophe, ich höre Colonnello Modugno schon sagen: Schnappt euch diesen Peppinu Golòvru … Warum fängt er ihn nicht selbst? Der tut gerade so, als wären wir in einem Fernsehkrimi.«

Maresciallo De Stefani wirkt betreten. »Aber gibt es eine Hypothese? Irgendeinen Verdacht, ein Anfangsindiz?«

Mitleidige Blicke.

»Eine Hypothese? Klar, bis vor wenigen Stunden hatte ich eine. Ich war überzeugt, dass Peppinu Golòvru Bachisio bei dem Gefecht in Corr'e Boi tödlich angeschossen und die Ehefrau sich aus Verzweiflung erhängt hat. Aber jetzt habe ich erfahren, dass die Wunden nur oberflächlich sind und mit dem Tod höchstwahrscheinlich nichts zu tun haben. Er hat zwar Kopfverletzungen, aber die rühren wahrscheinlich von einem Sturz her. Und wie hat Elvira überhaupt vom Tod ihres Mannes erfahren? Wer hat ihr das verraten? Und warum ist der Junge abgehauen? Ich bin der festen Meinung, dass Antoni Esulògu alles weiß und alles gesehen hat. Aber was fange ich mit dieser Erkenntnis an? Der Colonnello sagt, ich soll ihn in die Zange nehmen, aber was ist ein Geständnis von ihm wert?«

»Nichts«, sagt Don Cossu. Er hält nichts von falschen Illusionen.

»Genau, nichts. Er ist nicht in der Lage zu begreifen, was wir von ihm wollen, und dann ist immer noch die Frage, ob er bereit ist, zu antworten. Außerdem ist er Analphabet. Er singt nur, er singt und singt … jeden Montag singt er.«

»Dann nehmen wir seinen Gesang eben auf und benutzen ihn als Geständnis.«

Die humoristische Einlage von Carabiniere Piras trifft auf wenig Beifall.

»Er könnte bestenfalls aussagen, dass Peppinu Golòvru die Leiche beerdigt hat.«

Don Cossu ist mit Ernst bei der Sache, der Maresciallo weiß das zu schätzen.

»Was macht es am Ende eigentlich für einen Unterschied, ob er die Fakten ausspricht oder singt? Wenn mir jemand im Beichtstuhl von seinen Sünden erzählt, ist es mir gleichgültig, ob er sie flüstert oder leise singt. Was meinen Sie, Maresciallo?«

»Da haben Sie recht, Don Cossu.«

»Jache', dann erzähl dem Maresciallo mal von dem Bänkellied und Signor Putzus Kumpanen.«

Piras summt das Lied und übersetzt den Text.

Der Maresciallo wirkt entschlossen. Don Cossu will ihm tatsächlich helfen, er glaubt es kaum. »Morgen schnappen wir ihn uns. Wollen wir hoffen, dass er sich in der unmittelbaren Umgebung aufhält. Beim Begräbnis war er jedenfalls nicht, vielleicht ist er mit seinen Schafen unterwegs. Wir werden die anderen vier Carabinieri zur Unterstützung brauchen.«

Der Maresciallo und Piras wollen zur Polizeikaserne aufbrechen.

»Sie kommen nicht mit?«, fragt der Maresciallo dich.

Don Cossu bedeutet mit einem fast unmerklichen Kopfnicken, dass du noch bleiben sollst.

»Ich komme zu Fuß nach.«

Ihr zieht euch in die kleine Bibliothek zurück, die Don Cossu als Arbeitszimmer dient.

»Was haltet Ihr von der Geschichte?«

»Ich weiß nicht so recht, schon komisch, dass der Junge einfach so abgehauen ist ...«

»Stimmt, hoffen wir, dass er morgen wiederkommt. Gesuino weiß genau, wo er sich aufhält. Die Gründe dafür kennt er nicht, aber das Versteck. Deswegen bin ich relativ zuversichtlich.«

Du siehst, wie er aus der linken Tasche seines Gewands einen zusammengefalteten Zettel herauszieht. Du weißt, woher er stammt. Du bist kein Ermittler, und die Fakten gehen dich nichts an. Du bist neugierig, verhältst dich aber neutral.

Seine Miene wird nachdenklich.

Während er liest, was auf dem Zettel steht, runzelt er die Stirn und hält den Blick gesenkt.

Die Stille wird nur vom Mistral unterbrochen, der durch einen Spalt in dem runden Fenster pfeift.

Don Cossu schweigt, er macht nur hin und wieder *hmmm* und schüttelt den Kopf.

»Ihr müsst gehen, es ist schon fast zwei Uhr morgens, und morgen seid Ihr auf Eurer Fototour. Habt ein Auge auf Gesuino, achtet auf Auffälligkeiten, wie ich sie eben beschrieben habe.

Und gebt mir Bescheid, Ihr werdet begriffen haben, wie wichtig das ist. Ich erwarte Euch morgen Abend zum Essen.«

»Gerne, Don Cossu.«

Du verabschiedest dich bei Signorina Matilde.

»Ach, noch etwas. Achtet auch darauf, ob er irgendwelche Zeichen hinterlässt. Er wird sicher ein Stück Kreide dabeihaben und damit ein umgedrehtes U malen.«

»Das Erkennungszeichen der beiden Freunde?«

»Nein, das brauchen wir für die Wildschweinjagd.«

Dottore Pòddighe lacht, Don Cossu stimmt ein. Dieser Priester ist wirklich unverbesserlich. Er hat weiterhin die nächste Jagdsaison im Kopf. Ein Typ wie aus einem Film.

Du und der Dottore verlasst das Pfarrhaus. Der Mistral hat sich gelegt. Er hat ein bisschen Abkühlung gebracht und die Hitze zum Meer geblasen. Du siehst es in der Ferne daliegen, der Mond steht hoch am Horizont und bescheint es.

Du spazierst die Hauptstraße hoch und hoffst, dass Tores Bar noch geöffnet hat. Nach so viel Cannonau würde jetzt ein frisches Bier guttun.

23. Juli 1969

Hier ist sie, die Wahrheit. Von einem kindlichen Schwachkopf zu Papier gebracht. So unverständlich wie unsere totale Hingabe an Jesus Christus ... Die Wahrheit, von einem Jungen verfasst, den alle Welt für verblödet und irre hält. Die Wahrheit liegt im Wahnsinn. Gesuino weiß, was passiert ist, aber nicht von Matteo. Er ist von allein darauf gekommen, da bin ich sicher. Absolut sicher. Die Wahrheit. Im Titel eines Buches, und schon morgen wird er sich nicht mehr erinnern, es geschrieben zu haben. Deswegen hat er es mir auch nicht gegeben. Er wusste genau, dass ich den Inhalt sofort durchschauen würde, und er musste seinen besten Freund schützen. Er hat die Wahrheit von uns allen als Erster begriffen. Der Junge macht mir Angst.

ASKLEPIOS HAHN
Sokrates' letzte Stunden
Ein neues Buch von Gesuino Némus

Es steht schon alles im Titel, da kann man sich die Einleitung schenken. Alles steht da. Wenn das kein Werk des Teufels ist. Ich hatte den beiden die Geschichte über die Hintergründe und Umstände von Sokrates' Hinrichtung erzählt, und die hat ihn tief beeindruckt. Vor allem die Opferung eines Hahns für Asklepios. Ein Unschuldiger, der den neuen Tag damit begrüßt, dass er dem Gott der Medizin einen Hahn opfern lässt und das Angebot der Rettung durch Flucht ausschlägt. Ich kann es nicht glauben … und das bei einem Kind. Asklepios trägt einen Stock, um die sich eine Schlange, Su Golòvru, windet, eine zusammengerollte Schrift und einen Strauß Mohnblumen. Die Schlange trägt das Heilkraut … deswegen auch der Untertitel. Einfach genial. Der Titel soll also dazu dienen, mich in die Irre, auf die Fährte einer falschen Wahrheit zu führen. Im Untertitel geht es um das Wie, die Todesumstände … Er ahnte, ich würde mich von den Mohnblumen beirren lassen, deswegen hat er heute den Untertitel hinzugefügt. Und was hat Golòvru mit allem zu tun? Und was soll die in dem Mythos versteckte Drohung? Als wollte er sagen: Pass auf. Wenn du Tote zum Leben erweckst, wird Zeus dich mit dem Tod stra-

fen wie Asklepios. Aber vielleicht ist das auch nur ein Teil der Wahrheit ... Vielleicht will er sagen, dass aus diesen beiden Todesfällen neues Leben entstanden ist. Aber was hat dann Matteo damit zu tun? Falls Antoni Esulògu tatsächlich behauptet, er habe Putzus Kumpan dabei beobachtet, wie er Bachisios Leichnam unter die Erde brachte, was soll dann der Mythos von Asklepios? Ich bin sicher, dass die Wahrheit im Untertitel steckt. Deswegen hat Vittorio vergeblich nach einem Motiv gesucht. Aber wie ist Gesuino darauf gekommen? Was hat er mitbekommen, das allen anderen entgangen ist? Morgen muss ich sofort mit Vittorio reden, und zwar bevor der Autopsiebefund aus Nuoro eintrifft.

(*Die Theologie des Wildschweins* von Cossu Don Egisto, S. 23)

Auf das Bier wirst du warten müssen. Tore hat seinen Laden für heute geschlossen. Es ist spät in der Nacht, und du bist hier nicht in der Stadt.

In der Polizeikaserne wartet auf dem Boden ein Schlafsack auf dich. Vor dir liegt ein Arbeitstag. Du bist ein bisschen außer Atem, als du bei der Kaserne ankommst.

Ein Rascheln lässt dich zusammenfahren. Vielleicht von einem Hund oder einem Fuchs. Du bemerkst einen Schatten, der die Böschung hinunterrennt. Vielleicht von einem Jungen. Du siehst ihn nur ganz kurz von hinten, und schon ist er hinter den ersten Häusern verschwunden. Gesuino! Der ist um diese Uhrzeit schon hier? Vielleicht hast du dich auch getäuscht.

XVIII

Ein Bergführer wie ein kleiner Indianer

Antoni Esulògus Bänkellied muss großen Anklang gefunden haben, denn abends bei eurer Rückkehr singen es am Dorfeingang die Kinder beim Fangspielen. Du hast deinen Wagen angehalten, um Gesuino aussteigen zu lassen, und seine Altersgenossen haben ihn sofort umringt und ihn mit ihrem Gesang gehänselt: »*Apu bittu s'oppài 'e Putzu scorrovèndu cussu fussu, a piccu, a panga e a trebùssu.*«

Gesuino hat einem von ihnen einen kräftigen Fußtritt verpasst. Der Junge weint.

Da begreifst du, dass das Ganze kein Spiel ist, und steigst ebenfalls aus.

Die Kinder laufen fort, Gesuino ist mit einem Mal so aggressiv geworden, dass er dir Angst macht. Er folgt seinen Altersgenossen mit bitterbösen Blicken.

Eines der Kinder schleudert ihm einen für dich unverständlichen Satz entgegen: »*Filgiu'e su maccu!*« Dann rennt es weg.

Du prägst ihn dir ein und hoffst, ihn später richtig aufschreiben zu können, und nicht nur phonetisch.

Später wirst du dich erkundigen, was er bedeutet. Der Junge hat ihn hasserfüllt gesagt. Warum?

Es war ein wunderschöner Tag.

Gesuino hat dich an unvorstellbar schöne Orte geführt, natürliche Wasserfälle, vom Wind verformte Bäume, die aussehen wie Pop Art-Installationen, Korkeichenwälder, die den letzten Waldbränden standgehalten haben, außerdem Schafställe und Pferche, Pfade durch Canyons wie aus einem amerikanischen Film.

Du hast ihn inzwischen beruhigt, er ist nicht länger aggressiv. Er war dir heute wirklich ein ausgezeichneter Führer, Don Cossu hatte recht.

Du hast deinen Wagen am Fuße der ersten Berge abgestellt, und ihr seid stundenlang gewandert. Er hatte seinen eigenen Proviant dabei, Brot und Käse. Jeder Hirte, dem ihr begegnet seid, hat ihm etwas Ricotta angeboten und dir Wein.

Zu deiner Überraschung gab es in den Bergen mehr als ausreichend Wasser. Im Dorf wird es rationiert. In der Höhe ist es im Überfluss vorhanden.

Er hat dich auch frische Früchte kosten lassen, kleine wilde Birnen, wie du sie noch auf keinem Markt gesehen hast. Die Feigen sind erst im August reif, hat er dir erklärt.

Sieben Rollen Film hast du verschossen. Du hast dich ein bisschen zurückgehalten, denn du hast nur noch zehn, und für den folgenden Tag ist ein Ausflug ans Meer geplant. Das ist eigentlich am interessantesten.

Er hat sich die zehntausend Lire, die du ihm gibst, redlich

verdient, findest du. Für dich zwei Mahlzeiten in einem Hotel, für ihn ein Vermögen. Ihm fallen fast die Augen aus dem Kopf. Er hat mit keinerlei Bezahlung gerechnet, nicht einmal mit den tausend Lire, die vereinbart waren.

Er will das Geld nicht haben und reagiert empört, fast schon wieder aggressiv.

Du versuchst ihn zu beruhigen und redest sanft auf ihn ein.

Du erklärst ihm, dass das auch bereits die Bezahlung für den folgenden Tag ist, wenn er dich an unbekannte Strände führt.

Er will das Geld weiterhin nicht, und du sagst, dass du es dann Don Cossu geben wirst.

Jetzt überlegt er es sich und nimmt es an.

Er soll es zur Hälfte seiner Zia geben, sagt du zu ihm, und die andere als Lohn für seine Arbeit behalten.

Er lächelt und sieht glücklich aus. Er rennt mit seinem kleinen Schatz nach Hause. Ihr seid für den folgenden Tag um die gleiche Uhrzeit verabredet. In der Folge findest du heraus, dass der Tagelohn für Feldarbeit bei eintausendfünfhundert Lire liegt.

Vielleicht hast du es doch ein bisschen zu gut gemeint, aber so bist du eben, großzügig, vor allem Bedürftigen gegenüber. Für dich die natürlichste Sache der Welt, das wird sich in deinem Leben auch nicht mehr ändern.

Du bist im Unterdorf angekommen, denn Gesuino hat dir auf dem Weg aus den Bergen die *domus de janas*, Felsengräber, und riesige unbehauene Steine gezeigt, die du in deinem Artikel als *Dolmen* bezeichnen wirst.

Du hast schon befürchtet, dass der Fiat 600 auf der Abkürzung, wie Gesuino es nannte, seinen Geist aufgeben würde. Aber du hattest Glück, nicht einmal einen Platten hast du.

Der Fotograf, der hinterm Steuer gesessen hat, ist müde. Er will nur noch essen, sich waschen und schlafen. Du schärfst ihm ein, nachzusehen, wie viel Benzin noch im Auto ist, und für den Ausflug am nächsten Tag auch den Ersatzkanister zu füllen.

Das Pfarrhaus ist leer. Nicht einmal spielende Kinder sind im Hof zu sehen.

Ihr beide betretet die Kirche, dort sind alle Lichter gelöscht, keine Kerze brennt.

Du klopfst an die Tür der Pfarrei, und Signorina Matilde öffnet.

»Guten Abend … hier ist niemand. Sie sind alle in der Polizeikaserne. Man hat Antoni Esulògu verhaftet.«

»Wer ist das?«

»Der Dorfidiot, der montags immer singt.«

Du erinnerst dich an den allerersten Abend. Der Gesichtsausdruck von Signorina Matilde spricht Bände.

»Und Matteo?«

»Immer noch nichts Neues.«

Sie ist den Tränen nahe, als sie sagt: »Aber dieser Irre hat nichts damit zu tun … Und wie hat Gesuino seine Sache gemacht?«

»Ausgezeichnet, er wird auch morgen mit von der Partie sein. Ich habe ihm zehntausend Lire gegeben.«

»So viel? Der Lohn für zehn Tage Arbeit? Das hättet Ihr nicht tun sollen, Ihr seid …«

»Völlig verrückt? Aber warum? Er war sehr gut, und er kann das Geld besser gebrauchen als ich.« Und dann: »Dann gehe ich jetzt auch hoch zur Kaserne. So ein Mist … hätte ich das gewusst, ich habe mich von meinem Fotografen hier absetzen lassen.«

»Ihr könnt gerne hier warten. Vielleicht könnt Ihr mir mit dem Feuer helfen … heute gibt es gegrilltes Fleisch. Es ist ja schon fast sieben. Nein, vielleicht ist es doch besser, Ihr geht zur Kaserne und richtet meinem Bruder aus, dass um zehn das Essen auf dem Tisch steht. Heute Abend werden einige Leute hier am Tisch sitzen, ich hoffe, das Fleisch wird reichen.«

Du verabschiedest dich. Die Straßen sind menschenleer.

Der Mistral hat sich gelegt, aber die Luft ist angenehm abgekühlt.

Du bist hier auf fast achthundert Metern, morgen wirst du das Meer sehen. Endlich.

Am 29. musst du deinen Artikel fertig haben, bald solltest du damit beginnen und den Text, Wegbeschreibungen und Karten zusammenstellen. Viel Zeit bleibt dir nicht. Wenigstens nimmst du von Cagliari aus das Flugzeug und bist innerhalb von anderthalb Stunden zu Hause.

In Tores Bar ist nicht viel los. Du gehst hinein und trinkst eine Flasche Bier. Tore ist heute Abend nicht sehr gesprächig.

»Heute werdet Ihr Euch einen anderen Schlafplatz suchen müssen, alle Welt ist in der Polizeikaserne.«

»Ich habe es bereits erfahren. Man hat jemanden festgenommen, hat Signorina Matilde mir erzählt.«

»Festgenommen? Ein Witz ist das, die sollen sich lieber um den Jungen kümmern.«

»Immer noch keine Neuigkeiten?«

»Nichts, er ist seit zwei Tagen verschwunden, und das ist besorgniserregend. Er kennt sich zwar in den Bergen aus, aber es ist schon komisch, dass ihn kein einziger Schäfer gesehen hat. Selbst hier verschwindet man nicht einfach so vom Erdboden, das ist schon für einen Erwachsenen nicht einfach, von einem Kind ganz zu schweigen. Der Junge braucht doch auch was zu essen.«

»Vielleicht hatte er ja was dabei.«

»Wer's glaubt …«

Kein guter Abend für Tore Baccanti. Du verlässt die Bar Richtung Kaserne.

Fröhliches Stimmengewirr, Kinder, die versuchen, sich an das Gitter des einzigen Fensters im Erdgeschoss zu hängen, sie wollen mit eigenen Augen sehen, wie der Dorfidiot singt, um es dann den Großen weiterzuerzählen. Vor der Kaserne haben sich viele Leute versammelt, darunter auch ein paar junge Frauen.

Hin und wieder ist Gelächter zu hören.

Ein Junge, der ein bisschen lebhafter als seine Altersgenossen ist, schildert das Geschehen in bunten Farben, und man bildet einen Kreis um ihn. Dein Fotograf kann nichts tun, man hat ihn nicht in die Kaserne gelassen.

Keiner darf herein, der Carabiniere aus Rom, der am Eingang Wache steht, macht dir ein Zeichen, dass du dich gedulden sollst.

Und plötzlich wird es mucksmäuschenstill.

Der Dorfidiot verlässt die Kaserne. Man hat ihm Handschellen angelegt.

Hinter ihm erscheinen, von zwei Carabinieri eskortiert, Don Cossu und Carabiniere Piras. Der Maresciallo gibt in klarem entschlossenen Tonfall Befehle. Man lässt den Verdächtigen in einen Jeep einsteigen, der, gefolgt von einem weiteren Gefährt mit dem Maresciallo an Bord, sofort losfährt. Man bringt ihn nach Nuoro. Don Cossu hat dich bemerkt.

Er macht einen ruhigen Eindruck, allmählich durchschaust du ihn.

»Wie ist es gelaufen? Mit Gesuino?«, fragt er dich.

»Es ist alles okay, ich bin zum Umfallen müde. Signorina Matilde hat mir gesagt, Ihnen auszurichten, dass um zehn das Essen auf dem Tisch steht.«

»Fahrt Ihr morgen ans Meer?«

»Ja, Gesuino wird mich wieder begleiten. Ich habe ihn im Voraus dafür bezahlt.«

»Gut. Heute Abend gibt es Fleisch am Spieß. Mögt Ihr das?«

»Ja sehr, aber ich weiß gar nicht, wie ich mich revanchieren soll …«

Don Cossu spaziert langsam dahin, ihr lasst den Lärm der Dorfbewohner hinter euch.

»Das ist alles verlorene Liebesmüh, und der Maresciallo weiß das auch.«

»Und warum hat man ihn dann verhaftet?«

»Man hat ihn nicht verhaftet, sondern nur in Gewahrsam genommen. In seinem Bänkellied sagt er, dass er Peppinu Golòvru dabei beobachtet hat, wie er Bachisios Leichnam unter die Erde gebracht hat. Nur ist Bachisio nicht erschossen worden, und alle Welt fragt sich, wie er an diesen Ort gekommen ist.«

»Naja, wenn ein zur Fahndung Ausgeschriebener sich dem Dorf nähert …«

Der Priester betrachtet dich mitleidig.

»Das ist völlig normal. Peppinu Golòvru und Bachisio Trudìnu haben mehr zu Hause im eigenen Bett geschlafen als in den Bergen. Der Winter kann in dieser Gegend sehr hart sein.«

»Und warum hat man sie dann niemals gefasst?«

»Tja, warum … Sie wandern umher wie Schatten. Man müsste Tag und Nacht vor ihren Häusern Wache stehen. Und wer soll das machen? Ein Carabiniere und ein Maresciallo? Natürlich kennen die ihre Pappenheimer, aber was sollen sie machen? Diese Banditen schießen außerdem erst und fragen dann, auf wen sie geschossen haben.«

Don Cossu geht sehr langsam.

Er überlegt beim Gehen, nach Art der Jesuiten.

Du schweigst eine Weile.

Dann sagt er leise: »Gehen wir vielleicht ein bisschen schneller und schauen noch bei Tore vorbei und trinken ein Glas Wasser, denn wenn wir früher zu Hause ankommen, muss ich für meine Schwester den Spieß vorbereiten, und dazu habe ich jetzt keine Lust. Das ist eine Sache, die ich überhaupt nicht mag. Soll sie das übernehmen. Und so sind wir gerade rechtzeitig zum Essen im Pfarrhaus.«

Auf dem Spieß stecken ganze Tierleiber.

Es duftet überwältigend gut nach gegrilltem Fleisch, in dem Duft steckt Wildnis.

»Wildschwein«, fragst du mit Kennermiene.

Gelächter.

Unterdessen ist auch Dottore Pòddighe in Begleitung von Carabiniere Piras eingetroffen.

Die übrigen Kollegen sind in der Kaserne geblieben, und der Maresciallo ist mit dem in Gewahrsam Genommenen nach Nuoro aufgebrochen.

»Habt Ihr schon einmal gegrilltes Schaf gekostet? Oder Ziege? Wir haben heute Abend Fleisch von beiden Tieren. Der Dottore wird bei seinen Herdenvisiten von den Hirten oft in Naturalien bezahlt. Er bestätigt ihnen immer, dass ihre Tiere gesund sind. Selbst wenn sie die Räude haben.«

»Nein, das habe ich noch nicht probiert ... Lamm und Zicklein schon, aber Schaf und Ziege noch nie.«

»Greift zu, eine Spezialität ... der Geschmack ist geradezu aphrodisierend«, sagt Don Cossu.

Signorina Matilde breitet entgeistert die Arme aus, ihr Bruder, wie er leibt und lebt, da ist einfach nichts zu machen.

Das Fleisch ist ein bisschen zäh, aber von ausgezeichnetem Geschmack.

Mehr als das Mahl erstaunt dich die allgemeine Stimmung.

Man tut so, als wäre alles wie immer. Niemand erwähnt den kleinen Matteo. Es wird gegessen und getrunken und Don Cossu und seine Schwester zanken sich ein bisschen, selbst dafür ist noch Raum. Er wirft ihr vor, die Kartoffeln zu lange in der Glut gelassen zu haben.

Köstlich. Mit der Schale. Mit ein bisschen Öl, einer Prise Salz und Pfeffer. Unwiderstehlich.

Du bist neugierig geworden.

Wie kommt es zu dieser Atmosphäre augenscheinlich tiefer Gelassenheit?

Nichts als Fassade, überlegst du. Vielleicht eine höfliche Geste gegenüber dir als Gast? Mittlerweile platzt du vor Neugier, und vom Cannonau ermuntert, wagst du dich vor. »Der kommt zurück ... Kinder hauen einfach irgendwann mal ab. Das kommt auch in Mailand vor.«

»Da habe ich meine Zweifel ... der kommt nicht von allein zurück, nicht aus freien Stücken.«

Eine verbale Ohrfeige. Ganz leise, fast wie zu sich selbst, hat der Priester diesen Satz gesprochen, aber alle haben ihn gehört.

Signorina Matilde ist nah am Wasser gebaut. Der Dottore tröstet sie.

Carabiniere Piras schüttelt den Kopf, als wollte er sagen: »Don Cossu hat recht.«

Warum hast du nicht die Klappe gehalten, du und deine verdammte Neugier, denkst du bei dir. Don Cossu fährt fort: »Ich glaube nicht, dass er unter Schock stand. Er ist aus Gott weiß welchem Grund fortgelaufen. Zwei Tage und zwei Nächte in den Bergen. Das will vorbereitet sein. Ich glaube nicht, dass er so einfach zurückkehrt …«

Der Dottore scheint ihm zuzustimmen.

Du begreifst nicht, aber so ist das mit der Wahrheit. Und dazu noch die Wahrheit eines Jesuiten … er sagt, dass nur Gott den Grund kennt, ebenso gut hätte er sagen können, dass auch er ihn kennt.

Man wendet sich wieder unverfänglichen Themen zu.

Du hast dem Priester nur noch schnell berichtet, dass Gesuino keinerlei Kreidezeichen hinterlassen oder Proviant unter einem Felsen versteckt hat. Er sei immer an deiner Seite geblieben. Ein wenig hast du den Eindruck, dass Letzteres ihn beunruhigt.

Morgen ist dein vorletzter Tag hier, dann wirst du mit deinen Eindrücken und deinen Fotoaufnahmen abreisen.

»Morgen Abend erwarten wir Euch wieder hier, bringt auch Gesuino mit, hoffen wir, dass es dann etwas zu feiern gibt, auch wenn ich da meine Zweifel habe.«

Signorina Matilde serviert eisgekühlten Mirto-Likör. Du unterhältst dich mit dem Carabiniere, während der Dottore und der Priester in einem entfernten Winkel des Pfarrhofs wieder die Köpfe zusammenstecken.

»Eine üble Geschichte, wirklich übel«, sagt Piras.

»Sie glauben, dass Golòvru, dieser Bandit, auch das Kind entführt hat, stimmt's?«, sagst du im Brustton der Überzeugung.

»Naja, mehr oder weniger.«

»Hat der Dorfidiot ausgesagt?«

»Er hat vor allem gesungen, zwei Stunden lang. Ganz schön mutig, sich mit Peppinu Golòvru anzulegen, das kann auch nur einem Irren wie ihm einfallen. Der Maresciallo hat gut daran getan, ihn in Gewahrsam zu nehmen. Sonst ist er als Nächster dran. Jetzt haben wir erstmal Zeit gewonnen. Seine Aussage ist nicht rechtsgültig, aber damit erreichen wir, dass ein neuer Haftbefehl erlassen wird, und wir bekommen mehr Leute. Auch wenn die uns nichts nützen werden. Wir wissen alle, dass der Irre mit der Sache nichts zu tun hat, und so mussten wir ihn zu seiner eigenen Sicherheit wegen Verschweigen einer Straftat festnehmen und ihm damit das Leben retten. Aber wenigstens ist seine Bande auf diese Weise alarmiert und weiß, dass die Carabinieri Bescheid wissen.«

»Werdet ihr ihn fangen?«

»Niemals! Höchstens wenn ihn jemand von seiner Bande gegen eine Belohnung von zwanzig Millionen Lire verrät. Ein ganz hübsches Sümmchen. Auch wenn ich meine Zweifel habe, dass der Betreffende viel damit anfangen könnte. Das Dorf würde ihm wegen des Verrats die Hölle heiß machen, und falls er das überlebt, tut er gut daran, sich für den Rest seines Lebens hier nicht mehr sehen zu lassen. Also keine gute Idee … Aber von Kindern lässt man hier die Finger. Wenigstens gilt das für die Leute aus der Gegend. Und ich glaube nicht, dass Golòvru einen solchen Fehler begehen würde, versteht Ihr?«

Nein, du hast nichts verstanden und fragst nach.

»Naja, wie erkläre ich das … aber Ihr dürft nichts weitersagen, verstanden?«

Du hast immer noch keine Ahnung, wovon er redet.

»Stellt Euch vor, was passieren würde, wenn man im Dorf glaubt, dass Golòvru Matteo entführt hat.«

Jetzt dämmert es dir.

»Das wäre das Ende für ihn, seine Bande und seine Familie. Die würden alle erbarmungslos ausradiert. Denn von Kindern lässt man hier die Finger. Das läuft hier nicht wie in anderen Gegenden Italiens, wo ich gedient habe. Die *Omertà* funktioniert gegenüber dem Staat und den Ordnungskräften, aber wenn du ein Kind oder eine Frau anrührst, ist das dein Todesurteil. Die machen Hackfleisch aus dir, und das ist kein Scherz. Sie machen sich auf die Suche nach dir, und falls wir versuchen würden, dich zu schützen, würden wir auch was abkriegen. Habt Ihr jetzt verstanden, warum ich das alles für eine üble Geschichte halte?«

Ein bisschen hast du es begriffen.

Du bist verblüfft.

Piras beseitigt jeden Zweifel. »Wie ich Don Cossu kenne, wird er morgen das Gerücht in die Welt setzen, dass Peppinu Golòvru zuerst Trudìnu um die Ecke gebracht hat, dann in einem vorgetäuschten Selbstmord dessen Frau, und dann hat er den Jungen in eine Falle gelockt. Und danach bricht hier die Hölle los.«

»Und was heißt das?«

»Das heißt, dass wir Verstärkung anfordern müssen, um Golòvru und die Seinen zu beschützen. Alles klar?«

»Aber der Junge ist doch von alleine weggelaufen.«

»Überlasst das alles Don Cossu. Der weiß mehr als alle Marescialllos dieser Welt. Es ist der einzige Weg, um das Dorf zum

Handeln zu bewegen. Morgen wird er in der Morgenandacht seinen Verdacht verkünden, die alten Weiber rennen damit nach Hause, und innerhalb von zwei, drei Stunden ist hier die Hölle los ...«

»Aber warum ist Don Cossu dann davon überzeugt, dass Matteo nicht aus freien Stücken zurückkehren wird? Heißt das, dass er bereits von der Entführung weiß? Aber er hat sich doch alleine auf den Weg gemacht ... ich verstehe das alles nicht.«

»Ich, ehrlich gesagt, auch nicht. Aber ich vertraue Don Cossu. Er hat einen großen Vorteil, denn er erfährt die Wahrheit im Beichtstuhl, viel früher als wir von der Polizei. Aber er muss diese Wahrheit natürlich verschweigen und kann sie nur andeuten und dafür sorgen, dass sie sich überall einschlängelt, wie er sich ausdrückt.«

Aber da passt einiges nicht zusammen.

Piras scheint deine Zweifel zu bemerken und fährt fort: »Meiner Meinung nach bringt ein Bandit seines Kalibers das alles nicht fertig, aber das Problem sind auch nicht Bachisio oder seine Frau, sondern man muss an die Lebenden denken. Und wir müssen herausfinden, ob der Junge noch lebt oder bereits tot ist.«

»Und das kann man nur auf diese Weise herausfinden?«

»Nein, es bleibt noch Gesuino. Aber der schweigt wie ein Grab.«

Du duzt ihn jetzt einfach, ihr seid im gleichen Alter:

»Weißt du, manches verstehe ich einfach nicht. Man sagt, er behält nichts im Gedächtnis, manchmal vergisst er angeblich sogar seinen eigenen Namen, und er schwänzt die Schule, aber heute kannte er jeden Pfad, jeden Bachlauf und hat mich und den Fotografen in ein kleines Tal geführt, wo wilde Birnen wachsen … das ist doch komisch, oder nicht?«

Ihm gefällt, dass du ihn in der zweiten Person angeredet hast, aber er traut sich nicht, es genauso zu machen.

»Duz mich einfach, wir sind doch im gleichen Alter«, ermunterst du ihn.

»Es ist wirklich komisch, aber er ist in den Bergen aufgewachsen und hat viele Jahre lang nichts als Schafe und Wildschweine gesehen. Er erinnert sich anscheinend nur an Dinge, die ihn wirklich interessieren. Die Schule ist für ihn ein Gefängnis, und das Wenige, das er gelernt hat, weiß er von Don Cossu. Der hat ihn sogar zum Arzt gebracht, die Krankheit hat einen komischen Namen, den ich vergessen habe …«

»Meiner Meinung nach funktioniert sein Gedächtnis gut. Es ist doch normal, dass man sich das am besten merkt, was einen interessiert. Das Gegenteil wäre doch krank. Vielleicht liegt es daran, dass er weder Vater noch Mutter hat …«

»Man sagt, dass der Bänkelsänger sein Vater ist, aber wirklich wissen tut man es nicht. Hier kümmert sich jeder um seine eigenen Angelegenheiten, und es gilt das, was die Leute so denken. Naja, und der Sohn von Antoni Esulògu zu sein, ist auch nicht gerade eine Ehre …«

Das ist wirklich eine Neuigkeit.

»Willst du mir damit sagen, dass der Dorfidiot Gesuinos Vater sein soll?«

Du warst zu laut. Don Cossu hat seine Unterhaltung mit dem Dottore beendet und wirft Piras einen strafenden Blick zu.

»Du hättest eigentlich Priester werden sollen, Jache'! Wo du so gut ein Geheimnis für dich behalten kannst!«

»Entschuldigung, Don Egisto. Das ist aber doch längst kein Geheimnis mehr, das sagen doch hier alle.«

»Genau deswegen ist es ein Geheimnis.«

Aber das ist nicht der Augenblick für philosophische Haarspaltereien.

Es ist nach Mitternacht und morgen ein anderer Tag. Besser, du gehst jetzt schlafen. Aber die Nacht ist kühl, und der Mirto rinnt süß die Kehle hinunter.

Noch ein Stündchen. Du bist an wenig Schlaf gewöhnt.

Don Cossu ist wie immer leutselig. »Und was werdet Ihr Schönes schreiben? Erwähnt Ihr auch diese Geschichte? Ich hoffe nicht. Tourismus ist hier in der Gegend ein Quell der Hoffnung. Es ist besser, wenn ihr nichts von Banditen und *Omertà* sagt, sonst bleiben uns die Fremden weg.«

»Naja, das könnte die Attraktivität sogar steigern. Touristen sind eine komische Gattung. Sie wollen sich kulturell überlegen fühlen und die sein, die das Geld ins Land bringen. Und der böse Wilde fasziniert sie, dann können sie sich in der Rolle desjenigen gefallen, der ihn bändigt und zivilisiert. Außerdem fasziniert sie Gefahr.«

»Ganz neue Dimensionen für Anthropologen.«

»Lass uns ein paar Schritte spazieren, Carlo.«

Ein nächtlicher Spaziergang durchs Dorf hat seinen eigenen Reiz.

Die Gassen sind menschenleer, ihr flüstert. Es geht um Antoni Esulògu.

»Ich hoffe, sie halten ihn nicht länger als zwei Tage in Gewahrsam. Sonst müssen wir uns um seine Tiere kümmern.«

Carabiniere Piras ist ein praktisch denkender Mensch und fügt hinzu: »Morgen schaue ich, sobald ich Zeit habe, bei ihm vorbei und füttere die Hunde, sonst hauen sie ab und verwildern. Und wir haben schon genug wildernde Hunde.«

»Klar setzen sie ihn wieder auf freien Fuß. Dazu braucht es keinen Anwalt.« Der Dottore ist sich seiner Sache sicher. »Und wie geht es dann weiter? Beginnt dann die Hetzjagd, Egì?«

Don Cossu ist ein weiser Mensch.

Er ist vom Mirto noch weiser und bedächtiger geworden, vielleicht liegt es auch an der Art, wie er ihn trinkt.

Der Likör war natürlich hausgemacht, wie alles hier, Wein, Brot, Käse. Jede Familie hat ihr eigenes Rezept, ein wohlgehütetes Geheimnis.

Man lässt dich immer und überall kosten und wartet auf dein Urteil. Man versucht dir nichts anzudrehen, denn nichts davon ist für Touristen gedacht.

Wie schön, dass man dir das Gefühl gibt, dazuzugehören.

Und dass man dich nicht aus Unterhaltungen ausschließt.

Du hast dich von Don Cossu und dem Dottore verabschiedet und bist mit Piras vor der Kaserne angekommen. Der wachhabende Carabiniere kommt aus Rom. Piras schenkt ihm Mirto, den er in einem Fläschchen geschmuggelt hat.

Ihr setzt euch auf einen kleinen Balkon im ersten Stock und plaudert noch ein bisschen. Mittlerweile ist es drei Uhr.

Die Erfahrung hat dich gelehrt, dass es in einem solchen Fall besser ist, erst gar nicht ins Bett zu gehen.

In den verbleibenden zwei Stunden würde dir nicht mal das Einschlafen gelingen.

Der Mirto verträgt sich nicht mit Einschlafen, und es macht Spaß, sich mit einem Carabiniere zu unterhalten, der dir alles Wichtige erklärt. Eigentlich sollte man immer zuerst mit dem sogenannten Fußvolk reden.

»Es wäre besser gewesen, wenn man mich nicht hierher versetzt hätte. In Mailand, Brescia oder Pordenone wäre es mir besser ergangen. Da hätte ich wenigstens hin und wieder eine Geldstrafe verhängen können. Hier kann ich nichts machen. Ich kenne alle und muss immer so tun, als hätte ich nichts gesehen und nichts gehört. Selbst wenn ich einen Verdacht habe. Sonst geht der Maresciallo hin und befragt jemanden, und alle denken, ich habe ihn hingehängt. Ich habe die vergangenen zwei Jahre damit verbracht, Fahndungsplakate aufzuhängen. Viele davon hängen immer noch, ich habe die Ogliastra und die halbe Barbagia damit tapeziert.«

»Und habt ihr auch schon mal einen erwischt?«

»Ein einziges Mal, mit Hilfe einer Straßensperre. Aber das war reines Glück. Eigentlich wollten wir Viehdiebe fangen. Wir sind dafür sogar gelobt worden, wenn die wüssten ...«

»Machst du denn deine Arbeit trotzdem gerne?«

»Nein, aber sie ist immer noch besser, als sich auf dem Feld den Rücken krumm zu machen, findest du nicht?«

Er hat mich geduzt. Das mit dem Rückenkrummmachen siehst du zwar anders, aber das spielt keine Rolle.

»Aber was ist deiner Meinung nach in den vergangenen zwei Tagen wirklich passiert? Wer hat zum Beispiel Trudìnu umgebracht? Und hat dessen Frau sich wirklich erhängt? Und was ist mit Matteo? Du hast dir doch bestimmt deine Gedanken gemacht … keine Angst, ich werde nichts darüber schreiben, ich bin ja nicht von der Tageszeitung …«

Carabiniere Piras atmet tief ein. Er versucht so viel Meeresluft wie möglich in die Lungen zu bekommen, man kann heute Nacht ihren gesunden frischen Duft riechen.

»Klar habe ich meine eigenen Gedanken dazu. Er ist auf jeden Fall nicht erschossen worden. Sobald der Autopsiebefund da ist, werden wir wissen, wie er ums Leben gekommen ist. Die arme Elvira hat sich meiner Meinung nach wirklich umgebracht. Aber die Frage ist doch, wie hat sie vom Tod ihres Mannes gewusst? Wer hat ihr davon erzählt? Die Antwort ist die Lösung des Falls, auch wenn am Ende niemand verhaftet wird.«

Stimmt, da liegt des Rätsels Lösung.

»Und wer könnte das deiner Meinung nach gewesen sein?«

»Ich habe da eine Idee … aber sie hat sich auf jeden Fall umgebracht.«

»Und was ist mit dem Sohn? Warum ist er abgehauen? Vielleicht hatte er Angst, so zu enden wie sein Vater, eine andere Erklärung finde ich nicht.«

»Du hast keine Ahnung von Banditen. Peppinu Golòvru ist seit fast zehn Jahren einer, weißt du, was das für ihn bedeutet? Schutz, Essen, Autos, Geld, Söhne, die einem geboren werden, eine Familie, die wächst und gedeiht, und sogar Geliebte. Der wird doch nicht einen solchen Fehler begehen. Das habe ich dir eben schon erklärt. Wenn der dem Jungen auch nur ein Haar krümmt, bekommt er innerhalb von Tagen nicht einmal mehr ein Glas Wasser angeboten ... glaub mir, ich kenne diese Leute.«

»Und was heißt das im Klartext?«

»Das heißt, dass Peppinu Golòvru Bachisio Trudìnu meiner Meinung nach nicht umgebracht hat.«

»Und warum hast du vorhin das von Don Cossus Morgenandacht gesagt?«

»Weil er meiner Meinung nach die Wahrheit kennt und ihn ab jetzt nur noch Matteo interessiert. Er ist darauf aus, dass Peppinu uns offiziell ausrichten lässt, dass er mit dem Fall nichts zu tun hat.«

»Und wird er das tun?«

»Auf jeden Fall!«

»Und wie macht er das?«

Piras Gesichtsausdruck verrät, dass er sein Metier versteht.

Der Mirto ist süß und sanft, und er zeigt Wirkung. Er lässt einen vielleicht nicht schlafen, aber er bringt einen zum vertraulichen Reden.

Und er weiß, dass er dir vertrauen kann und dass dir nichts daran gelegen ist, Detektiv zu spielen. Er weiß, dass du für Touristen schreibst.

»Er wird es ausrichten ... in einem Beichtstuhl.«

Ah, darauf wärst du nicht gekommen.

»Er stattet Don Cossu einen Besuch ab, vielleicht sogar schon heute Nacht. Deswegen ist es so spät geworden, Don Cossu wollte dafür sorgen, dass er im Dorf gesehen wird. Spätestens morgen wird Golòvru in der Nacht bei der Kirche sein, und Don Cossu wird ihn zum Beichtstuhl führen. Das Kirchentor bleibt versperrt, der Fluchtweg am Turm offen, und Golòvru wird ihm die Wahrheit erzählen.«

»Du willst mir weismachen, dass einer der gefährlichsten Banditen ins Dorf kommt und in der Kirche seine Beichte ablegt? Das erscheint mir absurd … und ihr wisst das? Warum nehmt ihr ihn nicht fest?«

»Ich weiß es, der Maresciallo nicht. Der ahnt bestenfalls, dass er kommen wird.«

»Das begreife ich alles nicht, du musst schon entschuldigen.«

»Immer noch nicht? Das ist genau der Grund, warum man mich nicht hierhin hätte zurückschicken dürfen. Überall sonst in Italien hätte ich ihn festgenommen und wäre befördert worden. Aber hier kann ich meinen Beruf nicht ausüben. Man darf einfach keinen sardischen Carabiniere nach Sardinien versetzen oder einen Lombarden in die Lombardei. Das ist dir vielleicht unverständlich, aber leider ist es so einfach.«

»Nein, ich hab's begriffen. Ich wollte es nur nicht wahrhaben.«

In der Kaserne ist heute Nacht viel Platz. Es gibt vier freie Liegen, und sich im Schlafsack darauf auszustrecken, ist bequem. So liege ich wenigstens nicht auf dem Fußboden.

Du versuchst dir einzureden, dass drei Stunden Schlaf sogar genügen würden, aber du kannst einfach nicht einschlafen. Du unterhältst dich im Dunkeln weiter mit Piras.

Dir gefällt dieser Carabiniere, der auf der Rangleiter ganz

unten steht. Er weiß genau, wo der Bandit bald stecken wird, und nimmt ihn trotzdem nicht fest. Der Priester weiß, dass er ihn besuchen wird, und verpfeift ihn nicht.

Komische Leute sind das hier.

Du verspürst eine leichte Müdigkeit und weiterhin große Neugier.

»Aber wenn nicht auf ihn geschossen wurde, wie ist Bachisio Trudìnu dann ums Leben gekommen? Hat man ihn erschlagen?«

»Vielleicht, es ist alles möglich. Er ist jedenfalls nicht dorthin geschleift worden, wo wir ihn gefunden haben. Ich habe den ganzen Morgen dort verbracht und bin sicher, dass er dort gestorben ist, wo man ihn auch unter die Erde gebracht hat.«

»Vielleicht hat der Maresciallo deshalb den Dorfidioten befragt.«

»Nein, so dumm ist er nicht. Die Frage ist nur, warum ausgerechnet an dieser Stelle, so nah am Dorf? Na, gute Nacht, stell den Wecker auf sechs Uhr, okay?«

»Mache ich.«

»Morgen siehst du das Meer, das wird dir gefallen. Gesuino kennt alle Buchten, in die nie jemand kommt, auch die hier aus der Gegend nicht. Lasst den Wagen dort stehen, wo er es euch sagt. Wenn ihr schöne Fotos machen wollt, müsst ihr ein bisschen zu Fuß gehen.«

»Dieser Junge ist schon komisch, Piras …«

»Komisch? Schau dir doch den Vater an! Ich habe nur gehört, dass er kein langes Leben vor sich hat. Ich habe vergessen, wie seine Krankheit heißt. Vielleicht hat er mich ja angesteckt.«

»Wenn einer kein Gedächtnis hat, dann vergisst er alles. Er erinnert sich nicht nur an Pfade und an Personen nicht. So selektiv funktioniert Erinnerung nicht. Na, gute Nacht. Morgen versuche ich ein bisschen was aus ihm herauszubekommen.«

»Viel Glück ... wenn er dir mit Zahlen antwortet, probier sie beim Lotto aus. Gute Nacht.«

»Gute Nacht, Jache'.«

XIX

Bekanntermaßen geben Leute gerne gute Ratschläge

Das Meer. Endlich. Gesuino ist nicht zu bremsen.

Er zeigt in einem fort auf Pfade durch die Macchia, die zu wunderbaren Buchten mit weißen Stränden führen. Menschenleer. Nicht einmal Leute vom Ort baden dort.

Unglaublich! Wie ist das möglich?

Rasch schreibt Gesuino Namen auf Zettel, die er dann dem Fotografen weiterreicht: Cala Goloritzè, Cala Mariolu, Cala Luna, Su Mari Dividìu, Museddu, Coccorrocci, Sàrrala, Perdas Rubias, Perd'e Pera …

Musik in deinen Ohren.

Dabei waren für dich ein paar griechische Inseln oder bestimmte Gegenden in Polynesien bislang der Gipfel der Schönheit.

Aber so etwas wie hier gibt es auf der ganzen Welt nicht noch einmal.

Der Fotograf überlegt bei jedem Bild und sucht nach dem richtigen Blickwinkel. Du hast gut daran getan, erst die Berge zu besichtigen und dann das Meer. Es war auch richtig, kein Boot zu nehmen. In Arbatax hättest du problemlos eins mieten können, aber es ist schöner, die Buchten zu Fuß zu erreichen, zu wandern, sich die Waden an Dornen und Steinen zu zerkratzen, sich das Ziel, die Einzigartigkeit des Entdeckten zu erarbeiten.

Es duftet nach Zitronen und Erdbeersträuchern, du bist unter den Ersten, die in diesem Sand ihren Fußabdruck hinterlassen.

Gesuino verhält sich professionell. Er wartet ab, bis du dich als Erster der Kleider entledigt hast. Du musst einfach in dieses glasklare Wasser.

Von oben ist es grün, wie afrikanische Smaragde, aber wenn man im Wasser ist, wird es durchsichtig, wie jene seltenen Diamanten, die ein Experte in Amsterdam für dich ins Gegenlicht gehalten hat.

Und selbst im Sommer menschenleer, diese Strände.

Der Fotograf hat in zwei Stunden fünf Rollen Film verschossen.

Und Gesuino, der in Unterhosen Krabben jagt, könnte Freitags Sohn sein.

Aber es gibt ein großes Problem. Was sollst du nur in deinem Artikel schreiben? An deinen Worten hängt das Schicksal dieses irdischen Paradieses. Denn wenn du es preisgibst, wäre das sein Tod. Und wenn du lügst und es verreißt, bleibt es erhalten.

Denn selbst wenn du dich mit deiner Begeisterung zurückhältst, kommt immer noch genug davon herüber, dass in ein, zwei Jahren von diesem Sandstrand nichts mehr übrig sein wird.

Dir dämmert, dass dies deine letzten Reiseimpressionen sein werden, die du verfasst. Aber das nützt dir im Augenblick nichts. Du möchtest hierher zurückkehren und alles immer noch so vorfinden. Über die Berge wandern und in einer guten Stunde zwischen Felsgeröll zum Meer, diesem Traum, herabsteigen.

Im Geist schreibst du deinen Artikel.

Wir raten unseren Lesern eindringlich davon ab, sich auf diese unwegsamen und gefährlichen Pfade zu wagen, wo man im Übrigen Gefahr läuft, von ausgehungerten Wildschweinen und wilden Ziegen attackiert zu werden. Letztere sind zwar keine Fleischfresser, könnten es aber auf Ihre Waden abgesehen haben, weil sie sie mit zartem Gesträuch verwechseln. Außerdem sind die Ortsansässigen unfreundlich und unhöflich und haben leider die Angewohnheit, sich geschickt in der Macchia zu verstecken und Ihnen aufzulauern, um Proviant oder mitunter auch die Kleidung zu rauben.

Vertrauen Sie sich auf keinen Fall lokalen Führern an, die nur darauf warten, ihren Komplizen, die in mit Laub getarnten, nach Käse und wilden Tieren stinkenden Hütten lauern, Ihre Standorte zu signalisieren. Das ist eine eindringliche Warnung, es besteht nämlich die Gefahr einer Entführung, um Lösegeld zu erpressen. Darum geht es jedenfalls bei männlichen Touristen, bei den Frauen haben wir uns sicher verstanden.

Und die Strände? Es stimmt, einige sind ganz hübsch, aber nicht weiter der Rede wert. Ich würde sagen, gewöhnlich und aufgemotzt. In Ligurien oder der Romagna finden sich vergleichbare Strände, die in Bezug auf Ausstattung, Gastfreundlichkeit und Komfort aber höchstes Niveau haben. Wenn Sie aber Risiko und Abenteuer schätzen, dann möchte ich Ihnen folgende Ratschläge mit auf den Weg geben:

1. Halten Sie sich von den Einheimischen fern.

2. Machen Sie immer und überall deutlich, dass Sie mit Ihrem Geld die lokalen Kassen füllen.

3. Wagen Sie sich nicht ins Landesinnere vor.

4. Lassen Sie ruhig heraushängen, dass Sie aus Mailand kommen, das hält die Einheimischen auf Abstand.

5. Sparen Sie nicht mit dialektalen Einlagen, auch das hält die Leute auf Distanz.

6. Wenn Sie es mal lustig haben wollen: Probieren Sie sich am sardischen Dialekt aus.

7. Halten Sie sich von Jahrmärkten wie Fest der Ziege/des Schafs fern.

8. An die Frauen gerichtet: Finger wegen vom lokalen Wein. Der soll Sie willenlos und gefügig machen.

9. Behaupten Sie, dass ein guter Freund von Ihnen Sarde ist, das verunsichert Ihr Gegenüber.

10. Gehen Sie jedem Streit aus dem Weg. Hier werden selbst alte Weiber handgreiflich.

Was Punkt 2 angeht, so kann es sein, dass Ihnen ein Einheimischer mit einem Lächeln aufs Freundlichste erwidert: »Cravadincéddusu in su cunnu.« Übersetzt heißt das in den Worten eines sehr sympathischen örtlichen Priesters etwa: »Steck deine Scheine in den zarten und feuchten Schlitz, den du für die Reproduktion benutzt, oder um deinen Stalljungen/Fahrer/Steuerberater zu befriedigen, während dein ungehobelter, unzivilisierter Idiot von Ehemann in der Fabrik für Umsatz sorgt.« Unglaublich, wie viel ein so kurzer Satz aussagen kann, aber den Priestern hier kann man vertrauen.

Wenn dir das Schicksal dieses Völkchens am Herzen liegt, müsstest du genau das schreiben.

Später wirst du herausfinden, dass den Einheimischen selbst ihr Schicksal oft wenig am Herzen liegt. Und da machen die Sarden keine Ausnahme. Wenn du Courage hättest, würdest du trotzdem schreiben: »Meidet diese Gegend!«

Hast du aber nicht. Und so wirst du deinen absurd begeisterten Artikel schreiben, mit dem du Investoren in dieses »nur eine Flugstunde entfernte Eldorado« einlädst, mit Geld um sich zu werfen und damit Arbeitsplätze zu schaffen. Der Wilde Westen.

Die Sarden seien ein wundervolles Völkchen, die »letzten Indianer«, ein Vergleich, den man gerne und oft von dir übernimmt, aber das ist dir egal.

Du wirst schuld daran sein, dass danach für dieses Volk nichts mehr sein wird wie vorher. Vielleicht wird es ihm sogar recht sein.

Du hättest nur abraten müssen, aber du hast zugeraten und damit über das Schicksal der Sarden entschieden.

Und falls dir zwischendurch Zweifel kommen, dann lies noch einmal deinen Artikel und all die Dankesbriefe von Restaurantbetreibern, Hoteliers, Bauunternehmern, Arbeitern, Organisatoren, Bankräubern.

Sogar Letztere haben sich bei dir bedankt.

Dieser Strand hätte für den Rest deines Leben allein dir gehören können. Dir und Kindern wie Gesuino und Matteo oder einem Priester wie Don Cossu oder Carabiniere Piras. In Zukunft wird man den Zutritt zwei Stunden im Voraus buchen müssen.

Im Leben erinnert man sich an wenige Tage. Dies hier wird einer davon sein.

24. JULI 1969

Es wird keine Andacht nötig sein. Peppinu Golòvru war es nicht. Ich kenne die Wahrheit jetzt, und Vittorio wird sie mir bestätigen. Etwas zu wissen glauben ist Hochmut. Eine Todsünde. Die schlimmste Sünde ist, so zu tun, als wäre man Gott. Trotzdem glaube ich zu wissen, was passiert ist, und sollte meine Gedanken dem Maresciallo mitteilen. Aber ist es richtig, bei einem Verdacht so zu tun, als wäre es Gewissheit? Ich bin mir gewiss. Ich könnte so tun, als wollte ich Rat geben, aber das würde vielleicht nicht gern gesehen. Und was genau soll ich sagen? Dass der gefährlichste Bandit dieser Gegend nicht zur Beichte erschienen ist und welche Schlüsse ich daraus ziehe? Und selbst wenn er mir wie sonst die Wahrheit gesagt hätte, ich hätte sie nicht an andere weitergeben dürfen. Oder soll ich ihm sagen, dass der kleine Schwachkopf über Asklepios Hahn geschrieben und mir auf seine Weise seine Version der Wahrheit mitgeteilt hat? Die meiner entspricht? Nein, besser, ich behalte die Wahrheit für mich. Besser, sie jagen diesen Banditen. Ein Verbrechen mehr oder weniger, das man ihm anhängt, ändert sein Leben nicht mehr, aber das von Matteo hängt davon ab. Ich spüre, dass ich ihn nie mehr wiedersehen werde. Und es ist besser, wenn ich die Wahrheit auch hier nicht niederschreibe. Vielleicht wird man sie eines Tages lesen, besser, ich zerreiße das Blatt ...

(*Die Theologie des Wildschweins* von Cossu Don Egisto, S. 31–32)

Es gibt auch angenehme Formen der Müdigkeit, und du fühlst dich gerade angenehm müde.

Dir ist heiß von der Sonne, und weißer Sand körnt auf deiner Haut. Du bleibst stehen, um etwas Salz zu lecken, das sich dort abgesetzt hast. Es bleiben merkwürdige Linien und Zeichen zurück, ein abstraktes Bild. Deine Haut ist eine Leinwand.

Durch und durch heiß ist dir, vor allem aber hast du einen Sonnenbrand. Du hast dich der Sonne ungeschützt ausgesetzt. Da war zu viel Begeisterung im Spiel, und vielleicht hätte die mitgebrachte Creme auch nicht viel genutzt.

Du musst noch packen und dich von den wenigen Menschen verabschieden, die du kennengelernt hast.

Gesuino hast du ermahnt, sich anzustrengen und mit dem Schreiben nicht aufzuhören, eines Tages würde er so Schriftsteller werden. Er solle nicht mehr die Schule schwänzen, sonst würdest du ihm nicht beim Verlegen seiner Bücher helfen.

Er hat dir zum Abschied seinen Handrücken entgegengehalten.

Der Junge ist intelligent. Er hat intuitiv begriffen, dass Kultur und Literatur zwei verschiedene Paar Stiefel sind. Du hast zwanzig Jahre dafür gebraucht und es immer noch nicht ganz durchschaut. Aber man sagt ja auch, dass unwissende Kinder Gottes Geschöpfe sind und ihm am ähnlichsten.

Die Kaserne liegt verlassen da.

Schon merkwürdig, es ist sieben Uhr, und vor der Tür steht nur die Wache, diesmal ein Carabiniere aus der Toskana.

Du fragst ihn nichts, sondern gehst nach oben, packst deinen Koffer, ordnest deine Schreibmaschinennotizen und erinnerst den Fotografen daran, dir die Filmrollen zu übergeben.

Morgen musst du im Morgengrauen aufstehen, dann dreieinhalb Autostunden bis nach Cagliari, Flugzeug, und wenn alles gut geht, bist du mittags zu Hause und nachmittags in der Redaktion.

Wie sehr eine Reise doch davon abhängt, mit welchem Verkehrsmittel man sein Ziel erreicht. Auf der Hinreise kam dir die Überfahrt unendlich lang vor, für Bahn und Fähre hast du insgesamt mehr als vierundzwanzig Stunden gebraucht. Du hattest das Gefühl, an einen weit entfernten Ort zu reisen.

Jetzt auf der Rückreise ist es gerade mal eine Flugstunde, und man braucht mehr Zeit, um auf den schlechten Straßen den Flughafen zu erreichen.

Die Stille ist wirklich merkwürdig. Auch der Fotograf ist verwundert.

Du gehst nach ihm ins Bad.

Don Cossu erwartet dich zum Abendessen, wer weiß, welche Köstlichkeiten Signorina Matilde diesmal auf den Tisch bringen wird. Viel Hunger hast du nicht, aber die Gesellschaft ist angenehm. Mittlerweile ist es fast acht Uhr.

Auf dem Weg nach draußen plauderst du doch kurz mit der Wache.

»Wo ist eigentlich Jache'? Wo ist er hin?«

»Im Dienst. Alle sind unterwegs. Wissen Sie noch nichts?«

»Nein, ich war den ganzen Tag am Meer.«

»Man hat einen weiteren Toten gefunden, und ich glaube ...«

»Den Jungen? Man hat den Jungen gefunden? Mein Gott!«

»Man weiß noch nichts Genaues, aber ein Junge ist es anscheinend nicht. Entschuldigen Sie, ich habe keine Ahnung. Vor einer Stunde kam die Meldung über Funk, und dann nichts mehr.«

Du läufst schnell die Straße hinunter, auf der du vom Meer gekommen bist. Sie führt am Dorf vorbei.

Du siehst die ersten Grüppchen von Alten, die, Hut auf dem Kopf, auf dem niedrigen Geländer am Rand der Straße sitzen.

Du kennst keinen von ihnen und rennst weiter. Man folgt dir mit Blicken. Du bist bei Tores Bar angekommen.

Sie ist rappelvoll. Alle begrüßen dich, aber leise. Du schaust Tore an. In nur drei Tagen hast du gelernt, keine Fragen zu stellen. Du musst eigentlich abwarten, bis jemand das Wort an dich richtet.

Aber diesmal hast du ihm eine Nachricht zu überbringen, die neu für ihn ist. Tore bedient noch an einem Tisch zu Ende, dann führt er dich nach draußen auf die Straße.

Ihr unterhaltet euch leise.

»Wissen Sie es noch nicht?«

»Was?«

»Die Wache hat mir gesagt, man hat einen weiteren Toten gefunden.«

»Tja, wenn es der ist, an den wir denken, wird das ein schönes Chaos hier …«

»Und an wen denken Sie? Ein Junge ist es anscheinend nicht.«

»Golòvru, der Bandit. Nur der kann's sein.«

»Die Nachricht soll erst vor einer Stunde eingetroffen sein, und es ist schon alles klar?«

»Wir sind hier schneller als Radiowellen …«, sagt Tore. »Ein schönes Chaos. Und von dem Jungen fehlt immer noch jede Spur …«

»Glauben Sie, dass der Junge tot ist?«

»Nein. Trotzdem ist das jetzt das größte Schlamassel in der Geschichte des Dorfes! Don Cossu hat wahrscheinlich noch keine Ahnung. Man muss ihn benachrichtigen.«

»Ich wollte ohnehin zu ihm … ich werde es ihm ausrichten, er hat mich zum Abendessen eingeladen. Morgen breche ich in aller Frühe auf, eigentlich wollte ich mich von Ihnen verabschieden.«

»Hoffen wir, dass wir uns unter glücklicheren Umständen wiedersehen. Vielleicht sogar im nächsten Sommer.«

»Wollen wir's hoffen, und vielen Dank für alles.«

DATUM FEHLT

Ich muss den Autopsiebefund gar nicht abwarten, Gesuino kennt die Wahrheit, und ich habe sie begriffen … von einem Fetzen Papier. Aber der Junge wird sie für sich behalten, nicht einmal mir wird er sie verraten. Und zwar nicht, weil er nicht reden kann, er könnte sie ja niederschreiben. Antoni hat mich mit seinem Bänkellied auf den richtigen Gedanken gebracht, er teilt uns nämlich mit, dass auch der Kumpan von Signor Putzu, Peppinu Golòvru, tot ist. Wie dumm ich war ... Ich hätte dich doch nur fragen müssen: Woher hat Antoni Esulògu überhaupt den Mut, uns zu sagen, wo Bachisio unter der Erde liegt und dann auch noch, dass der Kumpan von Signor Putzu, nämlich Peppino Golòvru ihn an dieser Stelle unter die Erde gebracht hat. Ein Dorfidiot! Nun wirklich nicht! Denn er wusste genau, dass auch Golòvru bereits ins Gras gebissen hat. Jache' hat recht: Dieser Irre ist nicht dumm. Von wegen AmDg ... Ad miorem Dei gloriam. Wie blöd ich war! ... Aber ich muss den Staat und seine Ordnungskräfte ihre Arbeit machen lassen. Das sind alles nur Schlussfolgerungen und Überlegungen ... geistige Übungen ohne Beweise ...

AmDg

(*Die Theologie des Wildschweins* von Cossu Don Egisto, S. 33)

Die Stimme von Dottore Vittorio Pòddighe unterbrach ihn in seinen Gedanken.

»Bist du da, Egì?«

»Wie viel hatte er davon im Körper? Eine winzige Dosis, stimmt's?«, schleuderte Don Cossu ihm entgegen.

Der Tierarzt hatte im Leben wirklich schon vieles gehört und gesehen, aber wenn Don Cossu in diesem Tonfall sprach, bekam er es mit der Angst.

»Weißt du wirklich schon, worüber ich mit dir reden wollte?«

»Nun sag schon, wie viel hatte er im Körper?«

»Du machst mir Angst, Egì ... Hundertprozentig sicher ist es noch nicht, aber anscheinend ist Bachisio vergiftet worden.

Im Labor hat man noch nicht herausgefunden, womit, und das scheint auch nicht einfach zu sein, aber man untersucht seine Leber weiter.«

»Das weiß ich alles.«

»Woher? Die Laboruntersuchungen laufen noch, es werden noch drei oder vier Tage nötig sein.«

»Er ist erstickt, stimmt's? Das genau hast du mir doch vor ein paar Tagen abends sagen wollen, oder?«

»Sicher ist das nicht, du machst mir wirklich Angst ... Entschuldige, dass ich dich das frage, aber hast du etwas bei einer Beichte erfahren?«

»Ach was, Beichte! War es Schierling?«

»Das weiß man noch nicht, Schierling verbreitet einen furchtbaren Gestank, den kennst du doch. Wenn du den zerreibst, stinkt das, als hätte dich eine Horde Katzen angepisst ... wie kann man das Gebräu trinken, ohne etwas zu bemerken. Meinst du, er hat sich umgebracht?«

»Man wird nur wenige Früchte verwendet haben, und die im Juli sind frisch und hochgiftig.«

»Entschuldige, dass ich dir da widersprechen muss, Egì, die kann man nicht einfach so in Wasser auflösen. Überlass den naturwissenschaftlichen Teil mal ausnahmsweise mir. Aber du hast das alles bereits am selben Abend gewusst, stimmt's?«

»Steck dir deine Naturwissenschaft sonst wohin. Der hätte Wasser nicht mal angerührt, wenn du ihm die Pistole unter die Nase gehalten hättest.«

»In Wein lösen sich die Früchte der Pflanze besser auf, aber er schmeckt dann scheußlich, und selbst ein Alkoholiker wie er würde das Gebräu nach ein, zwei Schlucken ausspucken und nur wenige Milligramm aufnehmen. Außerdem hat man in der Nähe des Leichnams keine Flaschen gefunden«, sagte der Dottore.

»Wenn du dir so sicher bist, machen wir ein Experiment. Siehst du dort die halbe Flasche Mirto?«

»Ja, Egì, die machen wir in diesen Tagen gerade leer.«

»Also, morgen bitte ich Gesuino, mir ein paar der Früchte zu bringen, ich werde sie dort ein paar Tage einlegen und dich dann probieren lassen. Und falls du das überlebst, kannst du mir berichten, ob sich der Geschmack verändert hat. Einverstanden?«

Der Dottore blieb verblüfft an der Tür stehen.

»Einverstanden?«, wiederholte Don Cossu.

»Mirto! Natürlich! Daran hatte ich gar nicht gedacht! Der hat mindestens fünfzig Prozent Alkohol ... und der Schierling löst sich problemlos darin auf. Du bist ein wahrer Dämon, Egì! Und der Duft übertönt den Gestank!«

»Lass die Dämonen! Das sind ernstzunehmende Wesen.«

»Trotzdem befanden sich keine Flaschen vor Ort.«

»Man hat ihm noch Leben für fünf Kilometer gelassen, also eine relativ geringe Dosis verabreicht, damit er nicht gleich vor seiner Tür verreckt ... Der Alkohol hat den Effekt des Gifts verstärkt, aber es war dann vor allem der Anstieg, der ihn beschleunigt hat ... ein Genie! Wirklich ein Genie!«

»Und um welches Genie handelt es sich deiner Meinung nach? Du denkst doch nicht etwa, dass ...«

»Er hat das Gift zu Hause getrunken, begreifst du das nicht,

Vitto'? Und jetzt sieh nach, ob Matilde Hilfe braucht, wir haben diesen Journalisten aus Mailand für ein Abschiedsessen zu Gast.«

Es klopft an der Tür.

»Da ist er schon.«

Doch an diesem Abend gab es kein Essen.

Don Cossu, der Dottore und Carlo Schengen beeilten sich, in die Kaserne zu kommen. Schwer atmend liefen sie über die Hauptstraße, die von der Kirche direkt zur Polizeikaserne führt.

Niemand in Telévras schlief in dieser Nacht, manch einer feierte sogar ausgelassen, und zwar noch bevor die Nachricht offiziell war.

XX

Wahrheit beschert Freiheit

Ipse et ipse solus scit omne verum
Issu e fetti issu scidi tottu sa beridàdi
Er und nur er allein kennt alle Wahrheit

TELÉVRAS, HEUTE – 12. FEBRUAR 1987

Veritas vos liberat. Recht hatten die Tempelritter, und recht hatte auch Luther, ganz im Gegensatz zu Leo X. Exsurge Domine. Der Typ hätte sich seine Bulle sparen können. Wie ein Wildschwein im Weinberg des Herrn musste ich attackieren und meine Thesen öffentlich machen, ich musste reden und argumentieren, um dem Verdacht entgegenzutreten, dass Kumpane die beiden ermordet haben, was ewige Fehden nach sich gezogen hätte: Man hätte weitere Leichname aufgefunden, es hätte weitere Tote gegeben und weitere Witwen und Waisen. Ich habe es Luther gleichgetan, denn auch ein Priester hat gegenüber weltlichen Organen unverbrüchliche Verpflichtungen. Genau darin besteht die Freiheit des Christentums. Doch um welches Geheimnis, um welche Beichte geht es? Ich bin von selbst darauf gekommen, denn Gesuino hätte mir die Fakten niemals offenbart. »Ihr werdet die Wahrheit erkennen, und die Wahrheit wird euch frei machen.« (Johannes, 8:32) Und selbst jetzt, nach all den Jahren, ist dieser arme Schwachkopf der Einzige, der mir diese Last von der Seele nehmen kann, bevor ich sterbe. Nicht einmal Carlo ist es in all den Jahren gelungen, ihn zum Reden zu bewegen, nicht einmal, indem er sich als Freund ausgab oder ihn in dem Glauben ließ, dass es gut und richtig sei, beim Schreiben ohne Punkt und Komma dem Fluss der Gedanken zu folgen. Und so werde ich mit der Todsünde des Hochmuts belastet von dieser Welt gehen, ein Detektiv, der sich seines Verdachts sicher ist. Ich weiß, dass er es war, und er allein, und es hilft mir nicht weiter, dass man ihn als Minderjährigen damals nicht hätte verurteilen können. Mir geht es nur um die Bestätigung meines Verdachts, darum, dass er die Wahrheit in einem seiner Büchlein niederschreibt. Er hätte sein Leben so oder so in irgendeinem Irrenhaus verbracht, auch als Unschuldiger, das wäre in jedem Fall sein Schicksal gewesen. Ich habe eine Gemeinschaft gerettet, die das eigentlich nicht verdiente. Aber jetzt, gemäß jenes absurden Gesetzes des contra et patior, sehe ich mich gezwungen, sein Werk zu schreiben, dazu verdammt, für den Rest meines Lebens mit einem Geisteskranken zu würfeln, mit der Wahrheit als möglichem Gewinn, aber zugleich als Strafe dafür, dass ich einen Schuldigen beschuldigt habe, der sich nicht verteidigen konnte, also einen Unschuldigen. Er sei verflucht.

»Di tal superbia qui si paga il fio«, wie Dante schon schrieb, und verflucht sei der Augenblick, in dem er mir gesagt hat, auch die Wildschweine hätten einen Gott und damit eine eigene Theologie.

(*Die Theologie des Wildschweins* von Cossu Don Egisto, S. 37–38)

Wahrheit verlangt Demut.

Ich streichle zärtlich über mein erstes Werk, das ich 1966 »verfasst« habe. Damals war ich acht Jahre alt.

Aber eine Enttäuschung ist es nicht. Das Heft ist fast vollgeschrieben, einige Seiten sind miteinander verklebt, vielleicht von der frischen Tinte damals, die von Pelikan hatte ihre Qualität.

Ich bin nicht traurig, weil ich erfahren habe, dass Carlo sich eigentlich nur für mich interessiert hat, weil ich angeblich die Wahrheit schreibe, die Schwachsinnigen sind wie kleine Wildschweine, sie lächeln ihrem Jäger entgegen.

Um ganz ehrlich zu sein, bin ich nicht einmal auf die Leute wütend, die mir aus dem Weg gehen, und das sind eigentlich alle.

Aber jetzt weiß ich wenigstens, warum sie das tun.

»*'Nde torràu su filgiu de Antoni Esulògu, cùssus chi anti boccìu a Peppinu Golòvru e a Bachisu Trudìnu, e su pìppiu Matteu no d'anti mai agattàu* …« Der Sohn von Antoni Esulògu ist wieder hier, das sind die, die Peppino Golòvru und Bachisio Trudìnu umgebracht haben, und der Junge, Matteo, ist nie wieder zurückgekehrt …«

Die? Haben? Plural?

Seit ich wieder zurück bin, hat sich für mich nichts geändert, und auch wenn die Steine in den Gassen mittlerweile unter Zement verschwunden sind, lebe, esse, schlafe und singe ich, als wäre nichts geschehen und diese ganze Zeit nicht vergangen.

Es ist, als würde von einem Moment auf den anderen mein Freund Matteo auftauchen, und ich bringe ihm bei, wie man aus den Früchten des Schierlings einen Gifttrank bereitet, indem man sie in Mirto auflöst …

Ist das also die sogenannte Wahrheit?

Sie werden damals alle aufgeatmet haben …

Nichts hebt die allgemeine Moral mehr als ein willkürliches freies Verdrehen von Worten zugunsten eines ruhigen Lebens. Nicht einmal der beste Cannonau.

Wie viel Staub in diesem Pfarrhaus, das seit 1989 niemand mehr betreten hat. Damals hielt Cossu Don Egisto sich hier für einige Zeit versteckt, und zwar in dem unterirdischen Gang, der vom Monte Corongiu direkt nach Nuoro führt.

Eine Frau in Uniform mit Namen Sara, Gott sei Dank ohne das H am Ende, hat mir Einiges erklären wollen.

Eine Frau in der Uniform eines Carabiniere?

Das soll wohl ein Witz sein? Aber Humor kennt auch in diesem Winkel der Welt offenbar keine Grenzen.

»Verste-hen Sie mich?«

Nein, ich verstehe sie nicht, Carabinieressa.

»Die gesetzlich vorgeschriebenen Maßnahmen sind abgeschlossen. Das ist ein ruhiges Dorf. Und Sie sind hier, weil Sie hier Ihren letzten festen Wohnsitz hatten, bei Ihrer Zia Battistina. Wir wollen keinen Ärger, verstanden?«

Nichts habe ich verstanden.

Zia Battistina war nicht meine Tante, sondern meine Mutter. Matteo hat mir das in der letzten Nacht, in der ich ihn gesehen habe, klargemacht. Ich solle bloß denen nicht glauben, die behaupteten, dass meine Mutter bei der Geburt gestorben sei.

Und wenn wir schon dabei sind: Antoni Esulògu war mein Vater.

Und um es ganz klar zu sagen, mein Vater war geistig völlig gesund und hat deshalb die Vaterschaft nicht anerkannt, als ich noch klein war. Er war ein bisschen wirr, das schon. Als ich groß war, habe ich ihn zum Dank als meinen Vater anerkannt.

»Hin und wieder kommt eine Streife vorbei, um zu kontrollieren, dass Sie im Haus sind. Sie dürfen Ihr Heim nicht verlassen, ohne uns vorher Bescheid zu sagen. Alles klar?«

Nein.

Warum dehnt und zerhackt sie beim Sprechen eigentlich jedes Wort?

Gott sei Dank wohnt sie nicht im Dorf, sondern in einem größeren Ort.

Telévras ist mittlerweile zu klein für eine eigene Polizeistation, für jede Kontrolle kommen sie jetzt aus der Provinzhauptstadt.

Im Übrigen rettest du, liebe Carabinieressa, deinen Kopf auch nur, weil in deinem Namen das H fehlt, so stumm wie ich ... hättest du dich Sarah genannt ... dann hätte ich dich ebenfalls von meinem köstlichen Mirto kosten lassen.

Du solltest dem Alphabet danken! So wie ich dem geschriebenen Wort! Das Romankapitel, das ich gerade gelesen habe, ist ein gutes Beispiel dafür.

Es erspart mir einige rhetorische Übungen: Jetzt muss ich mich nicht in schönen Erinnerungen ergehen, was über den

Duft von Heimat und freudige Rückkehr faseln, oder wie sehr sich alles verändert hat, die heutige Jugend, dass damals alles viel besser war …

Toll.

Es hätte dort ja auch stehen können: »Der arme Gesuino. Was für ein schreckliches Schicksal. Mio Signore, erbarme dich seiner und beschütze ihn …«

Aber so … was für ein schönes Geschenk hat mir Don Egisto damit gemacht. Für ihn bin ich der Schuldige, für mich ist das die Rettung. Für das Dorf war ich in all den Jahren der Täter, und damit hat er mir bereits zu Lebzeiten zu Ruhm verholfen.

Das wird er wieder in einer Andacht oder Novene verbreitet haben …

»Nachts dürfen Sie das Haus nicht verlassen, wenigstens bis zum Monatsende. Bei gutem Betragen wird entschieden, ob Sie danach ein freier Mann sind.«

Ich höre dir gut zu.

Ich sitze hier, in den Überresten meines seit dreißig Jahren leerstehenden Hauses. Vor zwölf Jahren hat die schlimmste Überschwemmung seit Wildschweingedenken unter anderem das Unterdorf, Friedhof eingeschlossen, weggerissen. Es ist vier Uhr morgens.

Nur das Pfarrhaus und der Kirchturm stehen noch. Die Kirche ist mit Hilfe regionaler Gelder neu errichtet worden.

Für Gott findet sich immer Geld. Heuchler.

Das alles habe ich von Mariannedda, die fast hundert Jahre alt ist und die Einzige, die keine Angst vor mir hat, außer der Katze, die mein Haus besetzt hält.

Sie hat ja auch nicht mehr viel zu verlieren ...

»So was kann nur in dieser Welt passieren, im Jenseits passiert so was nicht. So viel Wasser. Fünf Tage lang hat es ununterbrochen geregnet.«

Carlo hatte mir damals etwas angedeutet, aber das Schicksal meines Dorfs interessierte mich nicht besonders.

»Sogar das Auto, das man Don Cossu zu seinem fünfzigsten Jahr als Priester geschenkt hatte, ist fortgeschwemmt worden ...«

Er hatte ein Auto? Den hätte ich gerne hinterm Steuer gesehen ... wer hätte das gedacht. Gott sei Dank war ich damals auf dem Festland.

»Überall tote Tiere, die herumlagen wie Brennscheite.«

Und dann habe ich von ihr, einer Alten, die keine Angst vor der Wahrheit hat, die Bestätigung bekommen, dass Zia Battistina meine Mutter ist. Auch wo ihr Grab liegt, hat sie mir gesagt, nämlich irgendwo im Tal.

Nur wer nichts zu verlieren hat, verfügt über diesen Mut.

In Wahrheit sind die Alten die Besten, nicht die Kinder, die mit der Entschuldigung ihrer Unschuld die grausamsten Wesen unter der Sonne sein können.

Sie hat mich auf den neuesten Stand gebracht.

Wir leben mit anderen menschenähnlichen Wesen im Oberdorf, in *su Cuccureddu*, wohin sich hin und wieder auch andere Gestalten auf zwei Beinen verirren, die uns aber meiden wie die Pest.

Was mich angeht, begreife ich die Gründe dafür nach und nach, bei ihr liegt es daran, dass sie mit den Toten spricht.

»Si funti tottu mòrtus, fetti su carabineri esti biu. Ti d'ar- regòdas a Jacheddu Piras? S'in d'esti torràu a Cabras.«

»Mi d'arregódu, giai mi d'arregódu.«

Ich erinnere mich, ich erinnere mich.

Es sind alle tot, bis auf Carabiniere Piras, der in seinen Heimatort Cabras zurückgekehrt ist.

»A su marescia' si d'esti segàu su coru candu esti andàu in pensioni.«

Tut mir leid zu hören, dass der Maresciallo kurz nach seiner Pensionierung einem Infarkt erlegen ist.

»Don Cossu, s'esti mortu affinìu circhèndu a Matteu Trudìnu.«

Don Cossu ist an gebrochenem Herzen gestorben, er hatte bis zuletzt gehofft, dass Matteo ein Bandit oder Verbrecher geworden sei, aber wenigstens am Leben. Sein Leben hat sich in dieser Hoffnung erschöpft. Ein wahrer Jesuitentod.

»Tore s'è mortu 'e sa girròsi ... su cannonau ... buffà meda.«

Tore Baccanti ist dem Cannonau erlegen, Zirrhose, er hat zu viel getrunken. Wenigstens war es ein schöner Tod, er hat ihn sich verdient.

»Sa sennóra Matilde, s'è morta s'annu passàu, de beccièsa. D'anti agattàda stontonéndu e pensànta ca furìada dromìa, invecias furìada morta de una die, mischina.«

Bei Signorina Matilde war es ein Alterstod, es sah aus, als wäre sie kurz eingenickt, aber sie war bereits seit einem Tag tot.

Wie schön wäre es gewesen, wenn sie alle noch am Leben wären, hier auf mich gewartet hätten. Sie hätten die Wahrheit verdient.

»S'amìgu tu non esti mai torràu, ma deu allègu cun is mortus e non ci seu mai arrennèscia a d'allegài. Po mei mortu non s'esti.«

Mein bester Freund Matteo ist niemals mehr zurückgekehrt. Mariannedda spricht zwar mit den Toten, aber mit ihm ist ihr das noch nie gelungen.

»Babbu tu, ma giài du scisi, d'anti agattàu mortu in su coili, manc'obértu d'anti, nanta su coru, d'anti agattàu oicci. Nanta po su dispraxèri po non d'essi fattu cantai a sa festa de sant'Antoni, ma in ci furìanta giai Zizi, Masala e Pazzola e su sìndigu Férula s'esti oppustu.«

Mein Vater ist tot, das wusste ich bereits. Im Dorf hat man damals gesagt, er sei aus Kummer darüber gestorben, dass man ihn zum Sankt-Antons-Fest nicht als Sänger ausgewählt hatte, weil es andere, berühmtere und bessere als ihn gab.

Alles Geschwätz.

Carlo hat mir 1995 vom Tod meines Vaters erzählt. Ich erinnere mich noch daran, weil er mir die Texte von seinen Bänkelliedern brachte, die er mit Hilfe von Tore zu Papier gebracht hatte, sogar einen Titel hatte er ihnen gegeben. Auch mein Vater konnte das gut, Titel wählen ... *Su spantu*, die Angst, *Sa die de su macchìmini*, der Tag des Irrsinns.

Professor Carlo hat Tore Baccanti jeden Sommer besucht, auch nach dem Tod Don Egistos, und sich mit eigenen Augen das Desaster ansehen können, das er mit seinem Überschwang angerichtet hatte.

Mein Vater sang immer im Juli und August, und Carlo hat seine Texte nach und nach niedergeschrieben, denn er hielt sich ja nach 1969 fast jeden Sommer bei uns auf.

Mein Vater konnte nicht gut singen, laut Matteo sang er falsch und hätte bei einem Wettbewerb keine Chance gehabt, aber dafür gibt es keine Beweise.

»*Ma tantu a mei giai mi du pódis nai, beru ca mi du nàras mancài candu soi po mi morri, beru ca mi du nàras? A ubi ei s'amìgu tu?*«

Mach ich, meine liebe Freundin, eines Tages verrate ich sie dir, die Wahrheit, vielleicht flüstere ich sie dir bei deinem letzten Atemzug ins Ohr ... ich sage dir, wo mein Freund Matteo steckt.

»*Mancu su predi, tenéus prusu. Troppu pittìca sa idda po unu predi. Oìcci anti nau. Fetti s'omìnigu 'ndi arrìbada unu de fòras po nai sa missa o po calencùnu intèrru o po is cójas. Ma non c'aspéttada mai a dromìri. Ténidi timoria chi si cròllidi un'àtera ia ... peròu ...*«

Einen Priester gibt es auch nicht mehr. Das Dorf ist mittlerweile zu klein und unbedeutend für eine eigene Pfarrei. Sonntags kommt ein Priester von außen, und auch für Beerdigungen und Hochzeiten. Aber er übernachtet nicht hier. Er hat immer Angst, dass eines Tages das Dach über ihm zusammenstürzt ...

»*Peròu, fórsis esti mélgius de oìcci ... sa genti àndada de prusu a crèsia e s'omìnugu esti prenu prenu, non faidi mancu a du e intrài, médas bìas.*«

Aber ... Mariannedda hat recht, vielleicht ist es besser so ... sonntags gehen die Leute ohnehin lieber in die Kirche, und die ist dann manchmal rappelvoll.

Ich, Gesuino Némus, 57 Jahre alt, kann wieder beruhigt lächeln, in meiner Weste, dem beigen Hemd, das etwas aus den schmutziggrünen Canvashosen hängt.

Es ist kalt, obwohl das Meer von hier aus zu sehen ist, aber ich ziehe mich immer gleich an. Sommer und Winter sind für mich zufällige Markierungen im Kalenderjahr, wie die schwarzen Tasten auf dem Klavier, vor allem seit die Übergangsjahreszeiten quasi abgeschafft sind.

Heute verliere ich mich nicht mehr in Gedanken, und auch der Klang von Worten macht mir nichts mehr aus, obwohl meine Sätze ohne Punkt und Komma, mein *mumble, mumble,* mir sehr fehlen. Wirklich sehr.

Ich verlasse das Haus morgens zwischen vier und fünf Uhr. Die Stunde der Polizeikontrolle, wie man hier immer noch sagt. Die Stunde, in der Razzien veranstaltet werden und man Banditen fängt. Das hat einen wissenschaftlichen Hintergrund. Angeblich fühlt sich der Verstand in dieser Zeit vor allem und jedem sicher.

Die Alarmbereitschaft ist geschwächt, und zack! Kommen die Häscher.

Immer zwischen vier und fünf Uhr morgens. Wenn du zu denen gehörst, die kontrolliert werden sollen, tust du gut daran, dich dorthin zu begeben, wo kontrolliert wird. Das haben mir die Banditen beigebracht, die im Viehstall meines Vaters Zuflucht suchten.

Und das waren nicht wenige.

Und so funktionierte es auch mit Cossu Don Egisto, so funktioniert es heute noch.

Im engen Kirchturm befand sich etwa zwei Meter über dem Boden hinter einem der zwei falschen Fensterchen eine kleine

Mauernische. Als wir klein waren, mussten wir uns an den Strick der größten Glocke hängen und uns dorthin tragen lassen.

Wenn die Seilenden zu hoch hingen, mussten wir springen, um sie zu erreichen und die Glocken zu läuten. Wie haben ich und Matteo uns damit die Zeit vertrieben, vor allem zu den gesungenen Messen, wenn alle Glocken zum Einsatz kamen.

Hin und wieder sagte Don Egisto zu Matteo: »Matte', nimm das hier und leg es an den Ort, na, du weißt schon.«

Matteo stieg in die Höhe, indem er das Seil der größten Glocke als Aufzug nutzte, öffnete das Fensterchen, krabbelte hindurch und kehrte nach einem Augenblick zurück.

Die Maueröffnung war höchst unauffällig, man gelangte wirklich nur dorthin, wenn man sich vom Seil der größten Glocke hintragen ließ.

Ein einziges Mal fragte ich Don Cossu.

»Und wa-wa-was bringt Matte' dahin?«

»Partituren, Gesui', verbotene Musik, aber dort wird niemand sie vermuten.«

»Auch Schna-na-naps?«

»Gesui', das geht dich nichts an. Wenn die Inquisition kommt, dann verstecken wir uns alle da.«

Mudu.

Ja, ich halte meinen Mund.

Und wenn ich sehe, dass der Turm die Überschwemmungskatastrophe überstanden hat, muss ich daran denken, wie Don Cossu Matteo, der ihn zur Entstehung des Universums befragt hatte, mit Einsteins Worten antwortete: »Alles, was man sich nur vorstellen kann, hat die Natur bereits erschaffen.«

»Also die Natur und nicht Gott, Don Co'!«

»Und Gott hat natürlich die Natur erschaffen, mein kleines Wildschwein im Weinberg des Herrn.«

»Aber das ist Pantheismus, Don Co'! Wo ist der Scheiterhaufen?«

Diesen Satz habe ich mir eingeprägt: Alles, was man sich nur vorstellen kann, hat die Natur bereits erschaffen.

Es war, als hätte die Natur, im Leben meine einzige wahre Freundin, mir aus einer Laune heraus einen Hinweis geben wollen.

Das Fensterchen war auch per Leiter zu erreichen, aber es wäre doch zu idiotisch gewesen, um vier Uhr morgens die Kirche zu betreten, also ging ich bei Tageslicht hinein.

Es musste außerdem einigermaßen hell sein, denn wenn mich jemand bemerken sollte, wollte ich so tun, als würde ich zum Gebet niederknien.

Die Kirche war menschenleer.

Das Portal wurde ohnehin nie abgeschlossen. Das hatte Mariannedda mir verraten.

Die Tür zum Turm gab beim ersten Schubs nach.

Ich stellte eine Bank auf, darauf das Bänkchen aus dem Beichtstuhl und stieg auf die wacklige Konstruktion. Von dort aus konnte ich einen Blick in das Versteck werfen, das genau gegenüber der schmalen Treppe lag, die in den Glockenturm führte. Aus normaler Höhe war es nicht zu bemerken.

Und auch wenn man die Treppe hochstieg, sah man bestenfalls eine kleine Tür vor einem Fensterchen.

Das Versteck konnte höchstens einen Kubikmeter groß sein.

Dort konnte sich ein Junge von Matteos Größe verstecken.

Ich räumte alles, was sich dort befand, in einen Militärrucksack: eine Sammlung von fünfundvierzig Schallplatten, zwei Schuhkartons, in denen sich Zettel mit unleserlichen Notizen befanden, ein paar staubbedeckte Hefte, darunter vor allem ein schwarzes mit rotem Rand, das Don Cossu das »chinesische Heft« genannt hatte, ein schwarzes Schächtelchen, in dem sich offenbar Tabak befunden hatte, und drei verbotene Bücher, eine französische Originalausgabe der *Histoire d'O.*, das *Malleus Maleficarum* und ein drittes, dessen Titel man wegen der Feuchtigkeit nicht mehr entziffern konnte.

Entspann dich, Gesuino.

Ich hing meinen Gedanken nach wie damals, als der kleine Matteo, der fast alles wusste, mir erklärte, dass der Weg ins Paradies, das beim Sterben auf einen wartete, so war, als würde man von Siniscola nach Arbatax an der Küste entlanglaufen, von einem Strand zum nächsten.

Ich sehe ihn wieder vor mir, Matteo.

Eine wunderbare Wanderung, anstrengend zwar, aber unvergleichlich.

Ich begriff so richtig, was er meinte, als wir einmal mit dem Bus nach Satas fuhren, die reinste Hölle.

Es war schwieriger, unebmerkt wieder zu mir nach Hause zu gelangen, als in den Turm, um das Versteck zu erreichen.

»*No c'esti abarràu prus nisciùnus. Tòttus fuìusu si funti de innòi. Moi mancu milla seus … t'arrègodas candu furiàusu tremilla? Tandu giai …*«

Bei der Volkszählung von 1968 waren wir zweitausendachthundertdreiundsiebzig Dorfbewohner. Wie Mariannedda richtig angemerkt hat, ist davon kaum mehr jemand übrig. Vielleicht nicht einmal tausend. Damals war Telévras mit seinen dreitausend Einwohnern fast wie eine Metropole.

In den zwei armseligen Zimmern, meinem Erbe von Zia Battistina, beim Lichtschein der Lampe, die Mariannedda mir geliehen hat, und sie wiederum hat sie auch von jemanden geliehen, der zwar mittlerweile tot ist, aber immer noch Stromrechnungen bekommt, habe ich mein erstes Buch, das Buch, das ich selbst für mich geschrieben habe, noch einmal gelesen.

Eines der Zimmer ist meiner Meinung nach recht hübsch. Die Wände sind aus unbehauenen Granitsteinen, und in einer Ecke steht ein Kaminofen, vor dem ich eigentlich alles mache: lesen, schreiben, denken, essen und sogar schlafen.

Groß ist es nicht, aber für mich reicht es.

Ich lebe in einem Zimmer. Seit ich vor einem Monat hier angekommen bin.

Das chinesische Heft …

21. Juli 1980

Was es zu tun gab, habe ich getan, aber selbst nach elf Jahren kenne ich die Wahrheit immer noch nicht. Matteo ist nicht zurückgekehrt. Gesuino hält sich dank Carlo am Lago Maggiore auf, an der Grenze zur Schweiz. Laut Carlo wird er dort gut behandelt und kann sich relativ frei bewegen und artikulieren. Außerdem kann er ihn dort betreuen, denn er ist Psychotherapeut geworden und besucht ihn fast täglich.

Nachdem er vor zwei Jahren die Villa Clara verlassen hat, hätte er sich hier nicht mehr frei bewegen können, auch wenn er nicht weiß, was Freiheit ist. Besser, er ist weit weg, hier will ihn niemand in der Nähe haben, am wenigstens ich und Matilde. Ich habe Carlo den Auftrag gegeben, ihm die Wahrheit schriftlich zu entlocken und ihn meinetwegen in einer Art Delirium sagen zu lassen, welches Ende Matteo genommen hat, und, möge Gott mich nicht hören, ob er vielleicht bei einem Unfall ums Leben gekommen ist. Er soll es uns wenigstens in einem seiner Bücher sagen, die nur aus dem Titel bestehen, es reicht ein Titel, und ich begreife, was vorgefallen ist, wie damals bei dem Hahn des Asklepios. Seine plötzliche Abneigung gegen Petersilie hat mich übrigens auf den Gedanken gebracht. Man musste ihm nur in die Augen sehen, um zu begreifen, dass etwas Schwerwiegendes vorgefallen war, das mit der Aversion gegen das Kraut allein nicht zu erklären war. Matteo wäre jetzt zwanzig Jahre alt, so alt wie Gesuino. Ein Titel würde reichen, darin war er doch gut, und ich tat dann immer so, als ob ich das Buch zu Ende schreiben würde, wie dieses hier auch. Ein Titel, wie damals, als er mir mit dem Titel ›Der Katechismus des Schafs‹ indirekt signalisierte, wer den Franzinus das Vieh raubte, und ich sofort wusste, dass es der Vater des Mädchens war, das zum Katechismusunterricht kam. Nur ein Titel, mehr bekommt er doch nicht hin. Matteo, komm zurück!«

(*Die Theologie des Wildschweins* von Cossu Don Egisto, keine Seitenangabe)

Jetzt stehe ich auf …

Mir kommen die Tränen, wie auch einst so oft, wenn mich Emotionen überwältigten und ich in meinem Kopf die Stimmen aller derjenigen hörte, die ich in meinem Leben gekannt habe und die ohne Vorwarnung eine Wanderung von Siniscola nach Arbatax antraten (ohne jemals zurückzukehren, diese Bastarde).

Ein Jesuit bleibt ein Jesuit.

Meine Abneigung gegen Petersilie, die als Gewächs dem Schierling sehr ähnlich ist.

XXI

Die Natur lügt nicht

Truncu scàndul' èttada: natura non méntidi
Der Apfel fällt nicht weit vom Baum.
Qualis pater, talis filius.
Wie der Vater, so der Sohn

TELÉVRAS, 25. JULI 1969

Maresciallo, ich muss Sie sprechen, und zwar sofort.«
»Es sind gerade Ermittlungen im Gange, danach …«

»Nichts danach, sofort habe ich gesagt!«

Maresciallo De Stefani wandte den Blick zu seinem Vorgesetzten, Colonnello Modugno, der mit einem Wimpernschlag einem privaten Gespräch zustimmte.

Don Cossu hatte darauf bestanden, und entsprechend energisch fiel die Gangart aus, zu der er den Maresciallo auf dem Weg zum kleinen Vorplatz der Kaserne zwang.

Peppinu Golòvrus Leichnam war bereits ohne Segnung zum Friedhof getragen und auf dem Tisch des Leichenschauhauses abgelegt worden. Dort sollte dann die dritte Autopsie in jener Woche stattfinden.

»Man muss sofort den Jungen aufhalten, Maresciallo!«

»Der Sohn von Trudìnu ist wieder aufgetaucht? Das ist doch mal eine gute Neuigkeit.«

»Ach was, Trudìnu … ich rede von Gesuino!«

»Der Schwachkopf? Das soll ein Witz sein.«

»Nein, ich meine das ernst. Er weiß Bescheid.«

Maresciallo De Stefani war so verblüfft, dass er stammelte: »Don Co'… woher wissen Sie das denn? Hat er gebeichtet, und jetzt …«

»Ich würde niemals ein Beichtgeheimnis verraten. Eine derartige Unterstellung verbitte ich mir.«

»Ich muss das sofort Colonnello Modugno melden, tut mir leid. Man wird Sie befragen und Ihre Aussagen zu Protokoll nehmen.«

Einen Jesuiten zu verhören ist keine Kleinigkeit.

Don Cossu hatte sich gerade mit einem raschen Kopfnicken und dem Versprechen, telefonisch in Kontakt zu bleiben, von Carlo Schengen verabschiedet, als bereits Colonnello Modugno und Maresciallo De Stefani vor ihm standen.

»Reden Sie, Don Cossu.«

»Bevor wir anfangen, möchten ich eine Unterscheidung klarstellen.«

»Stellen Sie klar«, sagte der Colonnello unwillig.

»Was ich Ihnen zu sagen habe, ist nicht die Wahrheit, könnte sie aber sein. Sagen wir mal so, für mich ist es die Wahrheit.«

»Entschuldigen Sie, aber ich habe Sie nicht verstanden.«

»Darf ich erfahren, ob auch Golòvru keinerlei Spuren von einer Feuerwaffe aufwies?«

Maresciallo De Stefani gelang es nicht rechtzeitig, seinen Vorgesetzten mit einem Blick zurückzuhalten, der entnervt erwiderte: »Nein, dürfen Sie nicht. Bei allem Respekt für Ihre Rolle und Funktion in dieser kleinen Dorfgemeinde, aber die Ermittlungen sind komplex und verlangen nach Diskretion.«

»Stand auch ihm das Maul so weit offen wie den Meeräschen von Arbatax, so als ringe er um den letzten Atemzug?«, fuhr Don Cossu fast flüsternd fort.

»Die schwimmen im Hafenbecken umher, natürlich steht denen immer das Maul offen«, versuchte Maresciallo De Stefani zu scherzen, um die Stimmung zu heben.

»Ist das alles?«, fragte der Colonnello unterkühlt.

»Das ist alles, ich war nur neugierig. Entschuldigen Sie.«

Und damit ging er in Begleitung des Maresciallo nach draußen auf den Vorplatz.

»Ich muss mit Ihnen reden, Maresciallo, bitte kommen Sie, sobald Sie Zeit haben, zu mir ins Pfarrhaus.«

»Ich weiß nicht, ob das geht, Don Cossu. Es ist bereits Mitternacht. Vielleicht morgen früh.«

»Sie müssen noch heute Nacht kommen, es handelt sich um ein Beichtgeheimnis.«

Don Cossu bluffte. Der Maresciallo platzte vor Neugier und konnte sich nicht vorstellen, worum es sich handelte, aber wenn er auf diese Weise die Wahrheit vor seinen Vorgesetzten erfuhr, würde ihm das vielleicht jenen Karrieresprung bescheren, auf den er so sehr hoffte.

Im Morgengrauen erschien er im Pfarrhaus.

Don Cossu erwartete ihn zusammen mit Dottore Pòddighe in seinem Arbeitszimmer, wo das Licht brannte. Er war sich sicher gewesen, dass der andere aus lauter Neugier kommen würde.

Vielleicht war das auch gut so.

Mit einem altgedienten Carabiniere, der an Feuergefechte und körperliche Auseinandersetzungen gewöhnt war, auf Jesuitenart zu diskutieren, wäre wahrscheinlich ohnehin nicht produktiv gewesen.

Ebenso wenig wie der Versuch zu erklären, was es mit dem Hahn des Asklepios, den Büchern ohne Titel und dem Wildschwein im Weinberg des Herrn auf sich hatte, oder worauf sich die Gewissheit gründete, dass Gesuino bei allem die Schlüsselrolle zufiel.

Ihn interessierte einzig und allein Matteo, und um ihn aufzufinden, hätte er sogar die Exkommunikation auf sich genommen oder einen derart kompletten Unsinn erfunden, dass ihm die Verachtung der frommen Dorfweiber auf immer und ewig sicher gewesen wäre. In jedem Fall musste er größte Vorsicht walten lassen.

»Damit das klar ist, Maresciallo, was ich jetzt sage, wird nicht zu Protokoll genommen.«

»Das sehen wir dann, Don Cossu.«

»Nein, das sehen wir nicht. Entweder behalten Sie das, was ich Ihnen jetzt sage, für sich, oder sie erfahren nichts von mir. Das schwören Sie mir bei Ihrer Ehre, und dann erfahren Sie von mir ein Beichtgeheimnis. Der Dottore ist mein Zeuge, das sind zwei gegen einen. Wenn Sie es irgendjemandem weitererzählen, würde man stets uns beiden Glauben schenken, aber ich kann Ihnen davon nur abraten.«

Maresciallo De Stefani schwor.

»Ich kann Ihnen nicht sagen, wer es war, weil ich es nicht weiß, aber ich kann Ihnen sagen, was mir gesagt beziehungsweise geschrieben wurde.«

Und damit zog er aus seinem Gewand einen Zettel, der sorgfältig gefaltet war. Aber für bestimmte Details war der Maresciallo blind.

Don Cossu hatte den Dottore dazu überredet, ein falsches, mit grammatischen Fehlern durchsetztes, aber trotzdem glaubwürdiges Geständnis zu verfassen, von dem er behaupten würde, er habe es auf der Kniebank im Beichtstuhl vorgefunden, was einer regulären Beichte gleichkomme, und zwar noch bevor Golòvru gefunden worden war.

Truncu scàndul' éttada. Natura non méntidi.

Esti stèttiu Gesuinu, il fillio dello sciabuìto Antoni. Avvelenati tòttusu. Col perdusèmini arésti.

»Und was soll das bedeuten? Ich habe nur Gesuino, Antoni und Vergiftete verstanden …«

»Wer das geschrieben hat, ist nicht einmal des geschriebenen Sardisch mächtig. Im Kern steht da: Wie der Vater, so der Sohn, der Apfel fällt nicht weit vom Baum. Gesuino, der Sohn des irren Antonio, war es. Er hat sie alle vergiftet, und zwar mit wilder Petersilie, also mit Schierling.«

»Perfekt. Zwei Leute, die nicht vom Gesetz verfolgt werden können. Der eine ein offizieller Schwachkopf, der andere ein zwölfjähriger Junge, und selbst wenn er ein Genie des Bösen schlechthin wäre, könnte man ihn nicht zur Rechenschaft ziehen. Beide sind auf freiem Fuß. Ein Irrer, der zwei Stunden lang vor dem Colonnello singt, und ein Junge, der nur stottern kann … und die Dorfgemeinschaft kommt ungeschoren davon, will sagen, auch die Komplizen der beiden.«

»Ich bin sicher, dass das die Wahrheit ist, Maresciallo.«

»Ermittlungen sind eine ernste Angelegenheit, Don Cossu … Ich danke Ihnen, aber selbst wenn ich den Eid brechen würde, den ich gerade vor Ihnen abgelegt habe, würde man mich einsperren und unehrenhaft entlassen.«

»Wenn ich an Ihrer Stelle wäre, würde ich …«

»Nun kommen Sie … haben Sie sich nicht gefragt, wie derjenige, der das geschrieben hat, wissen konnte, dass es sich um Morde handelt, noch dazu mittels eines bestimmten Gifts, und zwar bevor die Ergebnisse der toxikologischen Untersuchungen aus Cagliari eingetroffen sind? Und im Falle Golòvru hat noch nicht einmal eine Autopsie stattgefunden. In meinen Augen ist das ein offensichtliches Ablenkungsmanöver. Aber ich werde diesen Zettel an mich nehmen und behalten. Wer immer ihn verfasst hat, ist der Schuldige. Mich erstaunt nur, dass Ihnen das nicht sofort in den Sinn gekommen ist. Ich werde ihn als anonymes Indiz zu den Akten nehmen, dazu bin ich verpflichtet.«

Und damit verließ er sichtlich aufgewühlt den Raum.

Don Cossu sagte noch: »Ich glaube, der wird dich gleich verhaften, Vittorio. Ich hoffe, du hast deine Handschrift gut verstellt …«

So war er, immer einen Scherz auf den Lippen.

»Hast du tatsächlich *fillio* geschrieben? Na, das passt schon, es sollte ja nach einem halben Analphabeten aussehen. Da hast du dich selbst übertroffen! Aber hast du schon einmal einen Analphabeten gesehen, der so schreibt wie auf diesem Zettel? Ich werde dich verhaften lassen. Warte nur, ich zeige dich an.«

25. Juli 1969

Das wird er nicht schlucken. Was ist mir da eigentlich in den Sinn gekommen? Einfach kindisch. Ein kompletter Schwachsinn, und Vittorio habe ich mit hineingezogen. Und was habe ich mir eigentlich dabei gedacht, ihm alle Indizien aufzuzählen? Für mich ist das ein klares Geständnis, für die anderen unverständliches Gefasel ... Nur Gesuino kennt die richtige Dosierung und ihre Folgen. Und ich glaube, dass Matteo ihn gebeten hat, die Tat für ihn zu begehen, oder er selbst hat sie begangen. Vielleicht ist er in die Macchia geflüchtet, weil er ahnte, dass man das herausfinden oder dass Gesuino, schwachsinnig und ängstlich wie er ist, ihn dann verraten würde ... vielleicht hat Gesuino ihm geholfen, sich gut zu verstecken und ihm mit Hilfe des Vaters Unterschlupf und Nahrung besorgt. Matteo ist unglaublich intelligent. Er wird Gesuino gebeten haben, dem Vater den Mirto als Geschenk nach Hause zu bringen, weil er wusste, dass der ihn in sich reinschütten würde. Und dann musste er flüchten, denn ihm war klar, dass man nach ihm fahnden würde. Gesuino hat das Gift so dosiert, dass es erst nach ein paar Kilometern wirksam wurde. Aber wie hat er jemanden wie Golòvru reingelegt? Das ergibt keinen Sinn. Ein schwachsinniges Kind, das einem Verbrecher mitten in der Nacht in den Bergen vergifteten Mirto anbietet? Na gut, hier nach irgendeiner Logik zu suchen, ist vergebliche Liebesmüh, aber trotzdem, wie ging das? Ich habe keine Ahnung, und das bringt mich zur Weißglut. Das Einzige, was ich weiß, und da bin ich mir ganz sicher, ist, dass Gesuino alles Nötige besorgt hat. Ich muss nur noch verstehen, wie Golòvru nur wenige Kilometer von Bachisio vergiftet werden konnte. Die Geschichte mit dem Zettel wird der Maresciallo mir nicht abnehmen. Aber warum? Warum? Warum?

(*Die Theologie des Wildschweins* von Cossu Don Egisto, Seite unvollendet)

Der Maresciallo brauchte zwei Tage, um diese Giftmorde durch Schierling zu schlucken. Am dritten Tag drängte sich alle Welt im Haus von Zia Battistina.

Die Ergebnisse der toxikologischen Untersuchung waren aus Cagliari eingetroffen, und mit ihnen ein Trüppchen netter Leute mit Stift und Notizblock.

Man sagte mir, ich solle lächeln, und ich lächelte.

Ein betrübtes Gesicht aufsetzen, und ich war betrübt.

Den Blick senken, und ich blickte zu Boden.

»Jetzt tu so, als würdest du mich hassen, Gesuino«, sagte mir einer mit einer Art Teleskop in der Hand, und, *flash*, war ich hasserfüllt.

»Tränen, Gesuino!«

Und ich tat so, als würde ich weinen. *Flash.*

Im Handumdrehen hatte mich Maresciallo De Stefani in den Jeep verfrachtet, und es tat mir leid, dass Zia Battistina nicht da war, denn sie war im Morgengrauen zur Feldarbeit gegangen. Aber ich hatte noch nie in einem Jeep gesessen und freute mich.

Jener Zettel, den der Maresciallo zu den Akten genommen hatte, war für die Ermittler ein wahrer Glücksfund.

Denn was man im Leichnam Bachisio Trudìnus und Peppino Golòvrus gefunden hatte, war tatsächlich Schierling.

Viele Jahre später erfuhr ich, dass ich fortan der »Teufel von Telévras« genannt wurde, der zwei gefährliche Banditen aus dem Weg geräumt hatte, um seinen Vater zu schützen, der sterben sollte, weil er zu viel gesehen und die Wahrheit als Bänkellied auf dem Kirchplatz verbreitet hatte. So viel zu dem Warum und dem Wie.

Nicht einmal Matteo hätte so etwas geschafft.

Und auch nicht irgendein Teufel, sondern der »Teufel von Telévras«.

Aber ich muss sagen, es hat mir damals Spaß gemacht, alle an der Nase herumzuführen.

Manchmal stellten sich alle im Kreis um mich herum auf und fragten aus den verschiedenen Richtungen: »Und jetzt sag uns, wo Matteo sich versteckt hält.«

Und ich sang klar und deutlich: »Nein, nein, nein.«

Aber nach ein paar Jahren wird auch das schönste Spiel langweilig, und ich verlor die Lust am Mitmachen und Singen.

Ich freute mich an dem Schnee auf den Schweizer Berggipfeln, wie ich mich immer noch über den Anblick von Schnee freue.

Hin und wieder versuchte auch Professor Carlo dieses Spielchen mit mir und fragte mich in einem Singsang: »Wer weiß, wo Matteo steckt … bald wird Gesuino es uns saaagen!«

Und ich: »Nein, nein, nein … dadada …«

Nicht einmal mit ihm machte mir das Singen noch Spaß, und ich fing stattdessen an zu lesen, und zwar alles, was mir in die Finger und vor die Augen kam: die Etiketten von Wasserflaschen und die Phänomenologie von Husserl, Beipackzettel von Beruhigungsmitteln und Heideggers Ontologie, Lehrbücher zur organischen Chemie und die neuesten Erkenntnisse zur Neurobiologie.

Irgendwann war mir alles schon mal untergekommen: die Auflösung von Strontium und des Seins (besteht da ein Unterschied?).

Jahre erholsamer Stille.

Ich verschlang alles, und wie durch ein Wunder setzte bei mir die Erinnerung wieder ein.

Anfangs waren es nur Geistesblitze, aber plötzlich fielen mir wieder ganze Episoden aus der Vergangenheit ein, und zwar so realistisch, als würden sie sich in genau diesem Moment abspielen. Es war alles so real, dass ich sogar jeweils Geruch und Geschmack wahrnahm.

Das sagte ich auch den Ärzten. Aber die Medizin ist eine empirische Disziplin, und wenn du als schwachsinnig abgestempelt bist, kannst du sagen, was du willst, und selbst wenn du eine logische Begründung für die Nicht-Existenz Gottes liefern würdest, wäre das nicht Atheismus, sondern Verrücktheit.

Erst die Literatur hat einen Menschen aus mir gemacht.

Wenn ich das sage, bringt das alle auf die Palme …

»Mit diesem Medikament geht es Ihnen viel besser, haben Sie das auch gemerkt? Nehmen Sie es regelmäßig, auch wenn Sie später wieder zu Hause sind, und Sie werden sehen …«

Ich habe nichts genommen, nur die allererste Pille, aber nur, weil ich mich nicht widerspenstig zeigen wollte. Und seit ich vor Jahren angefangen habe zu schreiben, und das wirklich wie ein Irrer, hat sich mein Gedächtnis täglich verbessert, meine Verrücktheiten wurden exzentrisch, und aus der Exzentrik entwickelte sich Kreativität.

Aber das sind meine Ansichten, und die zählen nichts …

Mariannedda geht es nicht gut. Sie hat Mühe beim Atmen, und ihre Nachbarinnen sitzen bei ihr. Ich habe versprochen, ihr die Wahrheit mit ihrem letzten Atemzug zuzuflüstern, und dieses Versprechen werde ich halten.

Sie war die Einzige, die keine Angst vor mir hatte. Jeden Morgen hat sie mir Kaffee gekocht, und ihre Nachbarinnen haben immer etwas mehr Essen mitgebracht als nötig, damit es auch für mich reichte.

Sie verlässt die Welt, um für immer und ewig mit ihren toten Freunden zu plaudern. Ich glaube, sie ist glücklich. Ihre Reise hat wenigstens ein Ziel.

Ich werde bis zuletzt bei ihr bleiben, damit sie die Wahrheit noch rechtzeitig erfährt. Sie hat mir als Einzige verraten, warum man mich in Telévras geächtet hat.

»*Narànta ca sesi stéttiu tui e babbu tu a dus boccìri tòttus e ca babbu tu, ia bittu tottu, e anca c'as boccìu fincias e su pippìu; ma deu sciu ca non sesi stéttiu tui, poìta deu cun i sus mortus allègu sémpiri e non tengiu timòria de tui …*«

Man sagte sich im Dorf, dass ich mit Hilfe meines Vaters alle umgebracht hätte, auch den kleinen Matteo, aber Mariannedda spricht mit den Toten und weiß, dass das nicht stimmt. Und deswegen hat sie auch keine Angst vor mir.

»D'apu sémpiri nau a tòttosu, ma no m'anti mai créttia … ma tantu, a Maranniedda tua, giai si du nàras beru?«

Sie hat das auch immer gesagt, wenn man sie zu den Todesfällen befragte, aber man hat ihr nicht geglaubt. Aber ich werde ihr alles erzählen, so erfahren auch die Toten die ganze Wahrheit.

Vor ein paar Nächten habe ich ihren Kopf in meine Hände genommen und ihr den Schal gerichtet, darum hatte sie mich gebeten.

Ich bemerkte, dass ihr das Atmen immer schwerer fiel, aber sie litt nicht. Und so habe ich der Natur ihren Lauf gelassen.

Ich habe mich nicht einmal bemüht, ihre Nachbarinnen herbeizurufen. Ich brauche keine Zeugen, und angesichts meines schlechten Rufs hätte es mich fast gefreut, wenn jemand angenommen hätte, ich hätte Sterbehilfe geleistet. Aber das ist nichts für Männer. Das können nur die Frauen.

Um ganz ehrlich zu sein, war mir immer gleichgültig, dass sie mich geächtet haben. Ich habe das nicht einmal so wahrgenommen, so weit reichen meine Gefühle nicht.

Ich habe gelernt, die Stille zu lieben und auch inmitten unzähliger Menschen nach ihr zu suchen. Mir geht es gut allein, richtig gut. Und dazu noch Schnee … dann fehlt mir nichts mehr zu meinem Glück. Gerade beginnt es hier, auf diesem Flecken Erde, das ich Heimat nenne, zu schneien.

Mich stört nur sehr, dass die Leute lieben oder hassen, weil sie sich an der Lüge orientieren und nicht an der Wahrheit. Und das hat nichts damit zu tun, wie viel Meter ein Ort über dem Meeresspiegel liegt.

Es reicht, eine Lüge in Umlauf zu setzen, und alle Welt ist zufrieden. Diese Lüge breitet sich dann aus wie ein Wildfeuer. So ist es immer gewesen, und so wird es immer sein.

Als man mich nach Cagliari, in die Villa Clara brachte, hat Mariannedda mir erzählt, atmeten im Dorf alle auf, und die Mamas schickten ihre Kinder wieder zum Spielen vor die Tür.

Aber ich wusste damals nicht, warum man mich wegbrachte. Für mich liegt noch heute der Grund darin, dass ich nicht sagen wollte, wo Matteo sich versteckt hielt, aber ich hatte geschworen, dass ich das niemals verraten würde. Niemals.

Vor drei Tagen hat Mariannedda beschlossen, ebenfalls die Reise durch den unterirdischen Tunnel vom Monte Corongiu nach Nuoro anzutreten.

Sie röchelte … ich habe ihre Hände in meine genommen und mein Gesicht ganz nah an ihre Lippen gehalten, während sie flüsterte: »*Sa beridàde in ci d'antrénganta scetti a is màccus, oicci pòdinti sémpiri nai ca tantu esti maccu lìmpiu e non fàidi a di crèiri.* Man bürdet gerne den Irren die Wahrheit auf, so lässt sich immer behaupten, dass jemand verrückt ist und man ihm deshalb nicht glauben muss.«

Stimmt …

Mit ihrem letzten Atemzug habe ich ihr die Wahrheit in den Rachen gehaucht. Und noch jetzt spüre ich den festen Griff ihrer Finger an meinen Handgelenken. Sie war fast hundert Jahre alt, aber sie hielt mich richtig fest umklammert.

Ich glaube, ich habe sie wirklich überrascht. Ja, wirklich überrascht.

XXII

Freundschaft zählt am Ende nicht so sehr

Amicus Plato, sed magis amica veritas.
Oh Plato', m'asési fincias e amìgu, ma sa beridàdi …
Platon bin ich in Freundschaft verbunden, aber noch viel mehr der Wahrheit.

Seit zwei Tagen warte ich darauf, dass man mich abholen kommt.

Ich möchte hier nicht mehr bleiben, obwohl so viel Schnee liegt, dass es mir fast leidtut.

Vor einer Woche haben sie auch Mariannedda abgeholt, sie wird jetzt nach Herzenslust plaudern. Ich freue mich für sie.

Ich hoffe, sie kommen bald. Bald geht das Holz aus, das mir ihre Nachbarinnen »geliehen« haben. Ich sitze vor dem Feuer und warte, während es draußen wieder schneit. Vielleicht lassen sie sich deshalb Zeit. Es ist schon im Sommer kein Leichtes, zu Fuß hier hoch zu kommen, bei Eis und Schnee ist es noch beschwerlicher. Oder vielleicht hat auch niemand bei der Polizei Bescheid gesagt.

Mir ist das egal, ich hoffe nur, dass sie sich beeilen. So langsam wird mir kalt.

Ich habe schon alles gepackt. Es hat alles in einem kleinen Koffer Platz, wie ihn Emigranten bei sich tragen, er wird mit Gummiriemen festgeschnürt, in der verzweifelten Hoffnung, dass er nicht aufplatzt. Diesen Koffer hatte ich vor fünfundvierzig Jahren dabei, und ich habe ihn immer noch. Man braucht einen festen Punkt im Leben: Für mich ist es mein Koffer.

Das chinesische Heft von Don Egisto habe ich auf den Tisch gelegt.

Es bringt Unglück, in die Bücher anderer zu schreiben, und unvollendete Werke soll man zurücklassen, sie sollen sich selbst vollenden.

Diesem Buch habe ich nur den Titel gegeben. Er hat zwanzig Jahre lang daran geschrieben. Und was das Ende angeht ...

... Ich spüre, dass er die Wahrheit niederschreiben wird, wie, das weiß ich nicht, nur dass es so sein wird, er wird sein Buch vollenden wollen. Ich weiß mittlerweile, dass er gelernt hat, flüssig zu schreiben, und Carlo wird ihn unter dem Vorwand, für das Werk einen wichtigen Verlag zu finden, bestimmt dazu überreden. Wollen wir es hoffen. Vielleicht sagt er uns, wo Matteo, das arme Opfer eines kranken und perversen Verstands, sich versteckt hat. Ich verlasse mich auf Carlo ...

(*Die Theologie des Wildschweins* von Cossu Don Egisto)

Und das war's.

Und dann nur noch drei Punkte, meine einzigen Freunde, die mich niemals verraten haben.

Kurz danach, Ende 1989, muss er gestorben sein, hat Mariannedda mir erzählt. Aber ihr habe ich die Wahrheit ja gesagt, und jetzt, wo sie mit den Toten spricht, wird er sie auch erfahren haben. Was für eine Freude. Aber ich habe meinen Schwur gebrochen.

Ein unvollendetes Werk, das der in die Heimat zurückgekehrte Verbannte mit dem Wort »Ende« beschließt. Einfach scheußlich.

Aber die Wahrheit ist mächtiger als Freundschaft, mein lieber Freund Platon Trudìnu. Die Welt will Ächtung, aber dann soll sie wenigstens die Wahrheit hassen.

Vor zwei Tagen, einem Sonntag, habe ich im Morgengrauen meine Thesen am Kirchenportal angebracht.

Natürlich wäre die Schlosskirche zu Wittenberg ein ganz anderer Rahmen gewesen, aber ich habe gelernt, mich zu bescheiden. Es war ja auch nicht der Vorabend zum Totensonntag.

Ich habe sie auf vier Stücke festen weißen Kartons geschrieben, die eine Nachbarin von Mariannedda mir geschenkt hatte, damit das Feuer besser in Gang kommt.

Um fünf Uhr morgens habe ich sie ans Kirchenportal genagelt.

So würden die Großen und Kleinen sie vor der Elf-Uhr-Messe lesen können.

Natürlich waren die fünfundneunzig Thesen von Luther unter theologischen Aspekten etwas bedeutender, aber auf der Suche nach der Wahrheit muss man sich zu begnügen wissen.

1. Ich, Gesuino Némus, auch Gesui' genannt, habe niemanden umgebracht.
2. Matteo hat seinen Vater umgebracht, weil er zu viel trank und die Mutter schlug.
3. Elvira Bòttaru hat sich, als sie von seinem Tod erfahren hat, aus Verzweiflung erhängt.
4. Matteo hat ihr von seinem Tod erzählt. Sie waren Komplizen.
5. Sie hatte ihm den Mirto-Likör zum Probieren gegeben. Und Bachisio nahm ihn mit.
6. Die Mama hoffte, dass er mit dem Trinken aufhören würde, nicht auf seinen Tod.
7. Ich habe Matteo gezeigt, wie man Schierling im Mirto auflöst.
8. Ich habe begriffen, was er vorhatte. Da bin ich ehrlich.
9. Matteo wusste, dass der Vater sich in jener Nacht mit Peppinu Golòvru treffen wollte.
10. Matteo wusste, dass der Vater die Flasche früher oder später austrinken würde.
11. Matteo ist ihm gefolgt, um die Flasche, die niemand finden durfte, später wieder an sich zu nehmen. Es war meine Flasche.
12. Bachisio starb in der Nähe vom Schuppen meines Vaters.

13. Er rang nach Luft, und er fror, obwohl es Juli war.
14. Matteo sah Golòvru näherkommen. In jener Nacht war *mesulugòri*. Halbmond.
15. Mein Vater sah ihn vom Perd'e Liana aus (nehme ich an), denn er fing zu singen an.
16. Golòvru dachte, er wäre an einem Infarkt gestorben, und holte aus dem Schuppen meines Vaters Werkzeug.
17. Er begrub ihn dort in der Nähe, damit es aussah, als hätte mein Vater Schuld.
18. Er begrub ihn unter einer dünnen Schicht Erde und totem Laub. Der Graben war nicht einmal einen Meter tief.
19. Die Wildschweine fraßen eine Hand und ein Stück vom Hals.
20. Golòvru wischte mit dem Ärmel über die Griffe der Werkzeuge und nahm die Flasche mit dem Likör an sich.
21. Matteo hat mir das erzählt. Es war der 5. Juli 1969, ein Samstag, Sankt Anton Maria Zacharias.
22. Er blieb stehen und setzte die Flasche mit dem Likör an. Matteo ging ihm ein paar Kilometer nach.
23. Er sah, wie der andere stehenblieb und sich in der Nähe eines Brunnens auf einem Felsvorsprung niederließ.
24. Er hatte Mühe aufzustehen und ging schwankend weiter.
25. Er setzte die Flasche wieder an und nahm noch einen Schluck.
26. Er starb nicht sofort, sondern setzte seinen Weg bis zum ausgetrockneten Flussbett fort.

27. Matteo kam näher, um die Flasche an sich zu nehmen. Golòvru war noch am Leben, atmete aber nur noch flach.
28. Matteo hat ihn nicht erschlagen, er brachte es nicht über sich. Er wartete bis drei Uhr morgens, bis der andere aufhörte zu atmen.
29. Mein Vater war ihnen gefolgt und hatte alles beobachtet.
30. Auch Golòvru starb am Mirto. Es war keine Rache. Er starb an seiner Gier.
31. Matteo nahm die Flasche an sich. Seine Gier hat Golòvru das Leben gekostet.
32. Die Kopfwunde hat Golòvru sich zugezogen, als er nach vorn auf den Felsboden fiel.
33. Matteo würde niemand verdächtigen. Er schlief bei Don Cossu.
34. Matteo konnte kommen und gehen, wie er wollte, die Tür stand ihm immer offen.
35. Der Tag danach war der Tag der Heiligen Maria Goretti, unsere Lieblingsheilige.
36. Ich wusste von nichts. Er war seelenruhig und spielte wunderschön Orgel.
37. Am Montag darauf sang mein Vater. Er wusste, dass die beiden gestorben waren.
38. In jenen Tagen war Matteo weiter seelenruhig und beschäftigte sich mit Partituren von Bach.
39. Am 22. oder 23. wollte er mir eine geheime Aufgabe geben.
40. Er wollte bei Tore Baccanti die Mondlandung sehen.
41. Wir waren in jenen Tagen vergnügt, und ich hätte nie gedacht …

42. Er war freundlich zu meinem Vater. Und Antoni hat nie eine Silbe verraten.
43. Er hoffte, dass Matteo ihm die Musik zu seinem Gesang schreiben würde. Aber er war wirklich unmusikalisch.
44. Don Cossu sah diese Freundschaft mit Sorge.
45. Auch dem Maresciallo wurde sie verdächtig.
46. Aber dann kam die Mondlandung, und das ganze Dorf versammelte sich bei Tore Baccanti.
47. Als man am 22. Juli Bachisios Leichnam fand, begriff auch ich.
48. Matteo stellte sich schlafend, aber er bekam alles mit.
49. Er lief zu seiner Mutter, und sie wartete, bis er zur Kirche zurückkehrte, dann hängte sie sich auf.
50. Sie waren sich einig gewesen, aber der Schmerz und die Reue waren zu viel für sie.
51. Das Vorgefallene bezeugt der Inhalt eines schwarzen Hefts, das ich auf dem Tisch bei mir zu Hause hinterlassen habe.
52. Don Cossu hat ihn verfasst, auf dem Heftrücken steht »Die Theologie des Wildschweins«.
53. Ich habe nichts davon geschrieben, außer dem Titel.
54. Es ist offensichtlich, dass die Schrift aus jener Zeit und von Don Cossu stammt.
55. Ich habe ihm die Wahrheit auf einem Zettel mitgeteilt.
56. Doch Don Cossu hat darauf mich verdächtigt.
57. Er war überzeugt, dass ich es war, aus Neid auf Matteo oder aus irgendeinem anderen Motiv heraus.
58. Er war Jesuit, aber auch ein wenig überheblich und dumm.

59. Ich mochte Matteo von Herzen gern und habe ihm gegenüber niemals die Sünde des Neids begangen.
60. Am Tag der Beerdigung versteckte sich Matteo in Sa Spèntuma und war unauffindbar.
61. In der Nacht nach der Beerdigung trafen wir uns auf dem Friedhof.
62. Es handelte sich nicht um eine Mutprobe, denn man muss sich vor den Lebenden in Acht nehmen.
63. Ich habe ihn nichts gefragt, aber er hat mir alles erzählt.
64. Er blickte mich an, zog plötzlich die Flasche Mirto heraus und leerte sie in einem Zug.
65. Ich weiß nicht, wie viel Mirto noch drin war, aber für ein Kind reicht wenig.
66. Ich konnte es nicht glauben, Matteo wollte ebenfalls sterben.
67. Der Maurer hatte langsam trocknenden Zement verwendet, und so war dieser noch frisch.
68. Ich traute meinen Ohren nicht, als er zu mir sagte: »Jetzt machst du genau, was ich dir sage, Gesui'.«
69. Und ich leistete Polyphems Schwur und folgte seinen Anweisungen.
70. Der Maurer hatte sein Werkzeug dagelassen, er wollte sein Werk am nächsten Tag beenden.
71. Matteo genügte ein Fußtritt, um die Ziegel zu beseitigen.
72. Beim Schein der Karbidlampe erblickten wir die zwei Särge, nicht einmal einen Meter voneinander entfernt.
73. »Wie lange muss ich warten?«, fragte er. Ich zeigte es ihm mit den Händen: 5+5+5

74. Er setzte sich ins Dunkel. Ich löschte die Lampe, wir hatten ja Halbmond.
75. »Ich lege mich jetzt zwischen die Särge, und wenn ich es dir sage, schließt du das Grab!«
76. Matteo spürte, wie ihm erst die Füße und dann die Beine kalt wurden.
77. »Noch ni-ni-nicht«, stotterte ich.
78. Nach Luft ringend, sagte er zu mir: »Jetzt lege ich mich rein, Gesui'.«
79. Er legte sich zwischen die beiden Särge und sagte: »Warte noch ...«
80. Ich sah, wie er sich mit den Händen an die beiden Särge klammerte und hauchte: »Jetzt, Gesui'.«
81. Und ich begann, das Grab zu schließen, ganz langsam, denn ich hoffte, er würde es sich noch anders überlegen.
82. Ich sorgte dafür, dass der Zement weich war, damit er die Ziegel leicht beseitigen könnte.
83. Ich dachte, vielleicht steigt er in der Nacht heraus, und das Ganze ist wieder nur einer seiner Scherze.
84. Ich hörte nichts mehr. In den Zement ritzte ich wieder Elvira & Bachisio.
85. Ich ging nach Hause und hoffte und betete, dass er in der Nacht aus dem Grab steigen würde. Ich machte kein Auge zu.
86. Man hat nach ihm gesucht, aber ich blieb stumm. Ich war nie wieder bei dem Grab.
87. Der Maurer schloss das Grab mit gewöhnlichem Zement, es fiel ihm nichts auf.
88. Während der ersten Tage dachte ich, dass es ihm gelungen

war, aus dem Grab zu steigen, und dass alles nur ein Scherz war.

89. Ich habe ihn nie wiedergesehen, auch nicht auf dem Festland.
90. Er hatte mich darum gebeten, und ich würde das Gleiche wieder tun, wenn er mich darum bäte.
91. Er wollte lebendig zwischen seinen Eltern begraben werden.
92. Er hätte es auch alleine fertiggebracht, vielleicht auf eine andere Art und Weise. Ich habe ihn gut gekannt.
93. Er war noch am Leben, als ich das Grab zugemauert habe.
94. Es hätte genügt, das Grab zu öffnen, um ihn zu finden.
95. Aber das Schicksal war auf unserer Seite und nicht auf eurer.

Dieser Tag geht zur Neige, wie auch das Feuer. Schnee, Unmengen von Schnee, wie schön.

Rasche Schritte, Lachen. Ein Kind ist hier hoch gekommen, um mit seinem Schlitten hinunter ins Tal zu fahren … wenigstens stelle ich mir das vor. Wir haben das damals als Kinder mit Gummireifen gemacht.

Ich höre Kratzen an der Tür, vielleicht sind sie das, es wird auch Zeit, dass sie mich abholen kommen. Ich öffne die Tür: Keiner da. Nur zwei davoneilende Schatten, die den Abhang runterrutschen. Ich habe sie nur von hinten gesehen. Ganz sicher waren es zwei Kinder. Genau wie damals ich und Matteo, und vor der Tür liegt ein Häufchen Brennholz, als hätte es dort jemand vergessen.

Als ich mich umdrehe, sehe ich, dass ein Zettel an die Tür geheftet ist. Darauf steht in schöner Zierschrift:

Beni torràu, Gesui'.

Willkommen zu Hause, Gesui.